Die drei ???®
Der finstere Rivale

und

Die drei ???®
und der Geisterzug

Justus Jonas, Peter Shaw und Bob Andrews haben mit ihren spannenden Abenteuern längst Kultstatus erreicht. Ihr Markenzeichen sind die drei ???®. Sie stehen allerdings nicht für Ahnungslosigkeit, sondern für ungelöste Rätsel, mysteriöse Vorkommnisse und Geheimnisse aller Art. Denn die Detektive aus Rocky Beach übernehmen jeden Fall, auch wenn er noch so knifflig ist.

Die drei ???®
Der finstere Rivale

und

Die drei ???®
und der Geisterzug

Deutscher Taschenbuch Verlag

Weitere ›Die drei ???®‹-Bände bei dtv junior:
siehe unter www.dtvjunior.de

Ungekürzte Ausgaben
In neuer Rechtschreibung
Juli 2008
Deutscher Taschenbuch Verlag GmbH & Co. KG, München
www.dtvjunior.de
›Die drei ???® – Der finstere Rivale‹

›Die drei ???® und der Geisterzug‹

Umschlagkonzept: Balk & Brumshagen
Umschlagbilder: Hanno Rink
Gesetzt aus der Bembo 11/14'
Gesamtherstellung: Druckerei C. H. Beck, Nördlingen
Gedruckt auf säurefreiem, chlorfrei gebleichtem Papier
Printed in Germany · ISBN 978-3-423-71300-9

Die drei ???®

Der finstere Rivale

Erzählt von André Marx

Inhalt

Ein Koffer von der Mafia

Peter sah den entgegenkommenden Lastwagen fast zu spät. Plötzlich tauchte er riesig und schwarz hinter einer Kurve auf und begann, wild zu hupen. Peter riss das Steuer herum und schrammte haarscharf an dem Lkw vorbei.

»Vielleicht solltest du auf deiner Spur bleiben«, riet Justus, der neben ihm saß.

»Aber dann macht es doch keinen Spaß!« Peter lachte, beschleunigte und nahm die nächste Kurve mit siebzig Meilen pro Stunde. Er driftete auf die Gegenfahrbahn und darüber hinaus, sodass Schotter und Sand aufspritzten und gegen die Karosserie prasselten. »Genial!«

Wieder kam ihnen ein Wagen entgegen.

»Pass auf!«, rief Justus, als Peter keine Anstalten machte auszuweichen.

»Mensch, Just, glaubst du, ich bin blind?«, gab Peter gelassen zurück und zog in letzter Sekunde nach links, womit er endgültig auf der Schotterpiste landete. Als der Gegenverkehr vorbei war, lenkte er wieder rechts rüber. »Jetzt aber genug mit den Spielchen.« Er lachte übermütig. »Jetzt geb ich Vollgas!«

Der Wagen beschleunigte auf fünfundsiebzig Meilen. Achtzig. Neunzig. Hundert Meilen pro Stunde und links und rechts flog die trockene Wüstenlandschaft an ihnen vorüber. Die Luft flimmerte über dem heißen Asphalt und verzerrte die entgegenkommenden Fahrzeuge zu bunten Flecken, die über der Straße zu schweben schienen. Ein roter Wagen tauchte vor ihnen auf. Er tuckerte mit höchstens vierzig Meilen über die Straße. Viel zu langsam. Peter setzte zum Überholen an.

»Da ist eine Kurve«, sagte Justus. »Meinst du, das schaffst du noch?«

»Was ist das denn für eine Frage? Ich bin der Meister der Wüstenstraße, schon vergessen?«

»Ich meine ja bloß, falls dir jemand entgegenkommt.«

»Dann habe ich Pech gehabt.« Peter reduzierte kaum die Geschwindigkeit und schoss mitten in der Linkskurve an dem roten Wagen vorbei.

Dann kam der schwarze Mercedes. Er raste auf der Gegenfahrbahn auf sie zu. Diesmal hatte Peter keine Chance. Rechts der Wagen, den er überholte, voraus der Mercedes, und nach links konnte er wegen der scharfen Kurve auch nicht ausweichen.

»Aaaaaaaaaahhh!«, schrie Peter und kniff die Augen zu.

Er prallte mit dem Mercedes frontal zusammen, sein Auto hob ab, flog in hohem Bogen über die Straße, drehte sich dabei einmal um die eigene Achse und landete krachend im Wüstenstaub, wo es sich noch zwei-, dreimal überschlug und schließlich als komplettes Wrack liegen blieb. Ein rotes *Game over* blinkte auf dem Bildschirm und Peter ließ sich in seinem Stuhl zurückfallen.

»Immerhin. So weit ist in diesem Level noch keiner von uns gekommen.« Zufrieden registrierte er, dass sein

Name auf den ersten Platz der Highscoreliste vorgerückt war.

»Jetzt bin ich dran!«, drängte Justus und schubste Peter mehr oder weniger vom Stuhl.

»Ha, keine Chance, Just! Der König der Wüstenstraße ist unschlagbar!«

»Das werden wir ja sehen!« Justus drückte auf den Feuerknopf und das Spiel startete von vorn.

Justus und Peter saßen nun schon seit Stunden vor ihrem Computer in dem alten Wohnwagen, der den drei Detektiven als Zentrale für ihr Detektivunternehmen diente. Um sie herum lagen halb leere Chipstüten und Colaflaschen verstreut, doch das fiel in dem Dauerchaos, das in der Zentrale herrschte, kaum noch auf. Peters Augen waren schon rot gerändert, aber er musste einfach zusehen, wie der ansonsten fast unfehlbare Erste Detektiv, Justus Jonas, beim Autorennen verlor.

Plötzlich ging die Tür auf und Bob Andrews, der Dritte im Bunde, betrat die Zentrale. Justus war für den Bruchteil einer Sekunde abgelenkt und baute den ersten Crash, noch bevor er richtig beschleunigt hatte. »Hi Leute, was ist denn hier los?«, fragte Bob.

»Spielhölle«, sagte Peter. »Justus versagt auf ganzer Linie.«

»Gar nicht wahr«, knurrte der Erste Detektiv und fuhr verbissen weiter.

»Ich will gleich auch mal«, kündigte Bob an.

»Klar«, sagte Peter und grinste. »Dauert nicht mehr lange. Justus ist bestimmt gleich fertig.«

»Witzbold«, erwiderte Justus – und stürzte mit seinem Wagen eine Brücke hinunter.

»Bevor ich es vergesse, Just«, begann Bob und tat so, als hätte er den Absturz nicht bemerkt, »an der Straße, direkt neben dem Roten Tor zum Schrottplatz, steht ein alter brauner Koffer. Er ist so halb im Gebüsch versteckt. Ich wäre fast über ihn gestolpert, als ich mich durch das Tor gequetscht habe. Gehört das Ding vielleicht zu euch? Ich dachte, vielleicht hat dein Onkel Titus ihn dort abgestellt und versehentlich vergessen.«

»Nicht dass ich wüsste. Ist was drin?«

»Keine Ahnung, ich habe ihn nicht aufgemacht.«

»Wenn er morgen früh immer noch da steht, frage ich Tante Mathilda«, murmelte Justus abwesend und krallte seine Finger in den Joystick. Er biss die Zähne zusammen, als er haarscharf ein entgegenkommendes Fahrzeug verfehlte. Dabei driftete er von der Straße ab, kam im Wüstensand ins Schleudern und prallte gegen einen Felsbrocken. *Game over.* Und er war noch weit von Peters Bestmarke entfernt.

Der Zweite Detektiv lachte hämisch. »Sag ich doch, Justus, du hast keine Chance. Los, Bob, zeig, was du kannst!«

Bob setzte sich, nahm den Joystick zur Hand und fuhr los.

»Ich schlage dich schon noch, Zweiter«, kündigte Justus an. »Das ist alles eine Frage der Strategie. Ich habe es mit einer offensiven Fahrweise versucht, doch vielleicht ist die defensive Taktik die bessere.«

»Es geht aber auch um Geschwindigkeit, Just. Wer im Schneckentempo über die Straße kriecht, verliert ebenfalls.«

»Ein kalkuliertes Risiko im Hinblick auf die Geschwindigkeit halte ich für vertretbar, solange man grenzwertige Gefahrensituationen meidet.«

Peter verdrehte die Augen und schüttelte den Kopf. »Stell dich doch einfach den Tatsachen, Just: Du bringst es nicht! In Computerspielen hast du keine Chance gegen mich! Da bringen dich deine geschwollenen Reden auch nicht weiter.«

»Computerspiele sind eine streng logische Angelegenheit«, widersprach Justus. »Also lassen sie sich auch mit streng logischen Mitteln bestreiten. Für jede Situation gibt es eine optimale Verhaltensweise. Eine Strategie. Und die gilt es herauszufinden.«

Doch der Zweite Detektiv schüttelte den Kopf. »Das sehe ich ganz anders. Bei Spielen wie diesem braucht man Intuition. Man muss … keine Ahnung … irgendwie vorausahnen, was als Nächstes kommt. Und dann ganz spontan entscheiden, ob man Gas gibt oder bremst, ob man nach links ausweicht oder nach rechts. Das hat mit Logik nicht viel zu tun.«

»Den schwarzen Mercedes hast du offensichtlich nicht vorausgeahnt«, erinnerte Justus.

»Und trotzdem bin ich weiter gekommen als du«, antwortete Peter mit einem zufriedenen Lächeln.

Die drei ??? spielten den ganzen Abend. Bei jedem Rennen war Peter seinen Kollegen um eine Nasenlänge voraus und verteidigte eisern den ersten Platz. Es wurde spät und später. Schließlich, kurz vor Mitternacht, quälte sich Bob aus dem Stuhl und reckte sich. »Okay, Kollegen, mir reicht's. Ich fahre jetzt nach Hause. Es ist schon irre spät. Kommst du mit, Peter?«

Peter nickte und schnappte sich seine Jacke. »Mach nicht mehr so lange, Just! Dabei setzt du nur Speck an!«

»Gute Nacht, Just«, verabschiedete sich Bob.

»Nacht, ihr beiden!«, sagte Justus und war sogleich wieder in das Spiel versunken.

Bob und Peter verließen die Zentrale und traten hinaus in die kühle, sternenklare Nacht. Der Schrottplatz, auf dem die Zentrale stand, lag dunkel und verlassen vor ihnen. Bob blieb einen Moment stehen und atmete tief ein und aus. Die frische Luft tat gut. Wie viele Stunden hatte er jetzt vor dem Computer gesessen? Drei? Vier? Auf jeden Fall zu lange. Wenn er Pech hatte, würde ihn das Autorennen bis in seine Träume verfolgen. Peter war schon dabei, sein Fahrrad aufzuschließen, als hinter ihnen etwas schepperte. Beide erschraken und drehten sich um. Ein bizarr geformter Schrottberg schnitt einen scharfen Schatten in die Dunkelheit. Daneben stand eine kleine Pyramide aus Autoreifen. »Hast du das auch gehört?«, flüsterte Peter.

»Bin ja nicht taub.«

»Was war das?«

»Ich weiß nicht. Ich glaube, es kam von da drüben.« Bob wies auf die Reifenpyramide und trat einen Schritt darauf zu.

Plötzlich löste sich ein Schatten aus der Dunkelheit und sprang auf ihn zu. Bob zuckte zusammen und machte einen Schritt rückwärts. Der Schatten zischte an ihm vorbei und verschwand unter der Zentrale. Bob lachte. »Nur eine Katze.«

»Mann«, stöhnte Peter. »Ein einziges Geräusch in der Dunkelheit und schon habe ich das Gefühl, in Lebensgefahr zu schweben. Das kommt davon, wenn man jahrelang als Detektiv unterwegs ist. Auf Dauer ist das gar nicht gesund.«

Das Tor zum Schrottplatz war verschlossen, doch die drei ??? hatten seit Beginn ihrer Detektivlaufbahn zwei geheime Ein- und Ausgänge: Das Rote und das Grüne Tor, zwei lose Bretter im Zaun, die von der bemalten Straßenseite jedoch so gut wie nicht zu erkennen waren.

Peter strebte auf das Rote Tor zu, als er eine Bewegung am Himmel wahrnahm. Er blickte hoch und sah, wie etwas Großes, Dunkles über den Zaun durch die Luft segelte. Mit einem dumpfen Geräusch landete es zehn Meter von ihm entfernt auf dem staubigen Boden.

Peter tat einen Sprung zur Seite und ließ beinahe sein Fahrrad los. »Das war jetzt aber keine Katze!«

Beide verharrten lauschend. In der Ferne war Straßenlärm zu hören. Ein Hund bellte. Und dann waren da noch Schritte. Auf der anderen Seite des Zaunes ging jemand über den Bürgersteig. Die Schritte entfernten sich langsam.

Peter warf Bob einen fragenden Blick zu. Bob nickte. Hierfür brauchten sie keine Worte. Nach Jahren der

Detektivtätigkeit und zahllosen gelösten Fällen war es ihnen in Fleisch und Blut übergegangen, wie man sich in undurchsichtigen Situationen verhielt. Bob näherte sich dem im Staub liegenden Objekt, während Peter lautlos zum Roten Tor huschte. Er entfernte den Riegel und schob das lose Brett beiseite. Vorsichtig riskierte er einen Blick auf die Straße.

Der Mann, der am Schrottplatzgelände vorbeigegangen war, verschwand gerade um die nächste Straßenecke. Peter erkannte nur noch, dass er groß und schlank war und etwas in der Hand trug. Der Zweite Detektiv überlegte, ob er ihm hinterherschleichen sollte. Doch in diesem Moment näherte sich aus der anderen Richtung ein Auto. Es hatte die Scheinwerfer ausgeschaltet und fuhr kaum schneller als Schritttempo. Peter zuckte instinktiv zurück, um nicht gesehen zu werden.

Der Wagen war ein alter, auf Hochglanz polierter roter Plymouth mit Weißwandreifen, ein wundervoller Straßenkreuzer aus den Fünfzigerjahren. Der Motor tuckerte leise, aber kraftvoll dahin. Als der Wagen wie ein Schlachtschiff durch den Lichtkegel einer Straßenlaterne glitt, erkannte Peter einen platinblonden Mann am Steuer. Ohne zu blinken, bog er an der nächsten Straße rechts ab. Für Peter war die Sache klar: Der Mann im roten Plymouth verfolgte den Unbekannten! Aber warum? Was ging hier vor sich?

Plötzlich legte sich eine Hand auf seine Schulter. Peter unterdrückte einen Schrei und wirbelte herum. Bob. Natürlich.

Der dritte Detektiv konnte sich ein Lachen nicht verkneifen. »Warum bist du denn so schreckhaft, Zweiter?«

»Hier hat sich gerade eine gruselige Szene abgespielt«, antwortete Peter und berichtete, was er gesehen hatte. »War ein bisschen wie in einem Mafia-Film. Ob das was mit diesem Ding zu tun hat, das über den Zaun geflogen ist? Was war es eigentlich?«

Bob hob die rechte Hand und zeigte es ihm: »Ein Koffer. Um genau zu sein: *der* Koffer.«

»*Der* Koffer?«

»Der Koffer, der schon im Gebüsch stand, als ich heute Abend ankam.« Bob streckte seinen Kopf durch das Rote Tor und sah seine Theorie bestätigt: Der Koffer war nicht mehr da. »Man muss kein Detektiv sein, um sich ausmalen zu können, was passiert ist: Jemand sah den Koffer am Zaun stehen und hat ihn rübergeworfen. Punkt.«

»Und warum?«

»Nur so. Vielleicht war jemand aus der Nachbarschaft der Meinung, dass derlei Unrat besser auf Titus Jonas' Schrottplatz aufgehoben ist.«

»Und was ist mit dem Plymouth?«, fragte Peter.

»Gar nichts. Das war bloß Zufall. Wahrscheinlich funktionierten die Scheinwerfer nicht mehr und der Wagen ist deshalb so langsam gefahren.«

Peter nickte langsam. »Das könnte natürlich sein.« Er warf einen Blick auf den Koffer. »Bringen wir das Ding trotzdem zu Justus. Es wird ihn sicher interessieren.«

Als Bob und Peter die Zentrale betraten, zuckte der Erste Detektiv zusammen. Er saß immer noch am Computer, jedoch nicht vor dem Autorennspiel, sondern an irgendeinem anderen Programm. Seine rechte Hand ließ den Mauspfeil über die Oberfläche rasen. Offensichtlich wollte er möglichst schnell alle Fenster schließen, die seinen Freunden offenbarten, woran er gerade gearbeitet hatte.

Doch Bob roch sofort Lunte. »Was treibst du denn da, Justus? Lass doch mal sehen!«

»Das ist nur … ich wollte lediglich sehen, ob das Spiel vielleicht einen Fehler in der Programmierung hat«, behauptete Justus und wurde augenblicklich rot.

»Ich glaub's nicht!«, stieß Bob hervor, als er schließlich erkannte, was Justus vor ihm zu verbergen versucht hatte. »Peter, siehst du, was das ist?«

»Ehrlich gesagt, nein.«

»Ich kann es dir sagen: Justus hat gerade versucht zu schummeln! Er wollte den Highscore knacken – aber nicht indem er ein Rennen gewinnt, sondern indem er einfach in das Programm reingeht und seinen Namen auf Platz eins einträgt.«

»Das ist eine bösartige Unterstellung!«, ging Justus dazwischen.

»Komm schon, Just, mir kannst du nichts vormachen.«

»Ich gebe zu, ich wollte mal nachsehen, ob es möglich wäre. Das heißt aber nicht, dass ich es wirklich gemacht hätte.«

Peter schüttelte in gespielter Fassungslosigkeit den

Kopf. »Mein Vertrauen in dich ist tief erschüttert, Justus. Du wolltest uns also hintergehen. So weit ist es mit dir gekommen. Dein Ehrgeiz hat dich so weit zerfressen, dass du nicht einmal mehr bei einem harmlosen Computerspiel verlieren kannst. Es wird noch ein böses Ende mit dir nehmen, Just.«

»Jetzt hört schon auf! Warum … warum seid ihr überhaupt zurückgekommen? Was ist das für ein Koffer da, Bob?«

»Irgendein Trottel hat den Koffer, der an der Straße stand, über den Zaun auf den Schrottplatz geworfen«, sagte Bob und erzählte zusammen mit Peter in knappen Worten, was sich ereignet hatte. »Wir dachten, es würde dich interessieren. Also, gehört das Ding nun Onkel Titus?«

Justus runzelte die Stirn und blickte auf den Koffer in Bobs Hand. »Er kommt mir tatsächlich irgendwie bekannt vor. Ist was drin?«

»Keine Ahnung. Fühlt sich aber so an.«

»Soll das heißen, ihr habt noch nicht reingesehen?«

»Du hättest es uns doch nie verziehen, wenn wir den Koffer ohne dein Beisein geöffnet hätten«, sagte Peter.

»Das stimmt.« Kurz entschlossen fegte Justus die leeren Chipstüten beiseite und hievte das Fundstück auf den Schreibtisch. Dann richtete er die Lampe auf den Koffer und betrachtete ihn im Detail. Er wurde von einem mickrigen Verschluss in der Mitte und zwei dicken Lederriemen an den Seiten zusammengehalten. Das braune Leder war alt, rissig und ausgebeult.

»Er kommt mir wirklich ziemlich bekannt vor«, murmelte Justus und nagte an seiner Unterlippe. »Aber nicht weil ich ihn schon mal in Onkel Titus' Beständen gesehen habe.«

»Sondern?«, fragte Bob.

»Wenn ich das wüsste. Okay, Kollegen, letzte Wetten werden angenommen: Was, glaubt ihr, ist in dem Koffer?«

»Schmutzige Wäsche«, sagte Bob.

»Ein Haufen Geld«, sagte Justus.

»Zombievideos«, sagte Peter. »Gut, wer am nächsten dran ist, kriegt von den anderen ein Eis spendiert. Einverstanden?«

Justus und Bob nickten grinsend.

Der Erste Detektiv ließ den kleinen Metallverschluss aufschnappen und öffnete den Koffer.

Alle drei rissen die Augen auf und schnappten nach Luft. Sie konnten kaum glauben, was sie sahen. Peter hob die Hand an den Mund und stieß ein kurzes Kichern aus. »Krass«, sagte er.

Bob nickte. »Das ist …«

»Unglaublich.«

Justus hatte ein abenteuerlustiges Flackern in den Augen. »Kollegen, mir scheint, ich habe die Wette glasklar gewonnen.«

Feuer!

Geld. In dem Koffer lag jede Menge Geld. Gebündelte Hundert-Dollar-Noten, die von einer Papierbanderole zusammengehalten wurden. Und davon gleich mehrere Dutzend.

Ehrfürchtig streckte Justus die Hand danach aus und nahm eines der Bündel heraus. Er ließ seinen Daumen über die Papierkanten gleiten und zählte die Banknoten dabei flüchtig. »Fünfzig Stück«, schätzte er. »Fünfzig Hundert-Dollar-Scheine in einem Bündel. Macht fünftausend Dollar pro Bündel. Wie viele haben wir?«

Bob hatte schon angefangen zu zählen. »Vierzig.«

»Dann sind das zweihunderttausend Dollar!«, rief Peter.

»Mann! Wahnsinn! Wer hat denn so viel Geld?«

»Und vor allem: Wieso fliegt es über unseren Zaun auf den Schrottplatz?«

»Das ... das Geld muss schon die ganze Zeit in dem Koffer gewesen sein!« Bob schluckte. Sein Hals war plötzlich ganz rau. »Er stand stundenlang an der Straße! Einfach so! Jeder hätte ihn mitnehmen können!«

»Das ist aber nicht passiert«, widersprach Justus. »Stattdessen hat ihn jemand über den Zaun geworfen. Ist das nicht merkwürdig? Würdest du einen Koffer, in dem sich ganz offensichtlich etwas befindet, einfach so auf ein fremdes Grundstück werfen? Ohne vorher nachzusehen, was drin ist?«

»Ich vielleicht nicht«, sagte Bob. »Und du bestimmt auch nicht. Aber es ist ja nicht jeder so neugierig. Jedenfalls *hat* derjenige nicht in den Koffer gesehen. Sonst hätte er ihn ja kaum einfach weggeworfen.«

»Vielleicht war es eine Panikreaktion«, überlegte Peter. »Bei so viel Geld kann man leicht etwas Unüberlegtes tun.«

»Ach, so ein Quatsch«, widersprach Bob. »Unüberlegt wäre, sich mit dem Geld ins nächste Flugzeug zu setzen und nach Südamerika auszuwandern. Aber doch nicht, es über einen Zaun zu schmeißen. Ist doch keine Bombe.«

»Na ja, wie dem auch sei, jedenfalls liegen hier zweihunderttausend Dollar auf unserem Schreibtisch.« Peter blickte von einem zum anderen. Niemand sagte etwas. »Ja, was ist? Fällt euch dazu nichts ein?«

»Was willst du denn hören?«, fragte Bob.

»Was wir damit *tun* sollen! Bringen wir das Geld zur Polizei? Oder setzen wir uns nach Südamerika ab?«

»Mit der Polizei sollten wir bis morgen warten«, meinte Justus. »Ich werde jedenfalls nicht Inspektor Cottas heiligen Zorn auf mich ziehen, indem ich ihn mitten in der Nacht anrufe.«

»Und wenn wir den Koffer aufs Revier bringen?«, fragte Bob.

»Dann müssen wir stundenlang Fragen beantworten. Und dafür bin ich ehrlich gesagt zu müde.«

»Aber wir können den Koffer doch nicht einfach hier stehen lassen«, sagte Peter. »Das ist viel zu riskant.«

»Da gebe ich dir recht. Deshalb werde ich ihn mit in mein Zimmer nehmen. Die Gefahr, dass er unter meinem Bett gestohlen wird, während ich drinliege, ist denkbar gering. Morgen früh werden wir –«

Peter stieß einen kleinen Schrei aus, so unvermittelt, dass Bob und Justus zusammenfuhren.

»Was ist denn los, Peter?«, fragte Bob halb erschrocken, halb verärgert.

»Nichts, ich … ich dachte, ich hätte etwas am Fenster gesehen.« Bob und Justus blickten durch das kleine, schmutzige Fenster nach draußen in die Dunkelheit.

»Und was soll das gewesen sein?«

»Keine Ahnung. Ein Schatten oder so. Aber ich glaube, es war nichts. Oder bloß wieder die Katze.«

»Vielleicht sind deine Nerven einfach etwas überreizt«, spottete Bob.

»Wen wundert's«, meinte Peter. »Wenn zweihunderttausend Dollar vor mir liegen, sind meine Nerven *immer* überreizt. Jedes Mal.«

»Und deshalb sollten wir jetzt alle schlafen gehen«, beschloss Justus. »Morgen früh gehen wir frisch und ausgeruht aufs Polizeipräsidium, liefern den Koffer ab und sehen, ob uns noch etwas zu diesem roten Straßenkreuzer und dem unbekannten Fußgänger eingefallen ist. Peter, du hättest den Kerl vielleicht wirklich verfolgen sollen.«

»Bist du wahnsinnig? Ich bin heilfroh, dass ich es *nicht* getan habe! Ich hatte gleich dieses Mafia-Gefühl. Und was passiert? Fünf Minuten später stehe ich vor einem Koffer voller Geld. Der Typ in dem Wagen hätte mich garantiert kaltgemacht, wenn er auf mich aufmerksam geworden wären.«

Justus rieb sich mit Daumen und Zeigefinger die Nasenwurzel. »Das hat heute alles keinen Sinn mehr. Fahrt nach Hause, Kollegen. Morgen früh sehen wir weiter.«

»Das ist ein Wort«, fand Peter und hob die Hand zum Abschiedsgruß, ohne jedoch seinen Blick von dem Koffer zu wenden. »Dann zum zweiten Mal gute Nacht, Just. Und vergiss den Koffer nicht! Die Zentrale ist nicht wirklich einbruchsicher.«

»Keine Sorge.«

»Dann wünsche ich dir süße Träume!«, sagte Bob grinsend.

»Mit so viel Geld unter dem Bett werde ich die bestimmt haben!«

Doch Justus sollte sich irren.

Es war bereits kurz vor eins, als der Erste Detektiv endlich in seinem Zimmer war und den Koffer unter das Bett schob. Erschöpft ließ er sich auf die Matratze fallen. Der Abend war aufregend gewesen und normalerweise hätte er unter diesen Umständen nur schwerlich Schlaf finden können. Doch er war hundemüde. Ein Koffer voller Geld hin oder her – morgen war auch noch ein Tag zum Nachdenken und bis dahin würde er die zweihunderttausend Dollar einfach vergessen und sich dem Schlaf der Gerechten hingeben.

Schneller als üblich hatte Justus sich die Zähne geputzt und seine Klamotten in die Ecke gepfeffert und eine Minute später dämmerte er bereits einem traumlosen Tiefschlaf entgegen.

Im Nachhinein konnte er nicht mehr sagen, was ihn geweckt hatte. War es ein Geräusch gewesen? Das seltsame Licht? Oder der beißende Gestank, der in der Luft lag? Was immer es war, Justus hatte das sichere Gefühl, dass etwas nicht stimmte, noch bevor er richtig wach war. Er warf einen Blick auf den Wecker. Es war noch tiefste Nacht, er hatte höchstens eine Stunde geschlafen. Irgendetwas stank entsetzlich. Und das Licht, was war mit dem Licht los? Ein rötlicher Widerschein drang durch die Vorhänge. Aber Sonnenaufgang war erst in einigen Stunden.

Dieser Gestank … und dann war da dieses fremdartige Geräusch, ein Rascheln, ein Knistern, wie von einem Lagerfeuer. Ein Lagerfeuer.

Feuer.

Schlagartig war Justus hellwach. Er sprang so schnell aus dem Bett, dass ihm das Blut in die Beine sackte und er sekundenlang gegen die bunten Sterne vor seinen Augen ankämpfte, während er ans Fenster taumelte. Als sich sein Kreislauf stabilisiert und sein Blick geklärt hatte, sah er es: Etwas brannte auf dem Schrottplatz und spie tiefschwarze, stinkende Rußwolken in den Nachthimmel! Die Flammen waren mannshoch und streckten sich auf der Suche nach Nahrung gierig nach allen Seiten. Die Zentrale war nur einige Meter entfernt.

Dann ging alles ganz schnell.

Die Tür zu Justus' Zimmer wurde aufgerissen und Titus Jonas stand in einem gestreiften Pyjama und mit wirr vom Kopf abstehenden Haaren im Raum und suchte einen Augenblick lang fieberhaft Justus' Bett ab, bevor er realisierte, dass sein Neffe am Fenster stand. »Justus!«, stieß er hervor. »Es brennt! Komm runter!« Dann war er auch schon wieder aus der Tür.

Jetzt kam auch Justus in Fahrt. Er warf sich ein T-Shirt über, schlüpfte in seine Turnschuhe und lief aus dem Zimmer, die Treppe hinunter und nach draußen auf die Veranda. Dort stieß er fast mit seiner Tante Mathilda zusammen, die den Gürtel ihres Morgenmantels zuzog und ihrem Mann hinterhereilte. Onkel Titus war bereits damit beschäftigt, einen Eimer mit Wasser aus dem Hahn an der Hauswand zu füllen.

»Was brennt denn da überhaupt?«, fragte Tante Mathilda ängstlich, traute sich aber nicht näher an das Feuer heran.

»Ich sehe nach«, beschloss Justus und rannte über den staubigen Schrottplatz.

»Sei vorsichtig!«, rief Tante Mathilda ihm hinterher.

Doch Vorsicht hatte bei Justus nun nicht die oberste Priorität. Das Feuer war verdammt nahe an der Zentrale. Das Holz des Wohnwagens war uralt und staubtrocken. Wenn auch nur ein Funke übersprang, würde die Zentrale innerhalb von Sekunden in Flammen stehen.

Schließlich war Justus nahe genug. Es war die Pyramide aus Autoreifen, die lichterloh brannte. Das Gummi schmolz und warf Blasen und der Stapel neigte sich bedenklich zur Seite. Wenn er umkippte und die brennenden Reifen über das Gelände rollten, konnten sie den ganzen Schrottplatz in Brand setzen. In dieser Nähe war der Gestank unerträglich.

Justus zögerte nicht. Mit angehaltenem Atem schob er sich an der Hitze des Feuers vorbei, schloss die Tür zur Zentrale auf, sprang hinein und stellte einen alten Topf unter den Wasserhahn der kleinen Spüle. Während das Wasser lief, kramte Justus jedes Gefäß hervor, das sich auftreiben ließ. Dann rannte er mit dem Topf nach draußen. Ein Topf voll Wasser gegen eine mannshohe Flammensäule. Es war hoffnungslos.

Dann hatte Justus eine Idee. Er holte aus und schüttete das Wasser an die Außenwand der Zentrale. Dasselbe wiederholte er mit allen anderen Behältern, bis der Campingwagen vor Nässe glänzte.

Inzwischen war auch Onkel Titus mit dem Eimer da. Das Wasser flog in die Flammen, wo es zischend verschwand. Das Feuer verkleinerte sich kein bisschen.

»Das hat keinen Zweck, Onkel Titus!«, rief Justus über das Fauchen des Feuers hinweg. »Wir brauchen einen Schlauch!« Schon eilte er los. Vor ein paar Tagen hatte er irgendwo in dem Trödel einen langen Gartenschlauch gesehen. Jetzt kam es nur darauf an, ihn möglichst schnell wiederzufinden. Er entdeckte ihn zwischen Bücherkisten und Blumentöpfen. Justus rannte zurück, pfropfte das eine Ende auf den Wasserhahn und drehte ihn so weit wie möglich auf. Der Gartenschlauch erwachte zum

Leben und wand sich in Justus' Hand, während das Wasser seinen Weg hindurchsuchte. Justus stolperte nach draußen und richtete den Strahl auf die lodernden Flammen.

Obwohl der Druck nicht besonders groß war, gelang es Justus, den Brand nach einigen Minuten einzudämmen. Er drückte Tante Mathilda den Schlauch in die Hand und half Onkel Titus beim Eimerschleppen. Nun endlich zeigten die Wasserattacken Wirkung: Die Flammen wurden kleiner und kleiner. Und als der Turm schließlich doch noch kippte, fielen die brennenden Reifen in die großen Pfützen, die sich inzwischen auf dem Boden gebildet hatten, und verloschen mit einem letzten lauten Zischen.

Justus atmete erleichtert auf und stellte den Eimer auf den Boden. Die Anspannung fiel wie ein Mantel aus Blei von ihm ab und er schaffte es gerade noch, den Wasserhahn abzustellen, bevor er sich auf die kleine Treppe zur Zentrale sinken ließ.

Am liebsten wäre er nie wieder aufgestanden, so müde war er plötzlich. Doch Tante Mathilda riss ihn sogleich wieder in die Realität zurück.

»O Gott, Justus! Geht es dir gut? Bist du verletzt? Hast du den Qualm eingeatmet?«

»Alles bestens, Tante Mathilda«, versicherte Justus tonlos. »Und bei euch?«

Seine Tante winkte ab. »Wie konnte das denn nur geschehen? Wieso haben die Reifen gebrannt?« Sie warf ihm einen strengen Blick zu. »Hast du etwa geraucht?«

»Ich habe geschlafen, Tante Mathilda!«, verteidigte sich Justus.

»Glut kann sich lange halten.«

»Vielleicht hat jemand eine brennende Zigarette über den Zaun geworfen«, warf Onkel Titus ein.

Justus schüttelte den Kopf. »So weit fliegen Zigaretten nicht.«

»Woher weißt du denn, wie weit Zigaretten fliegen?«, fragte Tante Mathilda argwöhnisch.

»Ich rauche nicht, falls du das meinst«, knurrte Justus.

»Dann ist es ja gut. Mehr wollte ich gar nicht wissen. Trotzdem: Autoreifen fangen ja nicht von allein Feuer. Was steckt dahinter?«

»Vielleicht war es nur ein dummer Streich von Jugendlichen aus der Nachbarschaft«, meinte Titus. »Es ist ja alles noch mal gut gegangen.«

»Oder es war …«, begann Justus und verstummte. »Es war ein Ablenkungsmanöver«, fuhr er schließlich flüsternd fort.

»Ein Ablenkungsmanöver?«, echote Tante Mathilda und zog den Morgenmantel enger. »Wie meinst du das?«

Justus sprang auf. »Ich muss zurück ins Haus!«

»Aber Justus! Was ist denn los?«

Doch der Erste Detektiv rannte schon quer über den Platz. Natürlich! Dass er nicht sofort darauf gekommen war! Es gab nur eine logische Erklärung für das Feuer. Hoffentlich war es nicht schon zu spät!

Er sprang auf die Veranda, stürzte ins Haus und nahm auf dem Weg nach oben drei Treppenstufen auf einmal.

Er wusste, dass er sich in Gefahr begab. Wenn er mit seiner Vermutung recht hatte, befand sich vielleicht ein Einbrecher im Haus. Doch das war ihm egal. Er musste Gewissheit haben.

Als er die Tür zu seinem Zimmer aufriss, schien alles wie gehabt. Niemand war hier und alles sah so aus, wie er es verlassen hatte. Mit pochendem Herzen ließ sich Justus auf die Knie sinken und spähte unter das Bett.

Der Koffer war verschwunden.

Hinterher!

»Der Koffer ist *was*?« Peter sprang halb vom Stuhl.

»Er ist verschwunden«, antwortete Justus ruhig. »Gestohlen.«

»Das gibt es doch nicht!«

Die drei ??? hatten sich wie verabredet am nächsten Morgen in der Zentrale getroffen. Doch Justus' Bericht über die Vorkommnisse der letzten Nacht machte ihre Pläne zunichte. Bob und Peter trauten ihren Ohren kaum.

»Und du meinst wirklich, der Täter hat das Feuer gelegt, um euch drei aus dem Haus zu locken?«, fragte Bob.

»Wenn du mich fragst, liegt das auf der Hand«, gab Justus zurück. »Es war alles genau geplant. Und ich Idiot bin auch noch darauf hereingefallen.«

»Na, hör mal«, sagte Bob. »Darauf wäre wohl jeder hereingefallen. Wer denkt denn an ein Ablenkungsmanöver, wenn es irgendwo brennt? Außerdem war unsere Zentrale in akuter Gefahr. Ich darf gar nicht daran denken. Stellt euch vor, der Wohnwagen hätte wirklich Feuer gefangen!«

»Trotzdem«, beharrte Justus und verschränkte die Arme. »Ich hätte schneller kombinieren müssen. Ein Feuer mitten in der Nacht auf dem Schrottplatz kann einfach kein Zufall sein.«

»Aber woher wusste der Täter, dass der Koffer in

deinem Zimmer versteckt war?«, fragte Peter. »Woher wusste er *überhaupt* von dem Koffer?«

»Tja«, machte Justus. »Denk mal scharf nach.«

»Soll das heißen, du kennst die Antwort schon?«

»Es gibt eigentlich nur eine logische Erklärung.«

Peter runzelte die Stirn. Ihm fiel nichts ein.

»Aber natürlich!«, rief Bob plötzlich. »Wir wurden belauscht!« Sogleich senkte er seine Stimme: »Nachdem wir gestern den Koffer geöffnet hatten, diskutierten wir darüber, was zu tun sei. Justus sagte, er würde den Koffer mit in sein Zimmer nehmen. Der Dieb muss draußen vor der Zentrale gestanden und alles gehört haben!«

»Sehr gut, Bob«, lobte Justus. »Genauso sehe ich das auch. Und wenn man diesen Gedanken weiterverfolgt, kommt man auf noch andere erstaunliche Ergebnisse.«

»Was meinst du damit?«, fragte Peter.

»Der Kofferdieb war auf dem Schrottplatz und hat uns belauscht. Frage eins: Was wollte er auf dem Schrottplatz?«

»Den Koffer klauen«, war Peters prompte Antwort. »Ist doch ganz klar.«

»Richtig. Frage zwei: Wie lange war er bereits auf dem Schrottplatz?«

Darauf wusste Peter keine Antwort. Doch Bob ahnte, worauf Justus hinauswollte. »Er war schon die ganze Zeit da! Der Täter hielt sich auf dem Schrottplatz versteckt und wartete darauf, dass jemand den Koffer über den Zaun schmeißt. Es war eine Übergabe! Aber die schlug fehl, weil wir dazwischenfunkten.«

»Sehr gut, Bob!«, sagte Justus anerkennend. »Genau das denke ich auch. Der Koffer flog über den Zaun, und wie der Zufall es wollte, fiel er euch direkt vor die Füße. Somit hatte der Täter keine Gelegenheit, ihn an sich zu nehmen. Also belauschte er uns und entwickelte den Plan mit der Brandstiftung.«

»Der ja auch vorzüglich funktioniert hat«, stellte Peter fest.

»Okay, es war also eine fehlgeschlagene Übergabe. Klingt logisch. Nur leider werden wir nie erfahren, was es mit dem Koffer und dem Brandstifter auf sich hat, denn beide dürften inzwischen längst über alle Berge sein.«

Justus bemühte sich, ein Grinsen zu verbergen. »Das glaube ich nicht.«

Peter runzelte die Stirn. »Wieso nicht?«

»Weil der Dieb zwar den Koffer hat, ihm aber inzwischen aufgefallen sein dürfte, dass er mit einem Stapel alter Computerzeitschriften nicht so viel anfangen kann.«

»Computerzeitschriften? Ich verstehe nur Bahnhof.«

Statt zu antworten, stand Justus auf und öffnete eine im Boden verborgene Falltür. Dies war der Eingang zu Tunnel II, einem ihrer alten Geheimzugänge zur Zentrale. Inzwischen benutzten sie ihn nicht mehr, aber als Stauraum und Versteck war er nach wie vor bestens geeignet.

Justus beugte sich über den dunklen Tunneleingang und fischte eine blaue Mülltüte heraus, die neben einigen Aktenordnern lag. Triumphierend stellte er sie auf den Schreibtisch und gewährte Bob und Peter einen Blick.

»Das Geld!«, rief Peter. »Aber … aber …«

Justus grinste bis über beide Ohren. »Regel Nummer eins: Unterschätze nie den Intellekt eines Justus Jonas!«

Für einen Moment waren Bob und Peter sprachlos. Dann sprudelten die Fragen nur so aus ihnen heraus:

»Hast du das Geld aus dem Koffer genommen?«

»Wieso?«

»Wusstest du etwa von dem Dieb?«

»Immer mit der Ruhe«, sagte Justus und hob beschwichtigend die Hände. »Es war ganz einfach: Gestern Nacht glaubte Peter, während wir über den Koffer sprachen, etwas am Fenster gesehen zu haben. Ich weiß nicht wieso, aber irgendwie hatte ich das komische Gefühl, dass da tatsächlich jemand war. Ich ließ mir jedoch nichts anmerken, denn mir war klar: Falls dort draußen jemand herumgeschlichen war, hatte er vermutlich jedes Wort unserer Unterhaltung gehört. Nachdem ihr weg wart, zog ich die Vorhänge zu, um nicht beobachtet zu werden, packte das Geld aus dem Koffer in diese Plastiktüte und legte stattdessen einen Stapel alter Computerhefte hinein. Ich hielt Tunnel II für ein ziemlich sicheres Versteck. Dann verließ ich mit dem Koffer die Zentrale. Ich hatte eher damit gerechnet, auf dem Schrottplatz überfallen zu werden. Dass jemand bei uns einbrechen würde, darauf bin ich nicht gekommen. Aber so oder so – die Vorsichtsmaßnahme war die richtige.«

»Just!«, rief Peter begeistert. »Das ist großartig! Mir

war gar nicht klar, dass ich mit meinen Beobachtungen einen so großen Einfluss auf dich habe!«

»Da kannst du mal sehen. Ich habe viel mehr Vertrauen in dich, als du immer glaubst.«

»Also, was tun wir jetzt?«, fragte Bob. »Bringen wir das Geld zur Polizei?«

»Das wird das Beste sein«, meinte Justus. »Wir müssen den Fall ja nicht aufgeben. Aber mir ist wohler, wenn sich das Geld nicht mehr in unserem Besitz befindet.«

»Juuustuuus!« Tante Mathildas Stimme hallte über den Platz.

Bob warf einen Blick durch das Fenster und sah Mathilda und Titus Jonas neben mehreren Kisten und Kartons stehen.

»O je. Das sieht nach Arbeit aus.«

Justus ging zur Tür und streckte den Kopf hinaus. »Was ist denn, Tante Mathilda?«

»Seid so nett und helft Titus beim Beladen des Pickups! Es geht ganz schnell!«

Justus seufzte. »In Ordnung, Tante Mathilda!« Er wandte sich um. »Kommt, Kollegen, es sind nur ein paar Kartons.« Justus war schon auf dem Weg nach draußen, hielt dann jedoch inne und drehte sich noch einmal um. Er verknotete die Plastiktüte mit dem Geld und warf das Bündel zurück in Tunnel II. »Sicher ist sicher.« Dann verließen die drei ??? die Zentrale und gingen über den morgendlich kühlen Schrottplatz auf Onkel Titus zu.

»Ich muss diese Sachen zu einem Kunden bringen«, erklärte er. »Er hat einen halben Hausstand gekauft, weiß aber nicht, wie er das Zeug transportieren soll. Also bringe ich es ihm. Wäre nett, wenn ihr schnell mit anpacken könntet. Zum Abladen warten schon ein paar Helfer.«

»Kein Problem, Onkel Titus.«

Mit vereinten Kräften hievten die drei ??? die Kartons und Kisten auf die Ladefläche des Pick-ups. Nach fünf Minuten war die Arbeit erledigt.

»Danke, Jungs!«

Sie kehrten zurück zur Zentrale. »Wo waren wir stehen geblieben?«, fragte Justus.

»Bei dem Geld«, sagte Peter. »Wir hatten gerade beschlossen, es zur Polizei zu bringen. Und komm nicht auf die Idee, es doch anders zu machen, Just!«

»Wir bringen es zur Polizei«, sagte der Erste Detektiv nickend, ging zielstrebig auf die Bodenluke zu und öffnete sie.

Schlagartig wich die Farbe aus seinem Gesicht.

Die Plastiktüte mit dem Geld war weg.

»Das … das darf doch nicht wahr sein!«, stammelte Peter. »Wo ist die Tüte? Du hast sie doch eben zurückgelegt, Just! Das ist keine fünf Minuten her!«

Justus starrte stumm in den leeren Schacht. Plötzlich wirbelte er herum und stürzte zur Tür, die in den hinteren Teil der Zentrale führte, wo die drei ??? ihr Labor eingerichtet hatten. »Den schnappen wir uns!«, rief Justus.

»Schnappen?«, fragte Bob. »Wie? Wen?«

»Den Geldräuber!«, antwortete Justus, während er fieberhaft in einem der Aktenschränke wühlte, die ihnen als Warenlager für alle möglichen Ausrüstungsgegenstände dienten.

»Wie sollen wir das anstellen?«, fragte Peter, den die Hektik des Ersten Detektivs ganz nervös machte. »Und was suchst du da eigentlich?«

»Das hier!«, sagte Justus erleichtert, als er es endlich gefunden hatte, und hielt seinen Freunden ein kleines Gerät vor die Nase, das ein bisschen aussah wie ein altmodisches Mobiltelefon mit extrem großem Display.

»Der Empfänger für unseren Peilsender?«, fragte Bob verwundert, als er das Gerät erkannte. »Du willst doch nicht etwa behaupten, dass du –«

»Doch. Will ich. Ich habe gestern Nacht eine weitere Vorsichtsmaßnahme getroffen. Mir war klar, dass auch Tunnel II nicht das sicherste Versteck für zweihunderttausend Dollar ist. Also habe ich unseren Peilsender zwischen dem Geld versteckt, damit wir es jederzeit aufspüren können, falls es uns abhandenkommt. Aber ihr kennt ja das Problem mit dem Ding: Die Reichweite ist sehr begrenzt. Wenn das Signal weiter als eine Meile entfernt ist, haben wir keine Chance mehr, es zu orten.« Justus schaltete das Gerät ein. Vor einigen Monaten hatte er ein komplett neues Empfangsteil aus altem Elektroschrott konstruiert. Seitdem war der Empfänger nicht nur in der Lage, die Entfernung des Senders zu bestimmen, sondern auch die Richtung, in der er lag. Ein kleiner grüner Punkt blinkte auf dem Display, der sich langsam vom Zentrum entfernte.

»Der Sender ist in Bewegung«, stellte Bob fest. »Richtung Osten. Und zwar ziemlich schnell. Wenn wir uns nicht beeilen, dann ist er –«

»Bald außer Reichweite«, führte Justus den Satz zu Ende und war schon halb aus der Tür. »Kommt, Kollegen! Peter, schmeiß deinen Wagen an!«

»Aber … aber ich bin mit dem Fahrrad hier!«

»Wie bitte? Bob, was ist mit dir?«

»Ebenfalls Fahrrad.«

»Verdammt! Was machen wir denn jetzt?«

»Dein Onkel!«, rief Peter.

»Hoffentlich ist er noch nicht weg!« Die drei ??? stürzten nach draußen auf den Schrottplatz, wo gerade der Motor des alten Pick-ups ansprang und sich in Bewegung setzte.

»Onkel Titus!«, rief Justus entsetzt und rannte los. »Onkel Titus! Bleib stehen!«

Über das laute Knattern des Dieselmotors schien Titus Jonas seinen Neffen nicht zu hören. Er fuhr durch das geöffnete Tor, setzte den Blinker und rollte langsam auf die Straße.

Peter sprintete los, überholte Justus mit Leichtigkeit und war innerhalb von Sekunden ebenfalls auf der Straße. Wild winkend setzte er dem Pick-up nach, der immer mehr Fahrt aufnahm. *Sieh in den Rückspiegel!,* dachte Peter.

Onkel Titus erreichte die erste Kreuzung, wurde langsamer, blinkte rechts – und blieb stehen.

»Ja!«, rief Peter. »Bleiben Sie stehen, Mr Jonas!«

Schließlich blieb er schwer atmend neben der Fahrertür stehen.

Titus Jonas kurbelte das Seitenfenster herunter und blickte ihn verwirrt und leicht beunruhigt an. »Peter! Was ist denn los? Haben wir einen Karton vergessen?«

»Wir … brauchen Ihren … Wagen«, brachte der Zweite Detektiv hervor.

»Meinen Wagen? Ist deiner denn kaputt? Na, von mir aus, aber ihr wisst ja, ich muss erst das Zeug abliefern. Das wird nicht lange dauern. Spätestens in einer Stunde bin ich wieder –«

»Sofort!«, unterbrach Peter ihn und fühlte sich augenblicklich schuldig. Justus' Onkel war einer der gutmütigsten und liebenswertesten Menschen, die er kannte. Aber die drei ??? hatten keine Sekunde zu verlieren.

Nun kamen auch Justus und Bob angelaufen und Peter war froh, dass der Erste Detektiv nun das Ruder übernehmen konnte.

»Musst … uns … mitnehmen«, japste er. Der kurze Spurt hatte ihn völlig erschöpft.

»Mitnehmen? Aber wohin denn? Was ist denn überhaupt los?«

»Keine Zeit«, antwortete Justus, umrundete den Wagen und stieg auf der Beifahrerseite ein, während Bob und Peter die Ladefläche erklommen und sich dort zwischen die Kartons auf den Boden hockten. »Fahr los! Richtung Osten.«

Titus Jonas hatte noch immer keine Ahnung, was vor sich ging. Doch eines hatte er im Laufe der Jahre, in denen sein Neffe und dessen Freunde als Detektive aktiv waren, gelernt: Es gab Situationen, in denen man bestens beraten war, Justus einfach zu vertrauen, egal wie bizarr sein Verhalten auch war. Dann lag eine Entschlossenheit in allem, was sein Neffe tat, der Titus nichts entgegensetzen konnte. Dies war so eine Situation. Und deshalb legte Titus Jonas den ersten Gang ein, schlug das Lenkrad in die andere Richtung und fuhr nach Osten.

Ein alter Freund

Justus starrte auf das Display des Empfängers. Der grüne Punkt war verschwunden. »Verflucht!«

Bob steckte seinen Kopf durch das geöffnete Rückfenster in die Fahrerkabine. »Was ist los?«

»Wir haben das Signal verloren! Aber noch ist es nicht zu spät, vielleicht holen wir es wieder ein. Onkel Titus, könntest du vielleicht etwas schneller fahren?«

»Ich helfe euch ja gern bei was immer ihr gerade tut, aber verlange nicht von mir, dass ich die Straßenverkehrsordnung missachte.«

Justus biss sich auf die Unterlippe. »Schon gut. Danke übrigens.«

»Gern geschehen. Könnte ich denn vielleicht auch erfahren, was hier eigentlich los ist?«

»Wir verfolgen jemanden«, sagte Justus knapp.

»Das habe ich mir schon fast gedacht. Und warum?«

»Ein Unbekannter hat uns eine blaue Mülltüte gestohlen.«

Onkel Titus nickte verständnisvoll. »Das ist ein schwerwiegendes Verbrechen. Sie war sicherlich wertvoll. Ich tippe auf … fünf Cent?«

Justus grinste. »Es war natürlich etwas drin.«

»Ich nehme an, es hat keinen Zweck, dich zu fragen, was das war?«

Einen Moment lang dachte Justus wirklich darüber nach, seinem Onkel die Wahrheit zu sagen. Doch wahrscheinlich hätte er als Folge den Pick-up sofort an den nächsten Baum gesetzt. »Onkel Titus, ich bin sicher, das möchtest du nicht im Detail wissen.«

Titus Jonas dachte eine Weile darüber nach. Dann nickte er schließlich. »Vielleicht hast du recht. Ich hoffe nur, es ist nichts Gefährliches.«

»Kein Sorge, Onkel Titus, wir passen schon auf uns auf!«

Sie bewegten sich auf den Stadtrand von Rocky Beach zu. Die Bebauung wurde immer spärlicher. Noch immer hatten sie kein Signal.

»Just, wenn der Typ irgendwo abgebogen ist, haben wir keine Chance mehr, ihn wiederzufinden!«, rief Peter von hinten.

»Das weiß ich selbst. Aber was sollen wir machen? Ohne den kleinsten Hinweis, wohin er verschwunden sein könnte, fahren wir am besten weiter geradeaus. Wenn wir in zehn Minuten immer noch kein Signal haben –« Justus verstummte. »Da ist es wieder! Wir haben wieder Empfang! Onkel Titus, bieg bei der nächsten Möglichkeit rechts ab!«

Titus Jonas setzte den Blinker. Der grüne Punkt näherte sich dem Zentrum des Displays, als der Pick-up in die neue Zielrichtung fuhr. Mit einem schnellen Seitenblick registrierte Onkel Titus dies. Unwillkürlich gab er nun doch mehr Gas.

»Wir schaffen es!«, rief Justus begeistert und blickte

angestrengt abwechselnd auf das Display und auf die Straße. Noch war nichts und niemand zu sehen. Doch sie kamen dem Sender immer näher. »Da vorn wieder links!«

Sie bogen in eine Straße, in der nur wenige, halb verfallene Häuser standen. Die Gärten in dieser Gegend waren ungepflegt. Sie überwucherten Einfahrten und Mauern und waren teilweise undurchdringlich wie ein Urwald. Autowracks standen auf den Rasenflächen und rosteten vor sich hin. Die Hälfte der Häuser schien nicht mehr bewohnt zu sein. Kein Mensch war auf der Straße zu sehen. Doch direkt vor ihnen, etwa zweihundert Meter entfernt, hielt in diesem Moment ein Taxi.

»Anhalten, Onkel Titus!«, rief Justus.

Titus Jonas war so erschrocken, dass er, ohne zu überlegen, auf die Bremse trat. Die Reifen quietschten und Justus wurde unsanft nach vorn geschleudert. Hinter ihm auf der Ladefläche rumpelte es. Justus drehte sich um. Peter klebte mit dem Gesicht an der Rückscheibe.

»Aua!«

Onkel Titus wurde bleich. »Verzeihung! Ist euch was passiert?«

»Nein, nein«, murmelte Bob und rieb sich das Knie.

Justus duckte sich reflexartig und spähte über das Armaturenbrett auf die Straße. Ein Mann stieg aus dem Taxi. Nein, kein Mann, ein Jugendlicher. Er war klein und drahtig, hatte rötlich-blondes Strubbelhaar, helle Haut und sah aus wie ein nervöses Eichhörnchen. Mit beiden Händen hielt er eine blaue Plastiktüte fest umklammert. Das Taxi fuhr weiter und der Junge blickte sich gehetzt um. Einen Moment lang blieb sein Blick am Pick-up hängen. Justus duckte sich noch tiefer. Und Onkel Titus griff blitzartig nach einem Fensterleder und begann, die Windschutzscheibe zu wienern.

»Hat er mich bemerkt?«, raunte Justus, obwohl der Junge ihn auch in normaler Lautstärke garantiert nicht gehört hätte.

»Glaube nicht«, brummte Onkel Titus durch den Mundwinkel und bearbeitete hartnäckig einen nicht vorhandenen Fleck. »Jetzt geht er zu diesem verfallenen Haus am Ende der Straße. Er umrundet es. Und weg ist er. Die Luft ist rein.«

Justus setzte sich auf und warf einen Blick nach hinten. Auch Bob und Peter waren rechtzeitig in Deckung gegangen und kamen nun wieder zum Vorschein. »Was jetzt?«, fragte Peter.

»Keine Frage, wir folgen ihm«, entschied Justus. »Er darf uns nicht entkommen! Kommt, Kollegen!«

»Was ist mit mir?«, fragte Onkel Titus, der offensichtlich nicht recht wusste, wie ihm geschah. »Braucht ihr mich noch? Ich meine … soll ich euch helfen? Oder vielleicht … Schmiere stehen oder wie das heißt?«

»Nicht nötig«, antwortete Bob. »Mit diesem Bürschchen kommen wir allein klar.«

»Danke, Onkel Titus. Du kannst jetzt zu deinem Termin fahren. Du hast was gut bei uns!«

Titus Jonas grinste, dass sich der Schnurrbart bog. »Darauf komme ich zurück.«

Bob und Peter kletterten von der Ladefläche des Lieferwagens, während Justus ausstieg. Gemeinsam gingen sie auf das alte Haus zu, in dem der rothaarige Junge verschwunden war. Onkel Titus gab Gas, winkte noch einmal und fuhr davon.

Es gab keinerlei Deckung in der Straße, daher beeilten sich die drei Detektive. Je näher sie dem Haus kamen, desto offensichtlicher wurde, dass es unbewohnt war: Welche Farbe die Holzwände ursprünglich einmal gehabt hatten, war kaum noch auszumachen. Der Lack war überall abgeplatzt. Sämtliche Fensterscheiben waren entweder zerbrochen oder mit Brettern vernagelt. Im Dach klaffte ein großes Loch. Das Gestrüpp im Garten rankte meterhoch und überwucherte die halbe Veranda, deren Geländer wie der gebrochene Flügel eines Vogels in unnatürlichem Winkel ins Nichts ragte.

Peter sprang sportlich über etwas, das einmal ein Zaun gewesen sein mochte, und duckte sich hinter dem dornigen Buschwerk. Bob und Justus beeilten sich, ihm zu folgen.

»Was für eine Drecksbude«, meinte der Zweite Detektiv, nachdem er sich das Gebäude eine Weile angesehen hatte. »Aber einen Vorteil hat es ja: Dank des ganzen Gestrüpps kommen wir unbemerkt auf die andere Seite.«

Sie umrundeten das Haus zur Hälfte, um von der Straße aus nicht mehr gesehen zu werden. Dann suchten sie nach einem Fenster, dessen Glas weit genug herausgebrochen war, um hindurchklettern zu können. Sie fanden eines. Peter spähte vorsichtig ins Innere des Hauses.

»Was siehst du?«, fragte Justus leise.

»Nicht viel. Eine Menge Dreck.« Peter legte seine Hände aufs Fensterbrett und zog sich hoch. Einen Augenblick später war er bereits drin.

»He, Peter!«, sagte Bob überrascht. »Heute so mutig? Wie kommt's?«

Der Zweite Detektiv zog die Augenbrauen hoch. »Soll ich vor diesem Zwerg etwa Angst haben? Jetzt beeilt euch endlich oder wollt ihr so lange warten, bis der Typ die Kohle so gut versteckt hat, dass wir sie nie wiederfinden?«

Bob und Justus kletterten ebenfalls durch das Fenster. Bei Justus dauerte es etwas länger. Sie sahen sich um. Der Raum war komplett leer. Auf dem Boden befand sich eine schmierige Schicht aus Staub und Dreck. Die Wände waren mit Graffiti beschmiert, hier und da klafften kleinere und auch ein paar größere Löcher. Die drei ??? lauschten. Von irgendwoher drangen leise Stimmen zu ihnen. Justus schlich auf Zehenspitzen aus der Tür, immer den Stimmen nach, die langsam lauter wurden. Zwei Türen weiter, in einem dunklen Raum, dessen Fensterläden geschlossen und vernagelt waren, waren sie den Stimmen schließlich ganz nahe. Durch ein Loch in der dünnen Rigipswand fiel ein Sonnenstrahl auf den Boden. Es war groß genug, um den Kopf hindurchstecken zu können. Doch die drei Detektive hielten sich fern. Sie wollten nicht das Risiko eingehen, entdeckt zu werden. Außerdem war auch so jedes Wort sehr gut zu verstehen.

»Ich kann dir sagen, Mann, ich hatte echt nicht mehr

geglaubt, an das Geld heranzukommen. Erst hätten mich die beiden Typen fast entdeckt, als sie an meinem Versteck unter den Autoreifen vorbeigingen. Und dann hat dieser Dicke, dieser Jonas, die Lage voll geblickt und mich gleich zweimal reingelegt! Aber als ich unter den ollen Wohnwagen gekrochen war, rief plötzlich jemand nach ihm. Die drei sind gleich raus und die Tür stand offen, also bin ich natürlich sofort rein, habe die Bodenklappe aufgemacht und da lag die Kohle. Mann, und ich hätte das Teil letzte Nacht fast abgefackelt! Aber egal, ich hab mir die Tüte gekrallt und bin abgehauen. Hab mich auch nicht noch mal umgedreht. Zum Glück kam gleich ein Taxi. Tja, und hier bin ich.«

Die andere Person, die dem hektisch und mit heller, nervöser Stimme vorgetragenen Bericht schweigend gelauscht hatte, lachte.

Und den drei ??? stockte der Atem.

Justus, Peter und Bob erkannten sofort, zu wem das dreckige Lachen gehörte. Sie hatten es in der Vergangenheit schon oft gehört. Zu oft. Es gab keinen Zweifel. So viel Häme, Boshaftigkeit und Selbstüberschätzung in einen einzigen kurzen Laut zu legen gelang nur einem Menschen.

Skinny Norris.

Kontrolle ist besser

»Hähä, gut gemacht, Mike. Ob diese drei Pseudo-Detektive wohl schon gemerkt haben, dass das Geld weg ist? Die werden sich vielleicht wundern! Mann, dass diese Typen mir aber auch ständig Steine in den Weg legen müssen!«

Peter war kurz davor zu platzen. In diesem Augenblick hatte er völlig vergessen, in welcher Situation er sich befand. Skinnys Komplize, die Tüte mit dem Geld, das alles war ihm völlig egal. In dieser Sekunde wollte er Skinny nur die Meinung sagen, alles andere zählte nicht.

Skinny Norris! Ihr ewiger Erzfeind, der ihnen seit Beginn ihrer Detektivlaufbahn immer wieder in die Quere gekommen war. Der schmierigste, überheblichste und niederträchtigste Typ, den er kannte. Er war nur wenig älter als die drei ???, spielte sich aber immer ungeheuer auf. Noch dazu hatte er die drei Detektive mehr als einmal in beträchtliche Gefahr gebracht. Es gab viele gute Gründe, Skinny Norris zu hassen.

Peter ballte seine Fäuste. Er war bereit, die Deckung aufzugeben und Skinny gegenüberzutreten. Doch dann legte Justus seine Hand auf Peters Schulter. Der Erste Detektiv sah ihm streng in die Augen und schüttelte den Kopf. Es fiel Peter nicht leicht, doch er entspannte sich etwas. Justus hatte mal wieder recht – was immer Skinny plante, sie hatten größere Chancen, es herauszufinden, wenn sie sich weiter im Hintergrund hielten. Trotzdem beugte Peter sich vor und riskierte einen kurzen Blick durch das Loch in der Wand.

Da saßen sie, Skinny und sein Komplize Mike, im Schneidersitz auf dem dreckigen Holzboden. Zwischen ihnen die aufgeschlagene Tüte mit dem Geld. Mike wippte ständig mit den Beinen und zog nervös an einer Zigarette, während Skinny langsam und genüsslich ein Bündel nach dem anderen aus der Tüte nahm und sich mit den Banknoten verzückt Luft zufächelte.

»Aber egal«, fuhr Skinny fort. »Wir haben das Geld, das ist das Einzige, was zählt. Wir haben es endlich geschafft! Wir sind reich! Und weder Wagner noch Calhoon haben eine Ahnung, dass wir sie gelinkt haben. Ist sonst noch irgendwas wichtig? Auf diese Chance habe ich mein Leben lang gewartet. Sobald Calhoon Wagner zur Schnecke gemacht hat und ich ohne großes Aufsehen bei Wagner aussteigen kann, bin ich weg. Dann muss ich Rocky Beach nie wiedersehen. Und diese drei unerträglichen Satzzeichen können nerven, wen sie wollen, mich werden sie nie wieder belästigen!«

Peter blickte zu seinen Freunden. Ihre Blicke sagten alles: Alle drei waren sich einig, dass sie Skinny nicht vermissen würden, wenn er tatsächlich die Stadt verließ. Aber bis dahin würde er sich noch wundern. Was immer hier für ein krummes Ding lief, sie würden Skinny nicht ungeschoren davonkommen lassen. Er würde nicht mit zweihunderttausend Dollar in bar, an die er sicherlich nicht auf legalem Wege gekommen war, verschwinden. Nie und nimmer.

Mike wurde immer nervöser. Sein ganzer Körper vibrierte und er zog so hektisch an seiner Zigarette, dass die Asche herabfiel und ein kleines Loch in seine Hose brannte, bevor sie verglühte. Er merkte es gar nicht. »Da ist noch was, Mann. Wir müssen noch über was sprechen.«

Nun wurde Skinny misstrauisch. »Worüber denn?«

»Na ja, wie soll ich sagen. Wir teilen ja die Kohle und … und ich finde … wir könnten sie etwas gerechter teilen.«

»Zwanzig Prozent für dich und achtzig für mich ist mehr als gerecht«, antwortete Skinny kalt.

»Hey, Mann, das war echt total anstrengend! Ich mein das Warten im Versteck und so. Und die Sache mit dem Feuer war ja auch nicht geplant. Also, streng genommen habe ich eigentlich irgendwie die ganze Arbeit gemacht. Du hast doch nur den Koffer über den Zaun geschmissen! Aber ich hatte den ganzen Stress. Erst kommen mir die beiden Typen in die Quere, dann muss ich eine ganze Familie aus dem Haus locken, dann ist auch noch der Koffer leer – ich sage dir, ich brauchte echt Nerven! Die meisten anderen wären wahrscheinlich voll abgedreht. Aber ich hab durchgehalten, Mann! Dafür habe ich mir ja wohl ein bisschen mehr verdient als zwanzig Prozent.«

»Du bekommst zwanzig Prozent von dem, was in dieser Tüte ist, für acht Stunden auf dem Schrottplatz. Das ist ein verdammt guter Stundenlohn.«

»Und was ist mit dir?«

»Was mit mir ist? Ich habe den Plan entwickelt! Ohne mich wäre das Ding überhaupt nicht gelaufen! Außerdem steht mir der schwierigste Teil noch bevor: Ich muss dafür sorgen, dass der Verdacht nicht doch noch auf uns fällt. Deinen Job hätte jeder Botenjunge erledigen können.«

»Botenjunge! Hast du 'ne Ahnung, was Calhoon mit mir anstellt, wenn er rauskriegt, dass ich da mit drinstecke? Dann bin ich tot, Mann!«

»Zwanzig Prozent«, sagte Skinny mit eisiger Stimme und beendete die Diskussion damit unmissverständlich. »Und was Calhoon angeht: Wenn er oder Wagner auch nur auf die Idee kommen sollten, dass wir sie gelinkt haben, sind wir *beide* tot.«

Mike sah offensichtlich ein, dass er keine Chance mehr hatte, Skinny umzustimmen. Er hielt seinen Mund, zündete sich die nächste Zigarette an und sah schweigend zu, wie Skinny Geldbündel für Geldbündel aus der Tüte nahm, abzählte und auf drei unterschiedlich große Haufen verteilte.

»Vierzigtausend Dollar«, sagte Skinny schließlich und schob ihm den mittleren Stapel hin. »Mit dem kleinen Packen linken wir Zia. Der Rest ist für mich.«

Mike beeilte sich, das Geld in seinen mitgebrachten Rucksack zu stopfen. »Okay, Mann. Ich hau dann mal ab. Ist besser, wir werden nicht zusammen gesehen. Viel Glück bei Zia!« Er rappelte sich auf, griff nach dem Rucksack und wandte sich um.

»Mike«, hielt Skinny ihn zurück und seine Stimme wurde eisig. »Wenn du dich bei Calhoon irgendwie verplappern solltest, wenn der Kerl deinetwegen auf mich aufmerksam wird, wenn du die Sache verpatzt – dann bist du dran.«

Mike lachte nervös. »Hey, Mann, seh ich so bescheuert aus? Von mir hast du nichts zu befürchten!«

»Dann ist es ja gut.«

Mike ging. Skinny wartete, bis sich seine Schritte entfernt hatten, dann griff er mit beiden Händen den größten der Geldstapel, hob ihn hoch und ließ die Scheine auf seinen Kopf herabregnen. Er lachte dreckig.

Peter wandte sich an Bob und Justus und formte mit den Lippen eine stumme Frage: Was jetzt?

Justus machte eine beruhigende Geste: Abwarten.

Lange mussten die drei ??? Skinny Norris nicht bei seiner Gelddusche zusehen. Denn plötzlich näherten sich eilige Schritte. Und dann stand Mike in der Tür, schnell atmend und mit einem Ausdruck von Panik in den Augen.

»Scheiße, Mann! Wagner ist hier!«

Skinny sprang auf die Füße. *»Was?«*

»Seine protzige Karre steht direkt vor der Tür! Er ist gerade ausgestiegen! Er kommt hierher, Skinny!«

Selbst von seinem Versteck aus konnte Peter sehen, wie Skinny die Farbe aus dem Gesicht wich. Einen Moment lang sah es so aus, als würde er zusammenbrechen. »Gib mir den Rucksack, Mike!«

»Was?«

»Willst du, dass Wagner die Kohle bei dir oder mir findet? *Gib mir den verdammten Rucksack*!« Skinny wartete Mikes Reaktion nicht ab. Er riss ihm den Rucksack vom Rücken, zerrte am Reißverschluss und schüttete das Geld zurück in die blaue Plastiktüte. Hektisch sammelte er auch die anderen Bündel auf, die auf dem dreckigen Boden verstreut lagen. Innerhalb von Sekunden war das Geld wieder in der Tüte verstaut. Schon näherten sich schwere Schritte. Panisch sah Skinny sich um.

»Wohin jetzt damit?«, fragte Mike mit zitternder Stimme.

Skinnys Blick fiel auf das Loch in der Wand.

Peter zuckte in letzter Sekunde zurück. Hatte Skinny ihn gesehen? Er kam auf die Öffnung zu. Und quetschte, ohne einmal hindurchzublicken, die Tüte durch das Loch.

Pflatsch. Zweihunderttausend Dollar landeten zum zweiten Mal in zehn Stunden vor Peters Füßen.

Eine Sekunde später wurde die Tür zu Skinnys Raum aufgerissen und ein kleiner, aber kräftiger Mann in einem braunen Anzug trat ein. Er trug ganz offensichtlich ein schlecht sitzendes Toupet, dessen Farbe nur mit viel Fantasie zu der seines verbliebenen Echthaares passte. Hinter ihm stand ein sportlicher Mann, der ihn locker um einen Kopf überragte. Er war deutlich jünger, trug sportliche Kleidung und hatte eine platinblond gefärbte, militärische Kurzhaarfrisur. Sein Blick war hart und kalt.

»Mr Wagner! Beaumont!«, rief Skinny ein wenig zu laut und nervös. »Was … was machen Sie denn hier?«

»Dir einen Besuch abstatten, Skinny«, sagte Mr Wagner mit dröhnender Bassstimme, in der jede Spur von Freundlichkeit fehlte. »Und wen haben wir da – Mike Watson. Calhoons Laufbursche. Ich wusste gar nicht, dass ihr beiden so dicke seid.«

»Na, wir sind halt alte Kumpels, Mr Wagner, und …«, begann Mike, doch er wurde von Skinny schroff unterbrochen.

»Mike hat mir gerade erzählt, was passiert ist. Ist es wahr? Das Geld ist weg? Sie sind deswegen hier, nicht wahr, Mr Wagner? Glauben Sie mir, ich habe nichts damit zu tun!«

»Du weißt also schon Bescheid«, sagte Wagner scharf und kniff seine kleinen Augen zusammen. Dann trat er ein paar Schritte auf Skinny zu, der automatisch zurückwich. »Wie praktisch. Es stimmt. Calhoon hat das Geld nicht bekommen. In dem Koffer waren nur alte Zeitungen. Behauptet er jedenfalls. Jetzt glaubt er, ich hätte ihn reingelegt. Aber das habe ich nicht. Die Zweihunderttausend waren in dem Koffer, den du Zia übergeben hast. Bei Calhoon sind sie nie angekommen. Was meinst du, Skinny? Was kann man daraus schließen?«

Skinny schluckte hörbar. »Dass … dass bei der Übergabe etwas schiefgelaufen ist?«

Wagner lächelte kalt. »Schlaues Kerlchen.«

»Aber es lief alles nach Plan, Sir! Wirklich! Ich habe Zia am vereinbarten Treffpunkt getroffen, ich gab ihr meinen Koffer, sie gab mir ihren … und auch auf dem

Hin- und Rückweg ist nichts Ungewöhnliches geschehen! Sie müssen mir glauben! Ich ...«

»Mund halten, Skinny!«, brachte Wagner ihn zum Schweigen. »Ich weiß, dass du das Geld bei Zia abgeliefert hast. Meinst du, ich lasse dich mit zweihunderttausend Dollar unbewacht durch Rocky Beach spazieren?«

Einen Moment lang war Skinny sprachlos. »Aber ... aber das haben Sie doch getan!«

Wagner lachte rau. Das Lachen ging in ein ungesundes Husten über. »Für wie blöd hältst du mich?« Er wies mit dem Daumen auf seinen hünenhaften, stummen Begleiter. »Beaumont hat dich beobachtet. Ich weiß, dass du deinen Job gut gemacht hast. Andererseits ...« Seine Augen verengten sich und sein Blick wanderte zu Mike. »Andererseits treffe ich nun den kleinen Mike Watson hier und ich frage mich, was du mit Calhoons Laufbursche zu schaffen hast.«

»Gar nichts, Sir«, versicherte Skinny schnell.

»Wir sind halt alte Kumpels«, wiederholte Mike. »Ich weiß, dass Skinny hier manchmal abhängt, und wollte sehen, ob er da ist, um ihm von dem verschwundenen Geld zu erzählen.«

»Vielleicht hat Zia das Geld weggeschafft und den Koffer mit den Zeitungen Mr Calhoon gegeben«, überlegte Skinny laut. »Und jetzt behauptet sie, ich wäre es gewesen.«

Wagner nickte stumm.

»Oder Mr Calhoon hat die Kohle kassiert und sich alles nur ausgedacht, um –«

»Um mich reinzulegen!«, brüllte Wagner. »Ich will dir mal was sagen, du kleiner Schlaumeier: Darauf bin ich selbst schon gekommen! Das Problem ist ...« Wagners Blick fiel auf Mike, und er unterbrach sich. »Verschwinde, Kleiner.«

»W... wie bitte?«, stotterte Mike.

»Mach dich aus dem Staub, aber ein bisschen plötzlich!«

»Hey, Mann, ich ...«

Beaumont trat einen Schritt vor und Mike verstummte augenblicklich. Er griff nach seinem Rucksack, warf Skinny einen schwer zu deutenden Blick zu und verließ den Raum.

Wagner wartete ab, bis Mikes Schritte verklungen waren, dann fuhr er mit gesenkter, aber nicht weniger scharfer Stimme fort: »Das Problem ist, dass ich das Calhoon erst mal beweisen muss! Der Kerl will mich fertig machen. Er braucht nur einen Grund. Und den hat er jetzt. Heute Abend sollen wir zu Calhoon kommen, um die Sache zu klären. Wir drei. Wenn wir da nicht auftauchen, macht er uns platt. Also wirst du da sein, Skinny, verstanden?«

Skinny nickte nervös. »In Ordnung.«

»Um acht in Calhoons Villa. Klar?«

»Klar, Boss. Um acht. Aber ...«

»Was aber?«

»Sir, darf ich fragen, was Sie vorhaben, um aus der Sache heil herauszukommen?«

»Ich muss das Geld finden!«

»Und wie –«

»Das weiß ich doch nicht!«, brüllte Wagner so heftig, dass sein Toupet ein Stück verrutschte. Dann wandte er den Kopf in Richtung seines Begleiters. »Beaumont, durchsuch das Haus!«

»Was?«, entfuhr es Skinny mit einem Krächzen. »Das Haus? Aber wieso denn? Das ist nur ’ne alte Bruchbude. Glauben Sie etwa, das Geld ist hier?« Er lachte schrill.

Wagner schüttelte den Kopf. »Nein. Tue ich nicht. Ich vertraue dir, Skinny. Aber wie sagt der Volksmund so schön: Vertrauen ist gut, Kontrolle ist besser. Los, Beaumont. Fang bei Skinnys Taschen an. Und dann durchsuchst du jeden Raum.«

Beaumont, der bisher noch keinen Ton gesagt hatte, setzte sich ebenso stumm in Bewegung. Doch mehr bekamen die drei ??? nicht mit. Peter war schon auf dem Weg zurück zum Fenster, durch das sie geklettert waren. Dieser Beaumont hatte ein Kreuz wie ein Eisbär. Wenn der sie in die Finger bekam …

Der Zweite Detektiv war noch nicht ganz aus dem Zimmer heraus, da raschelte etwas hinter ihm. Er drehte sich um. Justus hatte die Plastiktüte vom Boden aufgehoben. Er hatte doch nicht etwa vor …?

Er hatte.

Peter stürmte auf den Ersten Detektiv zu und versuchte, ihn durch Gesten dazu zu bewegen, die Tüte liegen zu lassen. Doch wie erwartet dachte Justus gar nicht daran, sondern scheuchte Peter aus dem Raum. Sie hatten keine Zeit zu verlieren!

Nacheinander sprangen sie aus dem Fenster in den Garten. Erst hier wagte Peter zu sprechen: »Bist du völlig verrückt geworden, Just? Wie konntest du das Geld einfach mitnehmen?«

»Deshalb waren wir doch hergekommen, oder habe ich das falsch in Erinnerung?«

»Da wussten wir ja auch noch nicht, dass ein ganzer Haufen Gangster hinter der Kohle her ist!«

»Können wir das bitte später ausdiskutieren?«, drängte Bob. »Ich möchte mich gern außer Reichweite befinden, wenn Mr Wagner und dieser Beaumont das Haus verlassen.« Sie eilten durch den verwilderten Garten zur Straße. Vor dem abbruchreifen Haus stand ein roter Plymouth. Onkel Titus war natürlich längst über alle Berge. Busse fuhren nicht in dieser Gegend.

»Nehmen wir uns ein Taxi«, schlug Bob vor. »Bloß weg von hier!«

Die ganze Zeit blickten sie sich um in der ständigen Befürchtung, Skinny oder Mr Wagner könnten hinter ihnen auftauchen. Doch niemand verfolgte sie. Sie mussten bis zur nächsten größeren Straße laufen, bevor ein Taxi vorbeikam. Peter winkte es heran und sie fuhren zurück zum Schrottplatz. Während der ganzen Zeit hielt Justus sich an der Plastiktüte fest wie an einem Rettungsring.

»Das macht dann genau acht Dollar«, sagte der Taxifahrer, als er vor dem Tor zum Gebrauchtwarencenter hielt.

»Mist, hat jemand von euch Geld dabei?«, fragte Justus und verkniff sich ein Lachen. Auf seinem Schoß lagen zweihunderttausend Dollar und er fragte nach Geld.

Bob und Peter schüttelten die Köpfe.

»Bezahlen müsst ihr mich schon, Jungs«, sagte der Fahrer etwas verärgert.

»Keine Sorge, wir haben nur kein Kleingeld«, erwiderte Justus und schob seine Hand unauffällig in die Tüte. Mit einer Hundert-Dollar-Note zwischen den Fingern zog er sie wieder hervor. »Können Sie wechseln?«

Wenig später saßen die drei ??? in der Zentrale. Peter lief wie ein eingesperrtes Tier auf und ab. Justus saß auf seinem Bürostuhl, die blaue Tüte auf dem Schoß und mit beiden Händen fest umklammert. Bob blickte immer wieder aus dem kleinen Fenster auf den Schrottplatz. Doch da draußen herrschte lediglich der ganz normale Samstagvormittagsbetrieb. Die Kunden schlenderten an den Auslagen vorbei, während Tante Mathilda geschäftig hin und her lief und Trödel verkaufte.

»Also, was ist jetzt, Justus? Rufst du nun endlich die Polizei?«, fragte Peter.

»Immer mit der Ruhe, Zweiter. Im Moment ist alles in bester Ordnung. Das Geld ist in Sicherheit. Es gibt keinen Grund, etwas zu überstürzen. Wir sollten erst einmal in Ruhe über alles nachdenken.«

»Was gibt es denn da nachzudenken? Hier liegen zweihunderttausend Dollar rum, die irgendwelche Gangster hin und her schieben wollen. Am besten übergeben wir das Geld der Polizei, dann sind wir aus der Sache raus.«

»Wenn die Polizei den Fall übernimmt, werden wir nie erfahren, worum es hier eigentlich geht.«

»Na und? Meine Neugier hält sich in Grenzen. Mensch, Just, ich bin einfach ein klitzekleines bisschen nervös, wenn du zweihunderttausend Dollar auf deinem Schoß hin und her schaukelst, kannst du das vielleicht verstehen?«

»Ich bin auch nervös«, meldete sich nun Bob zu Wort. »Aber interessieren würde es mich schon, was hier läuft.«

»Fassen wir die Fakten doch erst mal zusammen«,

schlug Justus vor. »Danach können wir immer noch Inspektor Cotta anrufen. Also, was wissen wir?«

»Skinny arbeitet als Botenjunge für diesen Mr Wagner«, antwortete Bob. »Er sollte den Koffer einer gewissen Zia geben, die das Geld dann wiederum an Mr Calhoon weiterreicht. Aber das hat nicht geklappt.«

»Und warum nicht?«, fragte Justus. »Weil Skinny den Koffer gegen einen anderen ausgetauscht hat. Klar, jetzt macht die ganze Geschichte Sinn! Peter, hast du nicht erzählt, dass gestern Nacht ein roter Plymouth im Schritttempo die Straße entlangfuhr? Dem Typ hinterher, der mutmaßlich den Koffer über den Zaun geworfen hatte? Dieser Typ war Skinny. Er hatte vorher einen Koffer, der genau gleich aussah, aber mit alten Zeitungen gefüllt war, an der Straße im Gestrüpp deponiert. Bob hat ihn ja dort gesehen. Skinny lief also mit dem Geldkoffer am Schrottplatz vorbei und wurde von dem Fahrer des roten Plymouth beobachtet, bei dem es sich mit an Sicherheit grenzender Wahrscheinlichkeit um Beaumont handelte. Doch es muss ein paar Sekunden gegeben haben, in denen Skinny unbeobachtet war, nämlich als er um die Ecke bog. In diesem Moment tauschte er die Koffer aus. Im Vorbeigehen warf er den Geldkoffer über den Zaun, nahm stattdessen den anderen und setzte seinen Weg fort, als wäre nichts gewesen. Den Geldkoffer sollte eigentlich sein Komplize Mike entgegennehmen, der sich hier auf dem Schrottplatz versteckt hielt. Aber wie der Zufall es wollte, fiel der Koffer euch beiden vor die Füße. Das bekam Mike natürlich mit und unternahm daraufhin alles, um an das Geld heranzukommen.«

Während Justus' Bericht war Peters Wanderung durch die Zentrale immer langsamer geworden. Schließlich war er ganz stehen geblieben und fuhr sich nachdenklich durchs rotbraune Haar. »Genau so könnte es gewesen sein. Alle Achtung, Just. Wie schaffst du es bloß immer, einer völlig verwirrenden Geschichte doch noch einen Sinn zu geben?«

»Logik, Zweiter«, antwortete Justus sachlich. »Intuition mag bei Computerspielen eine Hilfe sein, beim Beantworten von verzwickten Fragen ist sie nur im Weg.«

»Dann wollen wir mal sehen, ob du bei der nächsten Frage auch mit Logik weiterkommst«, sagte Bob. »Worum geht es bei der ganzen Geschichte? Warum werden mir nichts, dir nichts mal eben zweihunderttausend Dollar durch die halbe Stadt geschleppt? Sind das Drogendealer? Sollte Wagner im Gegenzug einen Koffer voller Koks kriegen? Oder voller Waffen? Oder voller Juwelen? Es war eine Übergabe, okay. Skinny hat dieser Zia einen Koffer gegeben und selbst einen in Empfang genommen. Aber was war da drin?«

»Um diese Frage zu beantworten, haben wir definitiv zu wenig Informationen. Und deshalb bin ich der Meinung, dass wir unbedingt an dem Fall dranbleiben sollten. Wir könnten das Geld jetzt zur Polizei bringen, ja, aber dann werden wir nie erfahren, in was für eine zwielichtige Geschichte Skinny Norris diesmal verstrickt ist. Und ehrlich gesagt würde mich das brennend interessieren.«

»O, Mann«, stöhnte Peter und rieb sich die Schläfen. »Dranbleiben! Ich habe es geahnt. Können wir das Geld dann vielleicht wenigstens in einem Bankschließfach deponieren? Irgendwo, wo es wirklich sicher ist! Ich kann mich sonst überhaupt nicht entspannen.«

Bevor Justus antworten konnte, lenkte Bob die Aufmerksamkeit auf sich. Der dritte Detektiv hatte einen Blick aus dem Fenster geworfen und etwas erspäht, das ihm gar nicht gefiel. »Kollegen! Es gibt Ärger!«

»Die Gangster?«, rief Peter erschrocken. »Sie sind hier? O Gott, Just! Was habe ich dir gesagt! Sie finden uns! Jetzt sind wir dran!«

»Immer mit der Ruhe, Peter«, sagte Bob. »Es sind nicht die Gangster. Bloß Skinny.«

Peter seufzte erleichtert. »Ach so. Na ja, immer noch schlimm genug.«

»Ist er allein?«, fragte Justus.

»Ja. Und er kommt direkt auf die Zentrale zu.«

»Wieso denn das? Er weiß doch gar nicht, dass wir etwas wissen. Oder?«

»Das werden wir erfahren. Weg mit dem Geld!«, beschloss Justus und sprang auf. Er öffnete die Bodenluke zu Tunnel II, warf die Tüte in den unterirdischen Gang und ließ die Luke wieder zuklappen.

In diesem Moment klopfte jemand energisch an der Tür.

»Was machen wir denn jetzt?«, wisperte Peter.

»Was sollen wir schon machen?«, antwortete Justus gelassen.

»Mit Skinny sprechen! Das ist doch eine unserer Lieblingsbeschäftigungen. Ich bin schon sehr gespannt, was er uns für eine Geschichte auftischen wird.«

Es pochte erneut. Justus ging langsam zur Tür und öffnete sie. Ein Blick in Skinnys Gesicht genügte: Er war stinksauer. Mit brennendem Blick und mahlendem Kiefer stand er vor Justus und funkelte ihn wütend an. Justus spielte den Überraschten. »Skinny Norris! Nein, was für eine Überraschung! Wirklich ganz reizend, dass du mal vorbeischaust, aber ich glaube nicht, dass wir verabredet waren.« Justus war im Begriff, die Tür zuzuschlagen. Zwar war er neugierig, was Skinny zu sagen hatte, aber er wollte es ihm nicht zu leicht machen.

Doch Skinny stellte seinen Fuß in die Tür, drückte sie gewaltsam auf und betrat die Zentrale. »Sehr witzig, Dicker! Noch so'n blöder Spruch und ich polier dir die Fresse!«

Sofort waren Peter und Bob an Justus' Seite.

»Willst du Ärger, Skinny?«, fragte Peter drohend. »Kannst du haben! Mit dir werde ich allemal fertig!«

»Ich will keinen Ärger, ich will mein Geld!«, bellte Skinny zurück.

»Wenn deine Liquidität derzeit gefährdet ist, wende dich an deinen Arbeitgeber oder deine Eltern, nicht an uns«, gab Justus ruhig zurück.

»Quatsch nicht so einen Mist, Dicker! Du weißt genau, wovon ich rede! Mike hat gesehen, wie ihr mit der

Tüte unter dem Arm vom Garten auf die Straße gelaufen seid! Er war noch in der Nähe. Ich weiß nicht, wie ihr uns gefunden habt, aber das ist mir auch egal. Ihr habt nichts mit der Angelegenheit zu tun! Rückt meine Kohle raus!« Skinnys sonst so blasses Gesicht war feuerrot. So aggressiv hatten die drei ??? ihn noch nie erlebt. Natürlich hätte er bei einer körperlichen Auseinandersetzung keine Chance gehabt, aber trotzdem wollten es die drei ??? nicht darauf ankommen lassen.

»In Ordnung, Skinny, spielen wir also mit offenen Karten«, sagte Justus. »Wir haben das Geld, du hast recht. Dass es jedoch *dein* Geld ist, wage ich stark zu bezweifeln. Auch halte ich deine Behauptung, wir hätten nichts mit der Angelegenheit zu tun, für sehr gewagt. Denn schließlich flog letzte Nacht ein Koffer voller Geld auf *unseren* Schrottplatz und wenige Stunden später hatten meine Tante, mein Onkel und ich alle Hände voll zu tun, um den Ausbruch eines Großbrandes zu verhindern. Und das geht uns sehr wohl etwas an.«

»Großbrand?«, fragte Skinny. »Ich weiß gar nicht, wovon du redest.«

»Du müsstest inzwischen eigentlich wissen, dass wir uns nicht so leicht an der Nase herumführen lassen«, antwortete Bob aufgebracht. »Wir wissen, dass du das Geld über den Zaun geworfen hast, damit Mike es an sich nimmt. Und dass Mike in der Nacht Feuer gelegt hat, um an den Koffer in Justus' Zimmer heranzukommen. Also komm uns nicht mit so einem Müll!«

Skinny holte Luft, öffnete den Mund – und klappte

ihn wieder zu. Sekundenlang starrte er die drei Detektive wutentbrannt an. »Ihr verdammten Wichtigtuer! Ihr glaubt wirklich, ihr könnt euch in alles einmischen, was? Die guten, edlen, tugendhaften und makellosen drei Satzzeichen! Immer schön die Klappe aufreißen bei Sachen, die euch einen Dreck angehen. Haltet euch gefälligst aus meinen Angelegenheiten raus!«

Peter lachte auf. »Das ist ja wohl die Höhe! Haben wir etwa darum gebeten, dass du uns zweihunderttausend Dollar vor die Füße schmeißt?«

»Ich schlage vor, wir beenden diese fruchtlose Diskussion«, sagte Justus. »Das sprachliche Niveau ist unter meiner Würde. Auf Wiedersehen, Skinny. Oder nein, vielleicht besser nicht.«

»Du dämlicher Wichtigtuer, du hast mich wohl nicht ganz verstanden!« Skinny war so schnell, dass weder Bob noch Peter rechtzeitig reagieren konnten. Er packte Justus am Kragen und stieß ihn rückwärts gegen die Wand. »Ich will mein *Geld*!«

Bob und Peter rissen Skinny zurück. »Jetzt reicht's!«, brüllte Peter. »Verschwinde hier und lass dich nicht wieder blicken!«

Doch Skinny dachte gar nicht daran. »Ich brauch die Kohle!«

»Warum?«

»Weil es meine ist!«

»Falsch«, antwortete Bob. »Sie gehörte Mr Wagner und nun sollte sie eigentlich bei Mr Calhoon sein. Du wolltest sie beiseiteschaffen. Glaubst du, wir sind total bescheuert?«

»Woher wisst ihr Penner das alles?«

»Weil wir eben *keine* Penner sind!«, antwortete Peter.

»Okay, okay«, sagte Justus und hob beruhigend die Hände. »Ich schlage vor, wir nähern uns der Thematik weniger erhitzt. Skinny, du willst das Geld zurück. Lass mich dir eines versichern: Du kriegst es nicht –«

»Dazu habt ihr kein Recht!«, brüllte Skinny.

»Wir haben nicht nur das Recht, sondern sogar die Pflicht, zweihunderttausend Dollar, die über einen Zaun fliegen, zur Polizei zu bringen!«, widersprach Bob nicht weniger laut.

»Leute!«, rief Justus. »Ich sagte *weniger erhitzt*! Du hast mich nicht aussprechen lassen, Skinny, ich war noch nicht fertig. Ich wollte sagen, du kriegst das Geld nicht eher, bis du uns im Detail erzählt hast, was vor sich geht. Ich will wissen, wer Wagner und Calhoon sind. Was du mit ihnen zu tun hast. Was für eine Rolle Mike, Zia und Beaumont spielen. In welche Geschäfte ihr alle verwickelt seid. Und warum du den Koffer ausgerechnet auf unser Grundstück geworfen hast.«

»Das geht dich –«, begann Skinny, sprach aber nicht zu Ende. Er schien eingesehen zu haben, dass ihn dieses Argument nicht weiterbrachte. Ein paar Sekunden lang starrte er Justus einfach nur an. Dann fragte er mit ruhigerer, aber nicht minder bedrohlicher Stimme: »Was habt ihr vor? Wollt ihr Wagner und Calhoon hochnehmen lassen? Vergesst es! Die Typen sind gefährlich! Die lassen sich nicht so einfach reinlegen.«

»Du hast es doch auch versucht«, erinnerte Bob ihn.

»Und versagt«, fügte Peter hinzu. »Aber nicht weil dir Wagner oder Calhoon in die Quere gekommen sind, sondern wir.«

»Ganz recht, Zweiter«, sagte Justus. »Du siehst also, Skinny: Egal was passiert, du musst dich erst mal mit uns abgeben. Da diese Tatsache dir ebenso unangenehm sein dürfte wie uns, schlage ich vor, wir bringen es hinter uns und du sagst uns einfach, was wir wissen wollen.«

Der Pakt

Skinny packte aus. Zähneknirschend und äußerst widerwillig zwar, aber er packte aus. Justus stellte seine Fragen so geschickt, dass Skinny nicht merkte, was die drei ??? bereits wussten und was nicht. Skinny Norris bewegte sich nicht zum ersten Mal in kriminellen oder wenigstens halb kriminellen Kreisen. Durch irgendwelche alten Kontakte war er an Wagner geraten, der von krummen Dingern und zwielichtigen Geschäften jeglicher Art lebte. Wagner bot Skinny einen gut bezahlten Job an, wenn er für ihn ein paar Handlangeraufträge erledigte. Skinny hielt Wagner für einen Idioten, witterte jedoch die Chance, auf leichtem Weg an viel Geld heranzukommen, und nahm das Angebot an. Wochenlang arbeitete er für Wagner. Er wusch seinen Wagen, wimmelte Geschäftspartner am Telefon ab und erledigte kleine Besorgungen. Dabei lernte er nach und nach Wagners Umfeld kennen. Beaumont arbeitete schon seit Jahren für ihn und war so etwas wie seine rechte Hand. Calhoon hingegen war ein Geschäftspartner, er war Wagner jedoch intellektuell und finanziell weit überlegen. Wagner hasste Calhoon, war aber auf ihn angewiesen. Dann stand die Geldübergabe an, die Skinny übernehmen sollte, und er witterte seine große Chance.

Es stellte sich heraus, dass Justus mit den meisten seiner

Mutmaßungen recht gehabt hatte. Einige Punkte waren jedoch immer noch unklar.

»Warum wurdest du überhaupt als Geldbote eingesetzt?«, fragte Justus. »Wäre es nicht einfacher gewesen, wenn Wagner Calhoon das Geld persönlich gebracht hätte? Mittelsmänner stellen doch immer ein Risiko dar.«

»Show«, antwortete Skinny. »Die Übergabe war vor allem Show. Wagner wollte Calhoon beweisen, dass er für so läppische Beträge gar nicht erst aus dem Haus geht, sondern lieber einen Laufburschen losschickt. Natürlich sind zweihunderttausend auch für Wagner eine Menge Geld. Aber das kann er natürlich nicht zugeben. Ich sage ja, er ist ein Blödmann. Zum anderen wollte er mich testen. Ich arbeite noch nicht lange für ihn. Er wollte sehen, ob er mir vertrauen kann. Deshalb hat er mich losgeschickt und von Beaumont, seiner rechten Hand, beobachten lassen. Aber ich bin ja nicht bescheuert. Ich wusste natürlich, dass Beaumont mich nicht aus den Augen lässt.«

»Deshalb hast du vorher einen Koffer, der genau gleich aussieht, im Gebüsch am Zaun versteckt«, führte Justus den Gedanken zu Ende. »Für den Austausch brauchtest du nur ein oder zwei Sekunden. Da sich die Stelle direkt an der Straßenecke befindet und Beaumont noch nicht abgebogen war, hatte er dich für einen kurzen Moment aus den Augen verloren. Ich vermute, das war auch der Grund dafür, warum du dir ausgerechnet den Schrottplatz für die Transaktion ausgesucht hattest. Er war auf dem Weg von Wagner zu Zia der einzige Ort, der die nötigen Voraussetzungen für dieses Manöver mitbrachte.«

»Neunmalkluges Arschloch«, murmelte Skinny kaum hörbar und fuhr dann lauter fort: »Genau so war es. Und du kannst dir sicher sein, Jonas, dass ich bestimmt nicht eure versiffte Müllkippe gewählt hätte, wenn es auch anders gegangen wäre.«

»Ich muss schon sagen, Skinny, das ist ein ziemlich ausgeklügelter Plan«, ignorierte Justus die Bemerkung. »Dank der Tatsache, dass du fast die ganze Zeit unter Beobachtung standest, wird niemand ernsthaft den Verdacht hegen, dass du das Geld hast verschwinden lassen. Nein, Calhoon und Wagner werden sich gegenseitig verdächtigen und vielleicht einigen sich beide darauf, dass Zia den Koffer ausgetauscht hat. Aber auf dich werden sie niemals kommen. Wirklich schlau.«

»Spar dir dein Gequatsche. Ich will jetzt die Kohle!«

»Wir sind noch längst nicht fertig«, sagte Justus bestimmt. »Nachdem wir jetzt geklärt haben, was genau letzte Nacht passierte, würde mich nun interessieren, *warum* es passierte. Um was für ein Geschäft geht es hier, Skinny? Wofür musste Wagner Calhoon zweihunderttausend Dollar zahlen?«

»Falschgeld«, antwortete Skinny. »Calhoon produziert erstklassige Blüten. Aber er ist schlau genug, sie nicht selbst in Umlauf zu bringen. Deshalb verkauft er die Scheine an Idioten wie Wagner im Wechselkurs eins zu zehn: Wagner zahlt zweihunderttausend echte Dollar und bekommt dafür zwei Millionen falsche.«

»Und das soll ein gutes Geschäft sein?«, zweifelte Peter.

»Ja«, antwortete Justus. »Calhoon geht kein Risiko ein, mit Blüten erwischt zu werden. Dann würde er nämlich sofort ins Gefängnis wandern. Das überlässt er anderen Leuten. Da die Produktion des Falschgeldes jedoch noch viel weniger kostet, ist eins zu zehn immer noch ein guter Deal.«

Skinny nickte. »Wie gut, dass du so schlau bist, Jonas.«

»Wo stellt Calhoon das Falschgeld her?«, fragte Justus. »In seiner Villa?«

Skinny zuckte die Schultern. »Ich habe keine Ahnung. Und wenn ich es wüsste, würde ich es euch dreien bestimmt nicht auf die Nase binden.«

»Das macht gar nichts«, behauptete Justus gelassen. »Je länger ich darüber nachdenke, desto weniger möchte ich mich auf deine Aussagen allein verlassen müssen. Ich denke, wir werden uns heute Abend in unmittelbarer Nähe aufhalten und uns selbst ein Bild von der Angelegenheit machen.«

»Was?«, riefen Bob, Peter und Skinny wie aus einem Mund.

»Das ist doch nicht dein Ernst!«, sagte Peter.

»Hast du einen besseren Vorschlag?«

»Ja! Wir bringen das Geld zur Polizei und schicken Inspektor Cotta und seine Leute heute Abend um acht zu Calhoons Villa, wo sie die Bande in aller Ruhe festnehmen können.«

»Auf gar keinen Fall!«, fauchte Skinny. »Das ist *mein* Geld! Ihr werdet mir die Tour nicht vermasseln!«

»Wer sollte uns davon abhalten?«, fragte Bob lässig. »Etwa du?«

Skinny bebte vor Wut. Er ballte die Fäuste und für einen Moment glaubte Bob wirklich, er würde zuschlagen. Doch dann entspannte sich Skinny plötzlich. Ganz langsam schlich sich ein kleines Lächeln auf sein Gesicht. »Ja. Ich. Es ist euch vielleicht noch nicht aufgefallen, aber ihr braucht mich.«

Peter lachte auf. »Wir brauchen dich? Niemand braucht dich, Skinny. Wir geben das Geld bei der Polizei ab und schicken sie zu Calhoon, fertig. Du kommst in diesem Plan überhaupt nicht vor.«

Bevor Skinny antworten konnte, meldete sich Justus zu Wort. »Das werden wir nicht tun, Zweiter.«

»Was soll das heißen, Just? Natürlich werden wir das tun! Ich weiß, du willst mal wieder den Helden spielen und alle Rätsel allein lösen, aber in diesem Fall bringt das überhaupt nichts! Wir haben das Geld, wir haben die Gangster, was sollen wir da noch groß ermitteln?«

»Überleg doch mal, Peter: Wir haben zwar das Geld, aber solange es keine Beweise für Calhoons Falschgeldhandel gibt, können wir ihm auch nicht die Polizei auf den Hals hetzen. Möchtest du allein aufgrund von Skinnys Behauptungen Inspektor Cotta alarmieren? Ich halte das für keine gute Idee. Unseren eigenen Beobachtungen messe ich hingegen sehr viel mehr Bedeutung bei. Also werden wir dem Gespräch zwischen Wagner und Calhoon beiwohnen. Wenn es um das verkorkste Geschäft geht, werden sie uns vielleicht den einen oder anderen nützlichen Hinweis liefern. Wer weiß, vielleicht liegt das Falschgeld sogar haufenweise auf Calhoons Wohnzimmertisch herum. Aber das müssen wir eben erst prüfen. Sobald wir die Gangster und die Beweise an einem Ort haben, verständigen wir die Polizei. So einfach ist das.«

Peter stöhnte. Natürlich hatte Justus mit dem, was er sagte, recht. Justus hatte fast immer recht. Trotzdem wusste Peter, dass es ein heikles Unterfangen war. Aber er würde den Ersten Detektiv kaum davon abhalten können. Wenn Justus sich einmal etwas in den Kopf gesetzt hatte, war es fast unmöglich, ihn umzustimmen. »Und was ist mit dem Geld?«, fragte Peter schließlich. »Wenigstens das können wir doch schon zur Polizei bringen.«

»Nichts da!«, rief Skinny. »Es gehört mir! Du hast versprochen, dass ich es kriege, wenn ich euch die Wahrheit sage, Jonas!«

Justus schüttelte langsam den Kopf. »Ich habe lediglich gesagt, dass du es *nicht* kriegst, wenn du uns nicht Details lieferst. Den Umkehrschluss daraus zu ziehen, dass du es kriegst, *wenn* du uns Details lieferst, ist jedoch nicht ganz folgerichtig. Ich habe nie ein derartiges Versprechen gegeben.«

Justus sah seinen Kontrahenten erneut sprachlos und lächelte zufrieden.

Bob kicherte.

Peter pfiff unschuldig ein Liedchen.

Und Skinny schlug zu.

Die geballte Faust traf Justus am Kinn. Der Erste Detektiv taumelte zurück und prallte gegen das Bücherregal. Einige Bücher fielen heraus, doch das nahm Justus gar nicht wahr. Vor seinen Augen tanzten bunte Sterne. Er sackte zusammen, doch sofort war Bob bei ihm und stützte ihn. Justus' Mund war taub. Benommen tastete er nach dem Kinn. Die Unterlippe blutete.

Der Schmerz kam mit einigen Sekunden Verzögerung, aber er riss ihn schlagartig in die Wirklichkeit zurück. Gerade noch rechtzeitig, um Peter von einer Dummheit abzuhalten. Der Zweite Detektiv hatte Skinny bereits gepackt und gegen die Tür gedrückt.

»Peter!«, rief Justus. »Lass ihn los!«

Peter reagierte nicht.

»Peter!!!«

Widerwillig ließ der Zweite Detektiv von Skinny ab. Der grinste fies. »Ihr seid solche Feiglinge.«

»Das hat nichts mit Feigheit zu tun«, widersprach Justus und griff nach einem Taschentuch, um sich das Blut von der Lippe zu tupfen. »Aber ich lehne jede Form von körperlicher Gewalt ab. Dass du nur allzu schnell zu diesem Mittel der Konfliktbewältigung greifst, bestätigt lediglich meine Meinung über dich, führt mich jedoch nicht in Versuchung, mich ähnlich barbarischen Verhaltensmustern hinzugeben.«

»Du kannst quatschen, so viel du willst, Dicker, ab jetzt spielen wir nach meinen Regeln, ist das klar? Ihr braucht mich! Und zwar aus einem ganz einfachen Grund: Ihr habt keine Ahnung, wo Calhoons Haus ist. Und ich garantiere euch, dass ihr es bis heute Abend auch nicht herausfinden werdet. Außerdem werde ich dafür sorgen, dass ihr mich nicht verfolgen könnt, falls euch das im Hirn herumspuken sollte. Ich habe absolut nichts dagegen, wenn ihr Calhoon und Wagner hochnehmen lasst, im Gegenteil: Mir soll's recht sein. Aber das könnt ihr nur mit meiner Hilfe. Und für die verlange ich das Geld. Und zwar sofort.«

»Sehen wir so bescheuert aus?«, fragte Bob. »Wir sollen zweihunderttausend Dollar für eine Adresse zahlen?«

»Ich habe noch ein bisschen mehr für euch als nur eine Adresse. Ich war schon bei Calhoon. Ich kenne das Haus. Es ist unmöglich, dort reinzukommen. Es sei denn, ich helfe euch. Außerdem zahlt ihr dafür keine zweihunderttausend Dollar. Ihr gebt mir einfach nur *mein Geld* wieder!«

»Und wer garantiert uns, dass du uns die Wahrheit sagst?«, fragte Bob.

»Ich.«

Bob lachte. »Das ist so, als würde man an den Weihnachtsmann glauben.«

Justus nahm das Taschentuch vom Mund und sagte: »Wir machen es andersherum: Du bekommst das Geld, wenn die Sache gelaufen ist. Das gibt uns die Sicherheit, dass du uns nicht bei Wagner und Calhoon verpfeifst.«

»Auf gar keinen Fall! Ich brauche das Geld sofort!«

»Warum?«, fragte Peter. »Willst du heute noch nach Südamerika abhauen? Meinst du nicht, dass das etwas auffällig ist?«

»Quatsch! Ich brauche das Geld, weil ...«

»Ja?«

»Weil …« Skinny verstummte.

»Spuck's schon aus, Skinny!«, forderte Bob. »Du kannst uns eh nicht mehr schocken. Wir trauen dir bereits alles zu.«

»Weil ich einen Fehler gemacht habe!«, platzte es aus Skinny heraus. »Es gibt einen Beweis dafür, dass ich die Koffer ausgetauscht habe. Wagner und Calhoon haben ihn bloß noch nicht bemerkt. Aber früher oder später *werden* sie ihn bemerken. Und dann bin ich dran. Deshalb muss ich einen Teil der Kohle Zia unterjubeln. Und zwar noch heute Abend. Damit Wagner und Calhoon es bei ihr entdecken und nicht mehr nach anderen Beweisen suchen.«

Nun waren die drei ??? doch sprachlos.

»Skinny, ich glaube, die Menschheit hat noch nie einen so durchtriebenen Mistkerl wie dich hervorgebracht«, sagte Peter schließlich.

»Halt die Klappe, Shaw!«

Justus' Hand wanderte zu seiner Unterlippe und zuckte wieder zurück, als er die frische Wunde berührte. Schlagartig kam es ihm so vor, als würde ihm das Denken schwerer fallen. »Was ist das für ein Beweis, der dich belastet, Skinny?«, fragte er schließlich.

»Das geht dich einen Scheiß an.«

»In deinen Augen mag das so scheinen, aber du wirst es mir trotzdem sagen müssen, sonst kommen wir nicht ins Geschäft.«

Skinny verkniff den Mund. Es war offensichtlich, dass

er nicht die geringste Lust hatte, den drei Detektiven mitzuteilen, worin sein Fehler bestanden hatte. Doch er hatte keine Wahl. »Die Zeitungen«, knurrte er schließlich. »Die Zeitungen, die ich in den Koffer gelegt habe, habe ich aus der Mülltonne meiner Eltern. Sie haben sie abonniert. Ihr Name und die Adresse ist oben draufgedruckt. Aber das fiel mir erst heute ein. Bisher hat sich Calhoon die Zeitungen offenbar noch nicht so genau angesehen. Aber wenn er es entdeckt …«

Bob prustete los. So wenig amüsant das Gespräch mit Skinny auch bisher verlaufen war – jetzt konnte er einfach nicht anders. Peter stimmte in das Gelächter ein, während Justus sich damit begnügte, überlegen zu lächeln.

»Skinny, Skinny«, sagte der Erste Detektiv kopfschüttelnd. »Bei deinem erschütternden Mangel an Intelligenz ist es ein Wunder, dass –«

»Spar dir den Quatsch, okay?«, fauchte Skinny. »Ich muss den Verdacht auf Zia lenken, bevor Calhoon auf die Idee kommt, die Zeitungen zu untersuchen, und dafür brauche ich das Geld. Heute! Außerdem droht Mike, mich bei Calhoon zu verpfeifen, wenn ich ihm nicht bis spätestens morgen seinen Anteil zahle. Ich stecke wirklich in der Klemme!«

»In Ordnung. Du kriegst einen Teil des Geldes sofort, um Wagner und Calhoon zu täuschen. Den Rest, nachdem wir die Aktion über die Bühne gebracht haben.«

»Und das soll ich dir glauben?«, fragte Skinny.

»Du hast wohl keine Wahl.«

»Doch. Wir machen es nach meinen Regeln: Wir treffen uns bereits um kurz vor acht. Ihr bringt den Rest des Geldes in einem Koffer mit. Wir verstecken ihn gemeinsam an einem geheimen Ort und ketten ihn an. Den Schlüssel habe allein ich. Nach dem Treffen mit Wagner und Calhoon hole ich das Geld ab. Und keine Tricks!«

Justus runzelte die Stirn und nickte schließlich. »Das hört sich vernünftig an.«

»Bist du verrückt, Just?«, rief Peter. »Du kannst diesem Freak doch nicht das ganze Geld überlassen!«

»Warum nicht? Er setzt sich nach Südamerika ab und wir sind ihn für immer los! Und die Gangster kriegen wir trotzdem. Das hört sich nach einem vernünftigen Geschäft an.«

»Das hört sich nach purem Wahnsinn an!«

»Ausnahmsweise muss ich Schisser-Shaw recht geben«, sagte Skinny stirnrunzelnd. »Es passt überhaupt nicht zu dir, dass du so einfach nachgibst, Jonas. Du führst etwas im Schilde!«

Justus zuckte die Schultern. »Wenn du meinst. Es war deine Idee mit dem Koffer. Wir können den ganzen Plan auch fallen lassen. Dann gehen wir gleich zur Polizei und du gehst leer aus. Ganz wie du willst.«

Skinnys Augen verengten sich zu schmalen Schlitzen. »Ich warne dich, Jonas! Keine Tricks! Ihr werdet mich nicht der Polizei ausliefern, verstanden? Hätte auch gar keinen Sinn. Ich habe zwar für Wagner gearbeitet, aber erstens habe ich dabei nie eine Straftat begangen und zweitens wusste ich auch nie, worum es ging. Also: Vergiss es, klar?«

»Klar.«

»Und wenn ich an diesem Abend das Gefühl haben sollte, dass irgendwas schiefläuft … dass ihr mich verarschen wollt … dass ihr mir eine Falle stellt … oder dass ich das Geld nicht kriege …, dann verpfeife ich euch sofort! Wagner und Calhoon machen Kleinholz aus euch, das schwöre ich! Also haltet euch zurück!«

Justus nickte. »Abgemacht.«

Skinny schüttelte langsam den Kopf. »Ich traue dir nicht, Jonas.«

»Ich dir auch nicht, Skinny«, antwortete Justus und hielt ihm die Hand hin. »Schließen wir den Pakt?«

»Okay«, sagte Skinny und schlug ein.

Operation Geldkoffer

Der Kopierer surrte und spuckte ein Blatt Papier aus. Justus nahm es in die Hand und betrachtete es eingehend. »Das sieht schon besser aus. Ich finde, so sollten wir es machen.«

Er zeigte es seinen Freunden. Bob blickte dem kopierten Antlitz Benjamin Franklins kritisch in die Augen. »Na ja … es ist eine Kopie. Das ist schwer zu übersehen.«

»Aber sie ist viel besser als die letzten Versuche. Die waren immer zu hell oder zu dunkel.«

»Aber es ist immer noch eine Kopie. Die Rückseite bleibt weiß.«

»Ich garantiere dir, Skinny wird es nicht merken. Er wird nämlich keine Gelegenheit haben, sich den Inhalt des Koffers näher anzusehen. Und für eine oberflächliche Täuschung in schummrigem Licht reicht es allemal.« Justus legte sechs Hundert-Dollar-Scheine dicht an dicht auf die Oberfläche des Kopierers und ließ die Maschine laufen. Von nun an spuckte sie alle paar Sekunden ein neues Blatt aus.

»Ich weiß nicht«, murmelte Peter. »Ich finde viel zu viele Dinge an der Operation Geldkoffer unklar und wacklig. Alles, was wir vorhaben, beruht auf Informationen, die von Skinny kommen. Im Grunde genommen ist die Hälfte des Planes auf Skinnys Mist gewachsen. Das sollte uns doch eigentlich augenblicklich in die Flucht schlagen. Aber was tun wir? Wir laufen wie die Deppen in die Falle.«

»Nichts deutet darauf hin, dass es eine Falle gibt«, versuchte Justus den Zweiten Detektiv zu beruhigen.

»Nein. Aber es spricht auch nichts dafür, dass es keine gibt. Wir wissen nichts über diese Leute, über das Haus, über die gesamte Situation. Außer dem, was Skinny sagt. Ihm können wir aber nicht trauen!«

»Das tun wir doch auch nicht«, antwortete Justus und wies auf den Kopierer. »Wie du siehst.«

»Ja, aber … wie können wir mit jemandem zusammenarbeiten, zu dem wir kein Vertrauen haben! Das … das funktioniert irgendwie nicht. Und ich garantiere dir, dass Skinny genauso denkt. Er wird einige unangenehme Überraschungen auf Lager haben, mit denen wir nicht rechnen.«

Bob nickte nachdenklich. »Da ist was dran, Peter. Ich habe auch ein mulmiges Gefühl bei der Sache. Skinny hasst uns. Er kann uns ganz schön in Schwierigkeiten bringen, wenn er will.«

»Was Skinny will«, sagte Justus nachdrücklich, »ist sein Geld. Das hat für ihn oberste Priorität. Rachegelüste kommen bei ihm erst an zweiter Stelle. Was hat er also davon, uns falsche Informationen zu geben? Dann scheitert die ganze Operation und er geht leer aus. Solange er das Geld nicht hat, wird alles nach Plan laufen.«

»Wie kannst du dir da so sicher sein?«, wollte der Zweite Detektiv wissen.

»Es ist ganz einfach logisch.«

»Logisch, ja? So logisch wie ein Computerspiel etwa, oder? Just, man kann Skinny nicht mit Logik begegnen. Dieser Typ ist unberechenbar!«

»Ich verstehe eure Skepsis nicht. Skinny kann uns doch niemals das Wasser reichen. Und ihr wisst genauso gut wie ich, dass wir mit Skinny seit geraumer Zeit noch eine Rechnung offen haben. Das ist unsere Chance, sie zu begleichen. Wir decken Calhoons Falschgeldhandel auf *und* wischen Skinny eins aus. Das ist doch perfekt!«

»Wenn du mich fragst, ist es purer Leichtsinn«, murmelte Peter.

Justus schüttelte den Kopf. »Wir sind schlauer als er. Wenn er was im Schilde führt, werden wir das sofort merken.«

»Ja?«

»Ja.«

Peter seufzte und schwieg eine Weile. Dann sagte er: »Na schön. Es geht hier um Vertrauen, nicht wahr? Wenn wir das schon Skinny nicht entgegenbringen, sollten wir es wenigstens untereinander tun. Ob du es glaubst oder nicht, Justus, *dir* vertraue ich. Bisher hast du immer ein Ass im Ärmel gehabt, von dem wir nichts wussten. Einen genialen Plan, der sämtliche Eventualitäten abdeckt. Bitte sag mir einfach nur, dass das auch dieses Mal der Fall ist. Dann bin ich schon beruhigt.«

»Ich … äh, klar. Ich bin für alles gewappnet. Alles bestens.« Justus nickte zur Bekräftigung. Und fühlte sich dabei gleichzeitig miserabel. Er hatte kein Ass im Ärmel.

Ihm war auch gar nicht klar, wofür er in diesem Fall eines brauchen sollte. Die Sache war doch ganz einfach: Sie würden in Calhoons Villa einsteigen, nach Beweisen für das Falschgeld suchen, wieder verschwinden und die Polizei verständigen. Was Skinny so lange machte, war vollkommen egal. Er würde sowieso nur einen Stapel kopierter Geldscheine bekommen. Der Plan war so simpel, dass er nur funktionieren konnte. Was sollte schon schiefgehen?

Bis zum vereinbarten Treffpunkt war es nicht weit. Er lag zwischen Rocky Beach und Santa Monica in einem Gewerbegebiet, das um diese Zeit wie ausgestorben war. Hinter hohen Gitterzäunen reihten sich große, graue Lagerhallen und Bürogebäude aus Beton dicht an dicht. Nur noch vereinzelt brannte Licht hinter den Fenstern. Peter fuhr langsam an den Firmenschildern vorbei, um die Gewürzfabrik zu finden, an der sie sich verabredet hatten, doch dann sah er schon Skinnys blauen Sportwagen, der gut sichtbar unter einer Laterne stand. Skinny trug einen hellen Anzug und lehnte lässig an der Tür. Trotz der Dunkelheit hatte er eine Sonnenbrille auf.

»Wenn ich schon sehe, wie er dasteht«, knurrte der Zweite Detektiv. »Mr Großkotz des Jahres. Widerlich.«

»Da gebe ich dir zwar uneingeschränkt recht, Zweiter, aber es wäre taktisch trotzdem klüger, Skinny deine Ablehnung nicht zu deutlich spüren zu lassen.«

Peter parkte direkt hinter dem Sportwagen und die

drei Detektive stiegen aus. Die Luft roch unangenehm scharf und künstlich.

»Kommt mit!«, sagte Skinny statt einer Begrüßung, verließ seinen Posten und trat aus dem Licht der Laterne hinaus in die Dunkelheit. Ein Stückchen weiter befand sich eine unscheinbare Tür im Zaun, die das Gelände der Gewürzfabrik, von der der unangenehme Geruch ausging, von der Straße trennte. Skinny öffnete sie und betrat das dahinterliegende, verwilderte Gelände, in dessen Mitte ein halb verfallenes, ehemaliges Fabrikgebäude stand. Sie gingen darauf zu. Schließlich blieb Skinny vor einem verwitterten Gerüst, dessen ehemaliger Zweck nicht ersichtlich war, stehen.

»Habt ihr das Geld dabei?«

»Wir wünschen dir auch einen guten Abend, Skinny.«

»Quatsch keinen Müll, Shaw! Glaubst du etwa, wir sind jetzt die besten Kumpel? Wir haben nur einen Deal, verstanden? Ihr kriegt Wagner und Calhoon, ich kriege die Kohle. Und keine Tricks! Also, ist das Geld in dem Koffer?«

»Ganz recht«, antwortete Justus und legte den Aluminiumkoffer, den er auf dem Schrottplatz aufgetrieben hatte, auf den Boden. Er öffnete die Schnappverschlüsse und klappte den Deckel hoch. Wie Skinny es erwartet hatte, lagen fein säuberlich gebündelte Scheine in dem Koffer, das Konterfei von Präsident Franklin leuchtete ihm entgegen. Gierig griff er danach.

Justus klappte den Deckel zu und verfehlte Skinnys Finger nur haarscharf.

»Bist du bescheuert, Mann?«

»Mitnichten. Aber das Geld gibt es erst, wenn die Aktion gelaufen ist.« Justus kramte eine dicke, schwere Stahlkette aus dem Rucksack und wickelte sie mehrere Male stramm um den Koffer. Es war nun nicht mehr möglich, ihn zu öffnen. »Ich nehme an, du hast dieses Gerüst vorgesehen, um den Koffer festzuketten.« Justus zurrte die Kette um das Metallgestänge herum, bis sich der Koffer schließlich keinen Zentimeter mehr bewegen ließ. Dann zückte er ein riesiges Vorhängeschloss und schob den Bügel in zwei Kettenglieder. Doch plötzlich hielt Skinny seinen Arm fest.

»Was soll das werden, Dicker?«

»Was das werden soll? Ich kette den Koffer an. Oder willst du, dass jeder zufällig vorbeikommende Obdachlose das Geld an sich nimmt? Du kriegst den Schlüssel zum Schloss und kannst den Koffer später abholen.«

Skinny grinste. »Und darauf soll ich reinfallen? Für wie dämlich hältst du mich, Jonas? Glaubst du, ich weiß nicht, dass ihr mich reinlegen wollt? Glaubst du, ich weiß nicht, dass ihr noch einen zweiten Schlüssel habt, um euch das Geld selbst unter den Nagel zu reißen?«

Justus schüttelte den Kopf. »Wenn du auch nur einen Hauch von Menschenkenntnis hättest, könntest du es nicht nur vermeiden, immer wieder auf zwielichtige Zeitgenossen hereinzufallen, die über die Grenzen der Legalität hinaus operieren, sondern du wüsstest auch, dass uns derartig profitorientierte Ziele stets fremd waren und immer noch sind.«

»Ich habe genug Menschenkenntnis, um zu wissen, dass du mit deinem großmäuligen Gequatsche nur davon ablenken willst, dass ich dich durchschaut habe. Deshalb –« Skinny zog etwas aus der Tasche. »– habe ich das hier mitgebracht.« Ein nagelneues, hochmodern und absolut einbruchsicher aussehendes Vorhängeschloss blitzte im Mondlicht. »Dafür gibt es nur einen Schlüssel. Und den habe ich.«

Justus trat einen Schritt zur Seite. »Bitte schön. Wie du meinst. Dann nehmen wir eben dein Schloss.«

»Moment mal!«, mischte sich Peter ein. »Wenn Skinny den Schlüssel zu dem Geld hat, könnte er uns bei Calhoon verpfeifen und trotzdem abhauen. Das läuft nicht!«

»Wenn ich das tue«, antwortete Skinny, »dann werdet ihr mich bei Wagner verpfeifen und dann bin ich geliefert. Also werde ich meinen Mund halten. Und ihr auch. Wir haben einen Deal, schon vergessen?«

»Nein, Skinny. Wir haben es nicht vergessen. Wir machen weiter wie besprochen.«

»Na also«, sagte Skinny grinsend und ließ das Schloss zuschnappen. Den Schlüssel versenkte er tief in seine Hosentasche. »Gehen wir.«

Calhoons Villa war anders, als die drei Detektive erwartet hatten. Kein altes Herrenhaus im spanischen Stil, wie man sie in Kalifornien häufig fand. Kein Säuleneingang, kein Balkon und kein gepflegtes Blumenbeet an der Auffahrt. Die Villa war ein moderner Klotz aus Stahl, nicht mehr als ein simpler Kubus, irritierend schlicht, aber gleichzeitig bombastisch. Es gab unzählige kleine, schmale Fenster. Keines war rechteckig. Und alle befanden sich auf einer anderen Höhe. Sie durchstießen die matt glänzende Stahlfassade wie Einschusslöcher von Kanonenkugeln. Es gab einen Garten mit ein paar Bäumen, doch die Rasenfläche reichte nicht bis an das Haus heran. Um das Gebäude herum befand sich ein Ring aus Asphalt. Helle Scheinwerfer beleuchteten das Anwesen und raubten ihm durch das gleißende Licht das letzte bisschen Farbe. Calhoons Villa sah aus wie auf einer Schwarz-Weiß-Fotografie, abgesehen von dem roten Plymouth, der vor dem Gebäude geparkt war. Daneben stand ein silberner Lincoln, der sich in seiner schlichten Farbgebung wiederum perfekt in das Gesamtbild einfügte.

»Scheußlich«, sagte Peter, als sie von der Straße aus einen Blick durch die Gitterstäbe der drei Meter hohen Stahlumzäunung auf das Haus warfen. »Wer will denn in so was wohnen? Das sieht ja aus wie ein Hochsicherheitsgefängnis!«

»Der Vergleich ist ziemlich treffend, Peter«, fand Bob. »Das Ding ist so hell beleuchtet, dass niemand es wagen wird, dort einzubrechen. Die Frage ist: Wie kommen *wir* da rein?«

Die drei Detektive blickten zu Skinny.

»Ich werde gleich klingeln. Mr Wagner und Beaumont sind schon da, also kann ich mich sofort auf die Toilette verdrücken, ohne dass es unangenehm auffällt. Dort öffne ich das Fenster. Es ist im Erdgeschoss. Da könnt ihr einsteigen.«

»Wenn du uns nun noch sagst, welches der unzähligen Fenster es ist, wäre das sehr hilfreich«, antwortete Peter bissig.

»Das, das nachher offen steht«, gab Skinny nicht weniger bissig zurück. »Auf der rechten Seite.«

»Schön«, sagte Bob. »Wie geht es dann weiter? Wenn das Haus innen genauso schlicht ist wie außen, werden sie uns sofort entdecken.«

Doch Skinny schüttelte den Kopf. »Drinnen ist alles ganz anders. Und irgendwie auch wieder nicht. Ihr werdet es schon sehen. Es gibt ein paar kleine Treppen. Versucht, nach oben zu kommen. Da gibt es eine Galerie, von der aus ihr alles beobachten könnt. Aber eines muss ich noch klarstellen: Ihr unternehmt nichts, solange ich noch im Haus bin, verstanden? Ich habe keine Lust, von der Polizei verhört zu werden. Ich werde nicht lange da drinnen bleiben.« Skinny grinste hinterhältig. »Der Verdacht wird schon sehr bald auf jemand anderen fallen und dann werde ich mich verdrücken. Danach könnt ihr machen, was ihr wollt, und wir sind quitt. Klar?«

»Klar.«

»Noch etwas: Haltet euch auf keinen Fall zu lange im Garten auf, ihr könntet entdeckt werden. Wenn irgendwas schiefgeht und ihr nicht ins Haus kommt, dann haut lieber wieder ab.«

»Was sollte denn schiefgehen, Skinny?«, fragte Peter lauernd.

»Gar nichts. Ich sage es nur für den Notfall: Bleibt nicht im Garten! Dort sieht man euch besser, als ihr glaubt.

Und wenn ihr doch erwischt werdet, ist das euer Problem. Wagt es ja nicht, mich da mit reinzuziehen, klar? Ein Wort von euch und ich mach euch alle.«

Justus nickte. »Das gilt aber nur, solange du nicht dafür sorgst, dass wir erwischt werden. Falls doch, Skinny Norris, falls ich auch nur den allerkleinsten Verdacht hegen sollte, dass du uns verraten hast – werden Wagner und Calhoon die Wahrheit erfahren. Und ich warne dich! Ich kann sehr überzeugend sein. Lass mich dir versichern, dass man im Zweifelsfall eher mir als dir glauben wird.«

Skinny nickte. »Von mir habt ihr nichts zu befürchten.« Er warf einen Blick auf die Uhr. »Ich muss los. Wagner hasst Unpünktlichkeit. Also dann: Wir werden uns nicht mehr wiedersehen. Morgen, wenn alles vorbei ist, sitze ich schon im Flieger. Rocky Beach gehört euch. Macht was draus.«

Beinahe hätte Justus gelächelt. Aber er konnte sich gerade noch zurückhalten. Stattdessen nickte er Skinny schweigend zu. Skinny drückte einen Klingelknopf am Tor. Kurz darauf sagte er seinen Namen in die Gegensprechanlage und das elektronische Schloss öffnete sich summend. Die drei ??? schlüpften hindurch und verdrückten sich sogleich in den weniger hell beleuchteten Garten, während Skinny eilig auf das Haus zuging. Die drei Detektive beobachteten, wie er an der Tür, die in der einheitlichen Fassade kaum auszumachen war, eingelassen wurde. Sie warteten noch einen Moment, dann verließen sie ihre Deckung.

»Okay«, sagte Justus. »Jetzt sind wir dran.«

Justus steckt fest

»Das ist der heikelste Moment der Operation«, keuchte Justus, während sie auf das hell erleuchtete Gebäude zuliefen. »In diesen Sekunden … kann uns jeder … der aus dem Fenster sieht … sehen.«

»Was du nicht sagst, Just«, stöhnte Bob. »Beeil dich lieber, anstatt uns das Offensichtliche zu erklären!«

Der Weg über den von den Scheinwerfern bestrahlten Asphaltplatz schien endlos und jeden Moment rechneten die drei Detektive damit, dass ein Alarm losschrillen, ein Hund bellen oder Calhoon vor ihnen auftauchen würde. Doch nichts geschah. Schließlich erreichten sie die rechte Seite des Hauses. Hier waren sie in relativer Sicherheit. Vom Haus aus konnten sie nun nicht mehr gesehen werden. Aber für jemanden, der von der Straße auf die Villa zukam, standen sie noch immer mitten im Rampenlicht. Eilig suchten sie die Fassade nach einem offenen Fenster ab. Es gab keines.

»Verflixt!«, fluchte Peter. »Skinny legt uns rein! Er lässt uns auflaufen! Ich hab's doch gesagt!«

»Keine Panik, Zweiter! Er wird schon noch kommen.«

»Und wenn uns jetzt jemand sieht? Wenn –«

Ein Geräusch ließ Peter verstummen. Ein Fenster öffnete sich. Jemand pfiff ein fröhliches Lied. Dann wurde das Pfeifen leiser, eine Tür klappte und das Licht hinter dem Fenster erlosch.

»Siehst du, Peter – es läuft alles nach Plan.«

»Ja«, knurrte der Zweite Detektiv. »Noch. Aber ich sehe schon das nächste Problem.«

»Das da wäre?«

»Wie kommen wir da rein?« Peter wies auf das Fenster. Es war schmal und dreieckig und befand sich in zwei Meter Höhe.

»Das fragst du uns?«, fragte Bob. »Du bist doch hier die Sportskanone.«

»Okay, ich frage anders: Wie kommt *ihr* da rein? Oder, um es noch deutlicher zu sagen: Wie kommt Justus da rein?«

Der Erste Detektiv schluckte. »Das ist allerdings … eine berechtigte Frage.«

»Justus, wann wirst du endlich an deiner körperlichen Verfassung arbeiten?«, fragte Peter.

»Das tue ich täglich«, behauptete Justus. »Mit Chips und Schokolade.«

»Sehr witzig. Also, Leute, wir haben nicht die ganze Nacht Zeit. Ich schlage vor, ich klettere als Erster rein, danach kommt Justus. Bob schiebt, ich ziehe, so dürfte es gehen. Zum Schluss kommst du, Bob.«

»In Ordnung.«

Für Peter war die ganze Aktion ein Kinderspiel. Er sprang, umklammerte die Unterkante des Fensters und zog sich in einer einzigen fließenden Bewegung hoch. Wie ein Schlangenmensch wand er sich durch die enge

Öffnung, rollte sich ab und kam auf der anderen Seite sicher auf.

Das Badezimmer war dunkel. Es fiel nur ein wenig Licht unter der Tür hindurch. Es reichte gerade aus, um zu erkennen, dass der Raum sehr groß war. Peter zögerte einen Moment. Sollte er das Licht einschalten? Besser nicht. Aber was machte er, wenn jemand kam? Kurz entschlossen huschte Peter zur Tür und drehte den Schlüssel um. Jetzt fühlte er sich wenigstens ein bisschen sicherer. Dann kehrte er zum Fenster zurück. »Die Luft ist rein! Jetzt du, Just!«

Justus stellte seinen rechten Fuß in Bobs verschränkte Hände und stieß sich ab. Bob ächzte unter dem Gewicht des Ersten Detektivs, doch schließlich hatte er ihn so weit nach oben gehievt, dass Justus bis zur Mitte der Brust im Fenster steckte.

»Und jetzt?«, stöhnte dieser.

»Jetzt kommst du einfach rein«, sagte Peter und zog an Justus' Armen.

»Aaaaah! Aua!«

»Mensch, leise, Just!«, zischte Peter. »Willst du das ganze Haus auf dich aufmerksam machen?«

»Hör auf, so zu ziehen, Peter! Du reißt mir gleich die Arme aus!«

»Na, dann wehr dich nicht, sondern komm einfach rein!«

»Ich wehre mich nicht!«, presste Justus hervor. Sein Gesicht lief langsam rot an. »Es ist mein Bauch! Der wehrt sich!«

»Das ist nicht dein Ernst, Just.«

»Doch. Ich stecke fest.«

»Was ist jetzt da oben?«, fragte Bob von draußen. »Wird das heute noch was?«

»Nein«, japste Justus.

»Was? Ich verstehe dich hier draußen nicht, Just. Dein Bauch verstopft das ganze Fenster!«

»Wie kann man auch bloß so idiotisch winzige Fenster bauen!«, explodierte der Erste Detektiv. Er röchelte. »Der Architekt, der dieses Schrott-Haus entworfen hat, sollte umgehend verhaftet werden! Ich ... ich ... ich ...«

»Ja?«, fragte Peter.

»Ich krieg ... krieg ...«

»Die Krise?«

»Keine Luft mehr!« Justus stieß sich ab und rutschte rückwärts aus der Öffnung. Wie ein nasser Sack plumpste er auf den Boden. Keuchend blieb er einen Moment sitzen.

»O, Mann«, sagte Bob. »Just, das ist wirklich ...«

»Jeder Kommentar ist angesichts meiner ohnehin schon erniedrigenden Situation überflüssig, Bob. Ich schaff's nicht. Belassen wir es dabei, okay?«

»Was soll das heißen, du schaffst es nicht?«

»Ihr müsst allein ins Haus. Ich bleibe hier draußen. Als Rückversicherung. Falls was schiefgeht.«

»Was meinst du denn mit schiefgehen, Just?«, fragte Peter ängstlich von oben.

»Gar nichts. Ich meine, nur zur Sicherheit.«

»Kannst du nicht durch ein anderes Fenster einsteigen?«, schlug Bob vor.

»Sieh dich doch um. Die sind alle nicht größer. Und die meisten noch dazu viel höher als dieses. Kommt schon, Kollegen! Alles, was ihr tun müsst, ist, Augen und Ohren offen zu halten. Das schafft ihr auch ohne mich. Dann alarmiert ihr Cotta. Aber erst, sobald ihr wirklich Beweise für Calhoons Falschgeldhandel habt! Auf gar keinen Fall vorher!«

»Verstanden, Chef«, sagte Peter.

»Na los, macht schon! Wir haben keine Zeit zu verlieren!«

Bob nickte und machte sich kletterbereit. Dann fiel ihm noch etwas ein. »Ich habe eine Idee, Just. Wir versuchen, zur Haustür zu gelangen und dich dort reinzulassen. Wenn es nicht klappt, haben wir Pech gehabt. Aber es ist einen Versuch wert.«

»Okay. Ich gebe euch fünf Minuten für die Haustür. Wenn ihr es bis dahin nicht geschafft habt, verlasse ich das Grundstück.«

Bob nickte. »Besser ist es. Denk an Skinnys Warnung!« Dann sprang er zum Fenster hoch. Er war nicht ganz so sportlich wie Peter, doch mit der Hilfe seiner Freunde schaffte auch er es ins Badezimmer. Justus nickte ihm noch einmal aufmunternd zu, dann eilte er über den hell erleuchteten Platz zurück in den Garten. Bob schloss das Fenster. »Da wären wir also.«

»In der Höhle des Löwen«, sagte Peter mit Grabesstimme.

»Beeilen wir uns besser. Sonst verpassen wir noch das Wichtigste.« Der Zweite Detektiv strebte zur Tür – als er plötzlich Schritte hörte. »Da kommt jemand!«, wisperte er und verharrte mitten in der Bewegung.

Die Schritte näherten sich der Tür. Wurden langsamer. Und blieben schließlich direkt davor stehen. Peter warf Bob einen panischen Blick zu. Ein Versteck! Sie brauchten ein Versteck! Aber hier war es stockdunkel. Wie sollten sie –

Die Deckenlampe ging an und blendete die beiden Detektive. Und dann drückte jemand die Türklinke herunter.

Die Tür blieb geschlossen. Jemand rüttelte daran. Nichts tat sich. Klar! Peter hatte abgeschlossen!

Und dann hörten sie Mr Wagners dröhnende Bassstimme.

»Hallo? Ist da jemand drin?«

Bob und Peter wagten nicht einmal mehr zu atmen. Was sollten sie jetzt tun?

»Hallo?« Wieder ein Rütteln. Dann entfernte sich Mr Wagner ein paar Schritte von der Tür und rief: »He! Calhoon! Ich glaube, ihre Klotür ist abgeschlossen!«

»Nein, die klemmt nur ein bisschen«, kam die Antwort aus dem Inneren des Hauses.

Bob durchfuhr ein Geistesblitz. Es gab nur zwei Möglichkeiten. Entweder sie ergriffen die Flucht durch das Fenster, und die Mission war gescheitert. Oder …

Er packte Peter am Ärmel und schleifte ihn in die Duschkabine.

»Was …«

»Schhhht!«, machte Bob, schlich zur Tür und drehte den Schlüssel um. Schon näherten sich Schritte auf der anderen Seite. Bob huschte zurück, quetschte sich zu Peter in die Duschkabine und schloss sie.

»Klemmt nur«, murmelte Wagner kaum hörbar. »So ein Blödsinn.« Dann flog die Tür auf und knallte gegen die Wand. »Was ist denn …«, begann Wagner und verstummte.

Peter und Bob hielten den Atem an. Sah Wagner sie durch das Milchglas? Ahnte er etwas? Gebannt beobachteten sie den formlosen Schatten hinter der Scheibe. Wie er vor der Toilette verharrte. Dann zum Waschbecken wanderte. Und schließlich brummelnd das Bad verließ. Das Licht erlosch. Die beiden Detektive atmeten auf. Jetzt erst bemerkte Bob, dass er die ganze Zeit tatsächlich nicht geatmet hatte. Sein Herz raste. Und Peter hatte schweißnasse Hände.

»Das war …«

»Knapp«, sagte Bob. »In der Tat. Aber jetzt ist mein Körper so adrenalindurchflutet, dass es kaum noch schlimmer werden kann. Los, sehen wir, ob wir Justs übergewichtigen Körper auch noch in dieses Haus kriegen!«

Sie verließen die Duschkabine, schlichen zur Tür und öffneten sie lautlos. Das Bad befand sich am Ende eines langen, hell erleuchteten Ganges. Boden und Wände bestanden aus weißem Beton, aber ihre Turnschuhe verursachten keinen Laut. Das grelle Licht jedoch irritierte Bob und Peter gewaltig.

Am Ende machte der Gang einen Knick nach rechts. Von dort drangen Stimmen zu ihnen. Bob lugte um die Ecke. Dahinter lag ein riesiger, mindestens sechs oder sieben Meter hoher Raum. Er musste fast die gesamte Fläche des Hauses ausfüllen und erstrahlte in unnatürlicher Helligkeit. Hier bestand alles aus rechten Winkeln. Überall gab es kleine Vorsprünge an den Wänden, auf denen Lampen, Bücher oder Kunstwerke standen. Podeste erhoben sich aus dem Betonboden und teilten den riesigen Saal in kleinere Segmente, als hätte jemand das Haus aus gigantischen Legosteinen konstruiert und bei der Innenausstattung ziellos die letzten Steine verbaut. Hier war eine Küche eingerichtet, dort eine Bar oder eine Fernsehecke, aber alle Wohnbereiche waren offen und miteinander verbunden. Treppen führten zu einer Galerie, die den Raum auf halber Höhe u-förmig umspannte. Andere Stufen endeten im Nichts und waren nur Dekoration. Alles hier war weiß und wurde von starken Halogenlampen ausgeleuchtet, die an einem kunstvoll verästelten Gestänge im Raum hingen. Nur die wenigen modernen Ölgemälde, die rahmenlos an Drahtseilen von der Decke baumelten, gaben der Halle ein bisschen Farbe. Selbst die sündhaft teuer aussehenden Designermöbel waren weiß.

Genau in der Mitte dieser verwirrenden Architektur standen monströse Sofas und Sessel aus weißem Leder, die auf einem ebenso monströsen weißen Flokati drapiert waren. Dort saß Mr Wagner. Beaumont und Skinny standen neben ihm und versanken fast knöcheltief in der Flauschigkeit des Teppichs. Alle drei hatten ein Glas in der Hand. Doch während Wagner und Beaumont lässig an ihren Drinks nippten, schien Skinny sich an seinem festzuklammern. Was Bob nicht wunderte. Denn den dreien gegenüber stand ein wahrer Riese von einem Mann. Er überragte sogar Beaumont noch um ein gutes Stück. Er hatte eine Glatze und trug einen schneeweißen, tadellos sitzenden Anzug. Selbst auf die Entfernung konnte Bob noch das strahlende Hellgrün seiner Augen sehen. In seinem Blick lag eine beängstigende Ruhe.

»Wie lange sollen wir noch warten, Calhoon?«, fragte Wagner nervös.

»So lange, bis Zia da ist.« Calhoons Stimme war ruhig und eiskalt. Und mit diesem einen Satz klärte er sämtliche Fronten und machte eines unmissverständlich klar: Er war hier der Herr im Haus. Er legte die Grenzen fest. Er bestimmte sämtliche Regeln. Wer nicht bereit war, nach diesen Regeln zu spielen, machte ihn sich zum Feind. Daran gab es nicht den geringsten Zweifel.

All das strahlte er mit jeder Faser seines Körpers aus und Bob bekam es unwillkürlich mit der Angst zu tun. Plötzlich wurde ihm klar, warum Skinny einen solchen Respekt vor Calhoon hatte: Dieser Mann war die personifizierte Kontrolle. Solange es nach seinen Wünschen lief, war alles in bester Ordnung. Sollte er die Kontrolle jedoch einmal verlieren … Bob mochte gar nicht daran denken, was dann passieren würde.

Auch Wagner war klar, wen er vor sich hatte. Sein Mundwinkel zuckte, aber er schwieg und wandte sich wieder seinem Drink zu.

Bob konzentrierte sich auf ihre Mission. Er suchte den Raum nach der besten Möglichkeit ab, auf die Galerie zu gelangen, wie Skinny es ihnen empfohlen hatte. Ganz in ihrer Nähe führte eine Treppe nach oben. Hinter dem Geländer würde sie niemand sehen. Doch der Weg bis dorthin war genauso hell erleuchtet wie der Rest des Raumes. Es gab so gut wie keine Möglichkeit, die Treppe unbemerkt zu erreichen. Genauso verhielt es sich mit der Eingangstür. Sie führte direkt in diesen Raum. Es war unmöglich, Justus auf diese Weise ins Haus zu holen. Bob hatte genug gesehen. Er trat zurück und wandte sich Peter zu.

»Wie sieht's aus?«, wisperte der Zweite Detektiv.

»Hoffnungslos«, antwortete Bob und schilderte ihm flüsternd die Situation. »Das mit Justus können wir vergessen. Und zur Treppe kommen wir auch nicht. Keine Deckung.«

»Belauschen können wir sie auch von hier aus«, meinte Peter.

»Und das nächste Mal, wenn jemand ins Bad geht, sind wir geliefert«, sagte Bob. »Vergiss es!«

»Lass mich mal!«, bat Peter und warf selbst einen Blick um die Ecke. Genau in diesem Moment wandte Skinny den Kopf und sah Peter direkt in die Augen. Der Zweite Detektiv zuckte zurück. Er war unvorsichtig! Wenn es nun nicht Skinny, sondern einer der anderen gewesen wäre …

»Sagen Sie, Mr Calhoon«, begann Skinny plötzlich, und Peter kam es vor, als würde er lauter sprechen, als nötig war. »Dieses Bild dort – woher haben Sie es?«

Einen Moment lang herrschte konsterniertes Schweigen.

»Wenn du mir ein Gespräch aufzwingen willst, weil du die Stille nicht ertragen kannst, solltest du vielleicht besser draußen warten, Junge«, sagte Calhoon schließlich gelassen.

»Nein, Sir, ich meine es wirklich ernst. Ich interessiere mich für Kunst, wissen Sie, und dieses Bild –«

Calhoon lachte schallend. »Du interessierst dich für Kunst? Wagner, was hast du denn da für einen Burschen aufgetrieben?«

»Halt's Maul, Skinny«, knurrte Wagner.

»Nein«, sagte Calhoon. »Nein, lass ihn reden, Wagner. Ich finde ihn amüsant.«

Bob, der dem Gespräch genauso irritiert gelauscht hatte wie Peter, dämmerte es plötzlich. Skinny versuchte, die anderen abzulenken! Bob schob sich an Peter vorbei und lugte um die Ecke. Tatsächlich starrten sie alle auf das Bild, das an der gegenüberliegenden Wand hing. Die Frage war, wie lange sie noch starrten.

Sie mussten die Gelegenheit nutzen.

Jetzt oder nie!

In der Klemme

Bob handelte, ohne zu überlegen. Er packte Peter und zog ihn mit sich. Der Zweite Detektiv war viel zu entsetzt, um sich zu wehren. Sie traten mitten hinein in die gleißende Helligkeit, in diesen riesigen Saal. Für einen Moment waren sie von nahezu jedem Punkt des Raumes aus sichtbar. Genau der Moment, in dem keiner in ihre Richtung blickte. Fassungslos über seine eigene Tollkühnheit huschte Bob zum Treppenaufgang und duckte sich hinter dem Geländer.

Während Skinny sich vor versammelter Mannschaft lächerlich machte, eilten die beiden Detektive auf allen vieren nach oben. Auf der Galerie gab es eine Ecke, auf die kein 500-Watt-Strahler gerichtet war und die in relativer Dunkelheit lag. Sie huschten geduckt darauf zu und gingen hinter dem Betongeländer in Deckung. Bobs Herzschlag schmerzte fast in der Brust und er wischte sich die schweißnassen Hände an der Hose ab. Erst jetzt konnte er wieder einen halbwegs klaren Gedanken fassen. Das war absoluter Wahnsinn gewesen! Aber es hatte funktioniert. Und Bob wurde klar, dass sie das ausschließlich Skinny zu verdanken hatten.

»Mit deinem Interesse für Kunst scheint es aber nicht allzu weit her zu sein, Junge, wenn du nicht mal den Maler Ed Stingwood kennst.«

»Ich … äh, na ja«, stammelte Skinny. »Gehört habe ich von ihm natürlich schon mal, nur …«

»Genug!«, zischte Mr Wagner leise. »Was läuft hier eigentlich? Wollen Sie uns zum Narren halten, Calhoon? Was soll dieses Kunst-Gequatsche? Ich will jetzt wissen, was mit dem Geld ist!«

»Verzeihen Sie, Mr Wagner«, erwiderte Calhoon ruhig. »Aber Ihr Lakai hat mit dem ›Kunst-Gequatsche‹ angefangen, nicht ich. Wir warten nur auf Zia.«

Nun wurde Wagner lauter. »Wozu? Was spielen Sie hier für ein Spiel? Warum sagen Sie mir nicht, was Sache ist? Ich … ich werde noch wahnsinnig!«

Calhoon seufzte und zum ersten Mal schwang ein Hauch des Ärgers mit, der tief in ihm verborgen war. Es reichte aus, um alle Anwesenden in Alarmbereitschaft zu versetzen. »Wie Sie wünschen, Wagner. Bevor Sie noch Angstschweißflecken auf meinen Sitzmöbeln hinterlassen, beginnen wir also ohne Zia. Was mit dem Geld ist, wollen Sie wissen? Nun, ich habe es nicht bekommen. Aber ich denke, das wissen Sie bereits.«

Wagner plusterte sich noch ein bisschen mehr auf. »Aber Sie *müssen* es bekommen haben!«

Langsam schüttelte Calhoon den Kopf. »Alles, was ich bekam, war dieser Koffer.« Er beugte sich zu dem braunen Lederkoffer herunter, der neben einem Sessel gestanden hatte, und hievte ihn auf den Tisch direkt vor Wagners Nase. Er klappte ihn auf und ließ Wagner einen Blick in das Innere werfen.

Skinny wurde blass.

»Zeitungen«, sagte Wagner. »Na und? Das beweist gar nichts. Die kann sonst wer da reingelegt haben.«

»Sonst wer?«, fragte Calhoon lauernd. »Sie meinen mich. Wollen Sie sagen, ich sei ein Lügner, Wagner?«

»Wollen Sie sagen, *ich* sei einer, Calhoon? Ich hatte das Geld! Es war in diesem verfluchten Koffer!«

»Es ist mir ziemlich egal, was in diesem Koffer *war*. Tatsache ist: Sie haben die Ware bekommen. Und ich bin leer ausgegangen.«

»Es war da drin«, beharrte Wagner mühsam beherrscht. »Wenn das Geld nicht bei Ihnen angekommen ist, dann … dann …«

»Dann muss Zia es gestohlen haben?«, half Calhoon ihm auf die Sprünge.

»Ja!«

»Oder Skinny?«

»Ja!«

»Moment mal«, mischte Skinny sich ein. »Ich …«

»Halt's Maul, Skinny!«, zischte Wagner.

»Jetzt bin ich der Dumme? Sie haben doch selbst gesagt, dass Beaumont mich bei der Übergabe beobachtet hat! Ich kann es also gar nicht –«

»Halt den Mund!«

Calhoon lachte. Es war das überlegene Lachen eines Mannes, der sehr genau wusste, was er tat. Der dieses Gespräch in allen Einzelheiten vorhergesehen hatte. Und der vor Wagner und Beaumont nicht das kleinste bisschen Angst hatte. »Sie sind so leicht zu durchschauen, Wagner, dass es schon fast wehtut.«

Wagner schluckte und wischte sich über die schweißnasse Stirn. Sein Toupet verrutschte ein Stück. Er sah erbärmlich aus. »Wie … wie meinen Sie das?«

»Beantworten Sie mir eine Frage: Warum haben Sie mir das Geld nicht persönlich gebracht? Warum diese alberne Übergabe? Wollten Sie mich mit Ihrem neuen kleinen Sklaven beeindrucken?«

»Ich … verstehe nicht, was –«

»Dann werde ich es Ihnen erklären, Wagner: Die Übergabe hatte nur einen einzigen Zweck: Sie brauchten jemanden, dem Sie die Schuld in die Schuhe schieben konnten, wenn das Geld nicht bei mir ankam. Und wer wäre da besser geeignet gewesen als Ihr frisch rekrutierter Lakai? Skinny, der Sündenbock, der Sie von jeder Schuld reinwaschen sollte. Aber ich muss Sie enttäuschen, Wagner: Ich falle nicht auf Ihre plumpen Tricks herein. Sie werden mich bezahlen, Wagner. Die ganzen zweihunderttausend Dollar.«

Wagner sprang so schnell auf, dass die Hälfte seines Drinks aus dem Glas schwappte und einen hässlichen Fleck auf dem schneeweißen Teppich hinterließ. Das Toupet verrutschte ein weiteres Mal. Sein Gesicht war hochrot und Schweiß rann ihm die Stirn herunter. »Das … das können Sie nicht machen!«

»Die ganzen zweihunderttausend Dollar plus die Reinigungskosten für den Teppich, den Sie gerade ruiniert haben. Und zwar noch heute Nacht. Wenn ich das Geld vor Sonnenaufgang nicht habe, werden Sie es bereuen.«

Calhoon griff in sein Jackett und zog einen Revolver

hervor, eine beeindruckende Waffe mit langem Lauf und hell schimmerndem Perlmuttgriff. Er spannte den Hahn und schwieg.

Justus wartete. Schon seit Stunden, wie ihm schien. Dabei behauptete seine Uhr, dass er erst seit zehn Minuten auf die Eingangstür zu Calhoons Villa starrte.

Fünf Minuten waren ausgemacht gewesen. Danach hatte er das Grundstück verlassen wollen. Nicht zuletzt wegen Skinnys Warnung, sich auf gar keinen Fall länger als nötig im Garten aufzuhalten. Aber andererseits – was sollte ihm hier draußen schon passieren? Wenn jemand kam, konnte er immer noch weglaufen.

Viel größere Sorgen machte er sich um Peter und Bob. Seit die beiden ins Innere des Hauses verschwunden waren, hatte Justus das Gefühl, dass in dem vermeintlich simplen Plan, bei dem nichts schiefgehen konnte, riesige Lücken klafften. Je länger er darüber nachdachte, desto deutlicher wurde ihm bewusst, dass praktisch *alles* schiefgehen konnte. Sie konnten entdeckt werden. Skinny konnte einen Plan haben, der weit über das hinausging, was Justus sich bisher vorgestellt hatte. Oder vielleicht war das Haus voll mit Gangstern der schlimmsten Sorte. Es gab so viele schreckliche Möglichkeiten. Was hatte ihn, den Ersten Detektiv, nur geritten, ein so waghalsiges Unternehmen zu planen?

Natürlich vertraute er Bob und Peter voll und ganz. Aber wenn es brenzlig wurde, waren sie auf sich allein gestellt. Justus konnte von hier draußen nichts tun. In diesem Moment hätte er alles dafür gegeben, mit ihnen gemeinsam in der Höhle des Löwen zu sein. Nicht, weil er sich gerne in Gefahr begab. Sondern weil er das Gefühl hatte, dass sie nur gemeinsam wirklich gut waren. Effektiv. Stark. Auf sich allein gestellt verflog Justus' Selbstsicherheit wie eine Rauchsäule im Sturm. Deshalb starrte er länger auf die Tür, als ausgemacht war. Vielleicht schafften es Peter und Bob ja doch noch, ihn reinzulassen.

Während Justus sich mit Selbstzweifeln und Vorwürfen quälte und er auf ein Signal aus dem Inneren des Hauses wartete, fasste er einen Entschluss: Er würde Inspektor Cotta anrufen. Möglicherweise gingen ihnen Wagner und Calhoon dann aus Mangel an Beweisen durch die Lappen, doch das war immer noch besser als all die Katastrophen, die er sich gerade ausmalte.

Wieder blickte er auf die Uhr. Fünf Minuten. Er würde noch fünf Minuten warten. Wenn sich bis dahin nichts tat …

Ein Geräusch alarmierte ihn. Etwas hatte geknackt. Er drehte sich um. Hinter ihm standen in losen Gruppen ein paar Bäume. Vielleicht war irgendwo ein Ast abgebrochen. Oder ein Marder war auf der Jagd. Wenn es aber etwas anderes war … Knack!

Schon wieder dieses Geräusch. Justus verharrte. Etwas raschelte. Und plötzlich waren da Schritte. Direkt hinter ihm.

Justus wirbelte herum – und blickte in den Lauf einer Pistole. Da war sie also, die Katastrophe, auf die Justus gewartet hatte.

»Das … das ist alles ein ganz dummes Missverständnis«, stotterte Wagner. »Ich kann es mir nicht erklären, aber …«

»Da gibt es auch nicht viel zu erklären«, sagte Calhoon kalt.

»Bob!«, flüsterte Peter. »Ich finde, es ist an der Zeit zu verschwinden!«

»Aber wir haben doch noch gar nichts herausgefunden!«

»Wir haben herausgefunden, dass Mr Calhoon ganz gern mit einer Knarre herumfuchtelt«, erwiderte Peter. »Das reicht mir, ehrlich gesagt.«

Bob nickte. Im Grunde sah er die Sache genauso. »Aber wenn wir jetzt durchs Fenster zurückwollen, werden wir garantiert entdeckt! Skinny wird die drei nicht noch einmal ablenken können. Der hat gerade ganz andere Sorgen. Wir müssen einen günstigeren Moment abwarten, Peter. Bis dahin sitzen wir hier leider fest.« Bob richtete seine Aufmerksamkeit wieder auf das, was unten in der Halle vor sich ging.

Mr Wagner schwitzte, während er in den Lauf des Revolvers blickte. Bob konnte förmlich hören, wie es in seinem Gehirn ratterte. Wagner dachte über seine Möglichkeiten nach. Doch es lag auf der Hand: Er hatte keine. Niemand zweifelte daran, dass Calhoon seine Worte ernst meinte. Er wollte das Geld. Und er war davon überzeugt, dass Wagner ihn reingelegt hatte. Was sollte dieser also tun?

Nur Skinny kannte die Wahrheit. Er war der Einzige,

der Wagner retten konnte. Aber er würde es nicht tun, da war Bob absolut sicher. Skinny würde niemals einem anderen Menschen helfen, solange er auf der sicheren Seite war.

Plötzlich lichtete sich Wagners Blick. »Der Koffer!«, rief er. »Haben Sie schon den Koffer untersucht? Vielleicht finden wir dort einen Hinweis darauf, was mit dem Geld geschehen ist.«

»Glauben Sie, dieser alberne Versuch rettet Sie?«, höhnte Calhoon.

Doch Wagner achtete gar nicht auf ihn, sondern stürzte sich gleich auf den Koffer mit den Zeitungen.

Skinny wurde kreidebleich. »Ich …«, begann er und verstummte.

Wagner wühlte in den Zeitungen. Er tastete das Innenfutter des Koffers ab. Drehte ihn um. Klappte den Deckel zu und hob ihn hoch.

»Machen Sie sich nicht lächerlich, Wagner!«, knurrte Calhoon ungehalten. »Glauben Sie, das bringt Sie irgendwie weiter?«

Aber Wagner achtete gar nicht auf ihn. Die Verzweiflung ließ ihn weitersuchen. Plötzlich stutzte er.

»Was ist das?«

Bob schloss die Augen. Er hatte den Namen von Skinnys Eltern auf den Zeitungen entdeckt! So musste es sein! Jetzt war alles aus. Sie würden Skinny in die Mangel nehmen und Skinny würde sie verraten!

»Bob!«, zischte Peter. »Wir müssen etwas tun! Wir müssen –«

»Dieses Gekritzel da!«, fuhr Wagner fort. »Da, auf dem Innenfutter des Deckels! Das war vorher nicht da! Das ist nicht der Koffer, den ich Skinny gegeben habe! Das ist er nicht!«

»Was reden Sie da!«, knurrte Calhoon ungehalten. »Ihr Gewinsel um Gnade und Ihre verzweifelten Versuche, mich auf eine falsche Fährte zu locken, sind erbärmlich!«

»Nein, wirklich! Der Koffer wurde ausgetauscht! An dieses Gekrakel könnte ich mich erinnern! Warten Sie, da steht –«

Weiter kam er nicht. Denn in diesem Augenblick ertönte ein metallisches Klicken und die Haustür öffnete sich. Herein kam eine große, schlanke Frau. Peter blieb die Spucke weg. Sie trug einen hautengen Anzug aus einem weißen, seltsam schimmernden Material. Irgendetwas zwischen Lack und Neopren, vermutete Peter. Auf jeden Fall war es eng. Ihr schwarzes Haar war streng nach hinten gebunden und fiel über einen schwarzen Rucksack, der mit bizarr aussehenden Gummistacheln verziert war. Dazu eine blaue Sonnenbrille, die so hell war, dass man sie auch gut nachts tragen konnte. Zia. Die perfekte Mischung aus Lara Croft und einer Figur aus den ›Matrix‹-Filmen. Atemberaubend. Und gefährlich.

Dann blieb Peter fast das Herz stehen. In letzter Sekunde unterdrückte er einen Laut des Entsetzens. Doch vermutlich hätte ihn in diesem Moment sowieso niemand gehört. Denn augenblicklich geriet Bewegung in alle Anwesenden.

Skinny wurde noch bleicher.

Wagner ließ von dem Koffer ab und blickte irritiert in Zias Richtung.

Und Calhoon verlor zum ersten Mal für einige Sekunden die Fassung. »Zia! Wer ist das?«

In der linken Hand hielt Zia eine Pistole. Mit der rechten zerrte sie Justus Jonas in den Raum.

Eine blassblaue Kinderhandschrift

Als Justus die Calhoon-Villa betrat, versuchte er in Windeseile, sich ein Bild von der Situation zu machen. Die Spannung, die zwischen den Anwesenden herrschte, war fast greifbar. Wagner sah aus, als hätte man ihm gerade Frau und Kind genommen. Und dieser Riese mit den hellgrünen, stechenden Augen musste Calhoon sein. Die Tatsache, dass er einen Revolver in der Hand hielt, machte Justus nicht gerade zuversichtlich. Was immer genau hier gerade vorgefallen war, Justus war anscheinend mitten in die Auseinandersetzung geplatzt.

Was war mit Peter und Bob? Das Innere des Hauses bot durch seine verwinkelte Architektur eine Vielzahl an Verstecken. Das bedeutete, dass die beiden vermutlich ganz in der Nähe waren und alles beobachteten. Gut. Um sie musste er sich also vorerst keine Sorgen machen.

Justus' Blick traf Skinnys. Sein Erzfeind starrte ihn an wie einen Geist. Es war klar, was Skinny in diesem Moment dachte: dass Justus ihn auffliegen lassen wollte. Doch das hatte der Erste Detektiv nicht vor.

»Wer das ist? Das wüsste ich auch gern«, antwortete Zia auf Calhoons Frage und warf den Stachelrucksack auf das Sofa. »Dieser Bursche drückte sich auf deinem Grundstück herum.«

»Wie das? Das Tor ist doch geschlossen!«

»Ist es auch. Ich habe keine Ahnung, wie er das geschafft hat.« Zia beäugte Justus abschätzig. »Geklettert ist er bestimmt nicht.«

»Wer bist du?«, wandte sich Calhoon nun direkt an Justus.

Der Erste Detektiv bemühte sich, einen möglichst einfältigen Eindruck zu machen. Eine Rolle, die er aus dem Effeff beherrschte. Mit monotoner Stimme stammelte er: »Bitte tun Sie mir nichts, Sir! Ich … ich wollte doch bloß mal sehen, ob … ob …«

»Ob?«

»Ob meine Frisbeescheibe in Ihrem Garten gelandet ist!«

»Willst du mich verscheißern, Kleiner?«

»Wahrscheinlich ist er nur ein kleiner Einbrecher«, mischte sich Skinny ein – und beinahe hätte Justus genickt. Das war genau das, was er Calhoon glauben machen wollte.

»Ein kleiner Einbrecher, ja? Ein minderjähriger, übergewichtiger Junge, der *hier* einbrechen will?« Wieder drehte er sich zu Justus. »Du bist kein Einbrecher. Und du hast auch sicherlich nicht mitten in der Nacht deine Frisbeescheibe verloren. Wer – bist – du?«

Als Justus nicht antwortete, wandte sich Calhoon an Zia: »Durchsuch ihn!«

Zia packte den Ersten Detektiv mit eisernem Griff. In Windeseile klopfte sie seine Taschen ab. Fand seinen Hausschlüssel, seine Geldbörse – und das kleine silberne Etui, in dem er neuerdings die Visitenkarten der drei ???

aufbewahrte. Neugierig öffnete Zia das Kästchen und zog eine Karte heraus. Sie warf einen skeptischen Blick darauf und reichte sie dann wortlos an Calhoon weiter.

»Was soll das denn bedeuten?«

Justus gab immer noch keine Antwort.

Inzwischen hatte Zia auch seinen Ausweis gefunden. »Der Bursche hier ist Justus Jonas. Wohnt in Rocky Beach.«

»Justus Jonas?«, rief Mr Wagner und war plötzlich noch aufgeregter als vorher. »Sagten Sie Justus Jonas?«

Zia runzelte die Stirn. »Sagte ich. Kennen Sie den Jungen?«

Wagner schüttelte den Kopf. »Nein. Aber seinen Namen. Seit genau zwei Minuten. Sehen Sie doch!« Er wies auf den Koffer. Genauer gesagt, auf das Innenfutter des Deckels.

Calhoon beugte sich vor und warf einen Blick darauf. »In der Tat. Hier steht Justus Jonas. In einer blassblauen

Kinderhandschrift.« Er trat einen Schritt auf Justus zu und betrachtete ihn misstrauisch von oben bis unten. »Was geht hier vor?«

Und da fiel es dem Ersten Detektiv wie Schuppen von den Augen. In dieser Sekunde wurde ihm klar, warum ihm der Koffer, den Skinny über den Zaun auf den Schrottplatz geworfen hatte, vom allerersten Moment an so bekannt vorgekommen war. Weil ein nahezu identisches Gegenstück einst ihm gehörte.

Der Koffer, den Skinny für den Austausch verwendet hatte und der nun vor Justus auf dem Tisch lag, war einmal seiner gewesen. Er hatte ihn vor sieben Jahren von Tante Mathilda für eine mehrtägige Klassenfahrt geschenkt bekommen. Justus war ungeheuer stolz gewesen und hatte sogleich eigenhändig seinen Namen in den Deckel geschrieben. Jahre später war das gute Stück dann auf dem Schrottplatz gelandet. Damit waren auch die weiteren Zusammenhänge klar: Auf der Suche nach einem Koffer, der dem von Wagner ähnelte, hatte Skinny vermutlich im Gebrauchtwarencenter T. Jonas gestöbert und genau diesen Koffer, den jahrelang niemand haben wollte, erworben. Und das wurde Justus nun zum Verhängnis.

»Was hier vorgeht, will ich wissen«, wiederholte Calhoon und seine Stimme war kaum mehr als ein heiseres Flüstern.

Justus schluckte. Er hatte einen Blackout. Und nicht die geringste Ahnung, was er jetzt tun sollte. »Ich … ich weiß nicht.«

»Der Junge hat das Geld!«, rief Wagner und nickte

eifrig. »Er hat es gestohlen! Das ist doch völlig klar! Sein Name, dieser Koffer … er hat die Kohle mitgehen lassen!«

»Wagner!«, rief Calhoon ungehalten. »Was reden Sie da für einen Unsinn! Diese Idee entbehrt jeglicher Logik, und wenn Sie auch nur fünf Sekunden darüber nachdenken würden, wäre Ihnen das auch klar!«

»Ach ja? Und wie können Sie mir erklären, warum Justus Jonas auf dem Deckel steht und eben dieser Justus Jonas sich auf Ihrem Grundstück herumtreibt?«

»Das wüsste ich auch gern. Also, Junge: Was hast du hier zu suchen?«

Justus überlegte fieberhaft. Lange würde er das Schweigen nicht mehr durchhalten können. Und er hatte das sichere Gefühl, dass Calhoon früher oder später gewalttätig werden würde, um ihn zum Reden zu bringen. Er musste Calhoon irgendetwas sagen. Zeit gewinnen. Bis Peter und Bob die Polizei gerufen hatten.

Während Justus sich alle Mühe gab, seine Angst vor Calhoon zu verbergen, brach Bob und Peter in ihrem Versteck der Schweiß aus.

»Wir müssen etwas tun!«, wisperte Peter. »Ich rufe jetzt Inspektor Cotta an.«

»Nein!«, zischte Bob. »Keine Polizei! Wir haben noch keine Beweise für den Falschgeldhandel!«

»Beweise? Es geht hier um Justus' Leben! Da ist mir alles andere ehrlich gesagt ziemlich egal!«

Doch Bob blieb standhaft. »Überleg doch mal, Peter: Wenn wir Calhoon die Polizei auf den Hals hetzen, die aber nichts Belastendes finden – dann haben *wir* ihn auf der Pelle! Glaubst du, er wird uns einfach vergessen? Mit Calhoon auf freiem Fuß haben wir keine ruhige Minute mehr! Er wird uns das Leben zur Hölle machen! Also müssen wir dafür sorgen, dass die Polizei ihn gleich mitnimmt!«

»Und was ist mit Freiheitsberaubung?«, fragte Peter flüsternd und wies auf Justus.

»Calhoon wird behaupten, er habe nur einen Einbrecher festgehalten. Und damit hat er ja auch recht.«

Bevor der Zweite Detektiv etwas erwidern konnte, wurde seine Aufmerksamkeit abgelenkt: Während Wagner und Calhoon Justus in die Zange nahmen und versuchten, irgendwas aus ihm herauszukriegen, entfernte Skinny sich unbemerkt von der kleinen Gruppe.

»Bob! Sieh mal, was Skinny da treibt!«

Skinny schlich sich weg. Griff in sein Jackett. Und zog einen braunen Umschlag hervor.

»Das Geld!«, flüsterte Bob. »Na klar, er hat doch gesagt, dass er Zia das Geld unterjubeln will, damit der Verdacht auf sie fällt!«

»Und wie will er das machen?«, fragte Peter. »Will er es ihr etwa in den Ausschnitt stecken? Oder siehst du sonst noch eine infrage kommende Stelle an diesem knallengen, weißen, glänzenden Lackteil? Da ist nicht mal mehr für ein Streichholz genug Platz. Geschweige denn für einen Umschlag voller Geld! Ich meine, wer *so was* trägt, braucht wahrscheinlich auch nie Geld. Oder was meinst –«

»Peter! Könntest du vielleicht den Blick von dieser Dame abwenden und deine Aufmerksamkeit wieder auf Skinny lenken? Dann wirst du sehen, was er vorhat.«

Skinny näherte sich dem Sofa, auf dem Zias schwarzer Gummirucksack lag. Er warf noch einen Blick zu den anderen, dann griff er danach und machte sich mit fliegenden Fingern am Verschluss zu schaffen. Schließlich versenkte er den Umschlag im Rucksack und – »He!«, rief Zia.

Skinny ließ den Rucksack fallen wie eine tickende Bombe. Aber es war natürlich zu spät. Zia hatte ihn auf frischer Tat ertappt.

»He, was machst du da an meinem Rucksack!«

Nun drehten sich auch Wagner, Beaumont und Calhoon zu ihm um.

»Ich … ich …«

Mit weit ausgreifenden Schritten kam Zia auf Skinny zu. Wutentbrannt riss sie ihm den Rucksack aus der Hand und warf einen Blick hinein. Dann zog sie den braunen Umschlag heraus und hielt ihn triumphierend in die Luft. »Was haben wir denn da!«

Neugierig nahm Calhoon ihr den Umschlag aus der Hand und öffnete ihn. Ein Geldbündel kam zum Vorschein. Calhoon wog es in der Hand, blätterte durch die Banknoten und sagte schließlich: »Ich tippe auf zwanzigtausend Dollar.«

»Habe ich es mir doch gedacht!«, zischte Skinny und warf Zia einen hasserfüllten Blick zu. »Ich hatte gleich ein komisches Gefühl bei ihr. Mr Calhoon, ich denke, damit wäre die Frage geklärt, wo Ihr Geld geblieben ist.«

Für einen sehr langen Moment herrschte absolute Stille. Wagner, Calhoon, Zia, Beaumont, Justus, Peter und Bob – sie alle starrten Skinny sprachlos an.

Dann brach Calhoon in schallendes Gelächter aus. Er lachte und lachte, bis selbst Bob und Peter in ihrem Versteck angst und bange wurde. »Das wird ja wirklich immer besser heute Abend! Du … du willst mir also weismachen, dass Zia das Geld gestohlen hat?«

»Immerhin habe ich gerade einen Haufen Geld in ihrem Rucksack gefunden. Es kann zwar sein, dass sie immer so viel Bares mit sich herumträgt, aber glauben Sie das?«

»Du hast es nicht in meinem Rucksack gefunden, du warst gerade dabei, es reinzulegen«, sagte Zia bestimmt.

Skinny lachte auf. »Reinzulegen? Wie das? Woher sollte ich denn so viel Geld haben? Und warum sollte ich es dann ausgerechnet in Ihren Rucksack legen?«

Auf Zias und Calhoons Gesichtern machte sich ein hinterhältiges Lächeln breit. »Ich denke, das liegt auf der Hand«, sagte Calhoon.

Skinny riss entsetzt die Augen auf. »Sie … Sie glauben doch nicht etwa … Das können Sie unmöglich ernst meinen!«

»Du wolltest den Verdacht auf Zia lenken«, sagte Calhoon. »Gar nicht mal so blöd. Leider konntest du nicht ahnen, dass Zia über jeden Zweifel erhaben ist. Sie arbeitet schon seit Jahren für mich und hätte in der

Vergangenheit mehr als eine Gelegenheit gehabt, auf wesentlich elegantere Weise wesentlich mehr Geld beiseitezuschaffen. Außerdem bezahle ich sie gut genug, dass sie es nicht nötig hat, zweihunderttausend Dollar zu stehlen. Pech für dich, Skinny. Dabei lief es gerade so gut für dich, nicht wahr? Ich war kurz davor, Wagner das Hirn wegzupusten. Dann wärst du deine Sorgen los gewesen. Und nun hast du diesen bedauerlichen Fehler gemacht.«

»Aber ich … ich …«, stammelte Skinny und wich immer weiter zurück, bis er mit dem Rücken gegen eine Betonsäule stieß. »Das ist alles ein großes Missverständnis!«

»Wohl kaum. Und ich würde dir raten, keinen weiteren Unsinn zu reden, sonst könnte ich doch noch Lust verspüren, diese wunderbare Waffe zu gebrauchen.«

»Skinny, du elender Verräter!«, brüllte Wagner und stürzte sich auf den Jungen. Er packte ihn beim Revers und schleuderte ihn gegen die Betonsäule. »Du hinterhältiger kleiner Bengel! Du hattest das Geld die ganze Zeit! Und du hättest tatenlos zugesehen, wie dieser Irre mich fertig macht!«

»Lassen Sie ihn los, Wagner«, sagte Calhoon ruhig.

»Loslassen? Ich werde ihm die Seele aus dem Leib prügeln, diesem Verräter!«

Calhoons Stimme wurde eisig. »Lassen. Sie. Ihn. Los. Sonst kann ›dieser Irre‹ für nichts mehr garantieren.«

Erst jetzt schien Wagner zu realisieren, was er gerade gesagt hatte. Widerwillig ließ er von Skinny ab. »Und was ist mit mir? Wollen Sie sich nicht bei mir entschuldigen?«

»Entschuldigen?« Calhoon lachte. »Wofür? Dass ich Ihnen so viel Wagemut zugetraut hatte, einfach ein paar Zeitungen in den Koffer zu legen? Sie sollten es als Kompliment auffassen. Denn eigentlich halte ich Sie für einen Feigling. Aber kommen wir wieder zu dir, Skinny. Ein Feigling bist du nicht. Aber auch nicht besonders clever.«

Skinny schluckte und rang um Fassung. Er richtete sich auf und entspannte seine Schultern. »Was wollen Sie von mir?«

»Ich denke, das ist offensichtlich. Das Geld. Wenn du es mir sofort gibst, hast du vielleicht Glück und ich verbuche diesen Abend unter ›skurril‹ anstatt unter ›höchst unerfreulich‹. Wenn nicht … nun, ich denke, da habe ich mich bereits klar genug ausgedrückt. Also: Wo ist mein Geld?«

Bob und Peter hielten den Atem an. Wenn Skinny das Versteck verriet, war alles aus. Calhoon würde mit Skinny in das Gewerbegebiet fahren, ihm den Schlüssel abnehmen, den Koffer öffnen – und einen Haufen Papiergeld vorfinden. Und spätestens in diesem Moment würde Skinny ihm alles über die drei ??? verraten. Was Calhoon dann tun würde, daran wagten die beiden nicht zu denken.

Das Problem war nur: Skinny hatte keine Ahnung, dass sich das Geld immer noch in Tunnel II befand. Um seine eigene Haut zu retten, würde er das Versteck des Koffers verraten. Jetzt, in dieser Sekunde.

»Ich …«, begann Skinny. »Ich …«

»Er hat das Geld nicht«, sagte Justus mit lauter, klarer Stimme. Alle Anwesenden richteten ihre Aufmerksamkeit auf den Ersten Detektiv. Skinny fielen fast die Augen aus dem Kopf.

»Sieh an, unser Besuch kann also doch sprechen«, stellte Calhoon fest und trat näher an Justus heran. »Was hast du da gerade gesagt?«

»Ich sagte, dass Skinny das Geld nicht hat. Ich habe es.«

Kein Empfang

Justus bemühte sich, Ruhe zu bewahren. Das Herz schlug ihm bis zum Hals, aber er durfte sich nichts anmerken lassen. Er hatte erkannt, dass ein großer Teil der Kontrolle, die Calhoon über alle Anwesenden hatte, auf seiner Selbstbeherrschung und seinem übergroßen Ego beruhten. Wenn der Erste Detektiv eine Chance gegen ihn haben wollte, musste er mindestens ebenso cool sein. Sobald Calhoon spürte, dass Justus Angst hatte, war es vorbei. Doch nicht umsonst hatte Justus als Kind in einer Fernsehserie mitgespielt: Er hatte schauspielerisches Talent. Und das brauchte er jetzt auch. Jede Menge davon.

»Jetzt wird es wirklich interessant«, sagte Calhoon. »In der Regel wiederhole ich mich nur ungern, aber für den Fall, dass du vorhin meine Frage nicht verstanden hast: Wer bist du?«

»Mein Name ist Justus Jonas. Aber das haben Sie ja schon herausgefunden.«

»Und was hattest du auf meinem Grundstück verloren?«

»Ich wollte sehen, ob mein Plan aufgeht. Doch leider hatte ich keine Möglichkeit, unbemerkt in Ihr Haus zu gelangen. Daher war ich gezwungen, mich in Ihrem Garten aufzuhalten.«

»Dein *Plan*?«

»Ja. Mein Plan, dass Sie Skinny des Diebstahles bezichtigen und nicht auf die Idee kommen, jemand anders könnte dahinterstecken. Doch leider hat Zia mich entdeckt. Nun muss ich umdisponieren.«

»Umdisponieren«, wiederholte Calhoon und Justus glaubte, die Selbstsicherheit seines Gegenübers bröckeln zu sehen. »Ich werde das Gefühl nicht los, dass du mich auf den Arm nehmen willst. Wie kommt ein minderjähriger Bursche wie du dazu, sich in meine Geschäfte einzumischen? Woher kennst du Skinny? Was hat es mit dieser Visitenkarte auf sich? Und wo, zur Hölle, ist mein Geld?«

»Ich werde es Ihnen erklären, sobald Sie Ihren Revolver eingesteckt haben. Sie werden ihn nicht brauchen. Außerdem sind Sie ein Gentleman und die Höflichkeit gebietet, einen zukünftigen Geschäftspartner nicht mit der Waffe zu bedrohen.«

Alle Anwesenden glaubten, sich verhört zu haben. Auch Peter und Bob in ihrem Versteck trauten ihren Ohren nicht.

»Ist er völlig verrückt geworden?«, wisperte Peter. »Was hat er vor?«

»Ich weiß es nicht«, erwiderte Bob. »Aber wir sollten uns für alles bereithalten. Ich könnte mir vorstellen, dass es hier sehr schnell ungemütlich werden kann.«

»Geschäftspartner?«, fragte Calhoon, als er sich wieder gefangen hatte. Dann steckte er den Revolver ein. »In Ordnung, Justus: Du bist ein unerschrockener, junger Bursche. Unerschrocken und möglicherweise völlig verrückt. Eine gefährliche Mischung, mit der du entweder sehr weit kommst oder innerhalb kürzester Zeit abstürzt. Möglicherweise entscheidet sich dein Schicksal schon in drei Minuten. Denn genau so viel Zeit gebe ich dir, um mich zu überzeugen. Erzähl mir deine Geschichte. Jetzt. Und ich rate dir, mir die Wahrheit zu sagen.«

Justus räusperte sich und schüttelte den Kopf. »Meine Geschichte ist vollkommen unwichtig. Wichtig ist nur, dass ich das Geld habe und es Ihnen geben kann. Vorausgesetzt, wir kommen ins Geschäft.«

»Ins Geschäft? Was für ein Geschäft?«

»Das gleiche, das Sie schon mit Wagner abgeschlossen haben: Ich gebe Ihnen das Geld, Sie geben mir die Blüten. Zweihunderttausend echte Dollar gegen zwei Millionen falsche. Jetzt sofort. Andernfalls werden Sie Ihr Geld gar nicht bekommen. Es sei denn, Mr Wagner gibt Ihnen die Summe ein zweites Mal. Aber ich bezweifle, dass Sie sich in diesem Punkt mit ihm einigen können.«

Justus machte den lässigsten Gesichtsausdruck, zu dem er in der Lage war. Coolness war alles. Wenn er es schaffte, sich auf Calhoons Niveau zu halten, hatte er eine reelle Chance, mit dieser haarsträubenden Geschichte durchzukommen. Wenn nicht …

Calhoon antwortete nicht sofort. Er lachte auch nicht. Er blickte Justus vollkommen ausdruckslos an. Dann kehrte er langsam zum Tisch zurück und griff nach seinem Drink, den er dort abgestellt hatte. Wortlos ging er am fassungslosen Wagner, am kreidebleichen Skinny und an den gespannt abwartenden Beaumont und Zia vorbei, drehte eine kleine Runde durch den Raum und kehrte wieder zurück.

Schließlich konnte Wagner nicht mehr an sich halten: »Wenn Sie glauben, ich hätte irgendetwas mit diesem Burschen zu tun, Calhoon, dann –«

Calhoon schnitt ihm mit einer schnellen Geste das Wort ab. »Schweigen Sie, Wagner! Ich kann Ihr Geschwätz nicht länger ertragen! Ich weiß, dass Sie nichts mit dem Jungen zu tun haben. Er würde sich niemals mit einem Vollidioten wie Ihnen abgeben. Und nun zu dir, Justus: Du weißt also, wo das Geld ist.«

»So ist es.«

»Und du willst mit mir ins Geschäft kommen.«

»Ja.«

»Du bist wirklich sehr mutig, Justus. Aber Mut bringt einen nicht immer ans Ziel. In einem Punkt muss ich dir recht geben: Deine Geschichte ist vollkommen unwichtig. Es interessiert mich nicht, wie du an den Koffer herangekommen bist. Mich interessiert nur, dass ich zurückbekomme, was mir gehört. Dein Vorschlag ist sicherlich sehr interessant, aber ich fürchte, ich werde nicht darauf eingehen. Denn ich habe eine bessere Idee. Und nun rate ich dir, mir sehr aufmerksam zuzuhören: Entweder du sagst mir sofort, wo das Geld ist – oder ich puste dir den Schädel weg.« Calhoon hatte in einem fast beiläufigen Plauderton gesprochen. Doch nun verengten sich seine hellgrünen Augen und seine Stimme wurde eisig. »Sofort!« Zum zweiten Mal zog er seinen Revolver.

Justus schluckte. Was war doch gleich sein Plan gewesen? Seine Angst nicht zu zeigen? Cool zu bleiben? Mission gescheitert.

»Jetzt reicht es!«, wisperte Peter und zog das Handy aus der Tasche. »Mir egal, ob wir Beweise haben oder nicht. Ich rufe jetzt Cotta an!« Er hatte den Daumen schon am Einschaltknopf.

Blitzschnell legte Bob seine Hand über die Tasten. »Nicht hier! Sie werden das Piepsen des Handys hören! Wir müssen woanders hingehen!«

Peter nickte knapp und machte sich sofort auf den Weg. Sie hatten keine Zeit zu verlieren! Geduckt kehrten sie zur Treppe zurück, die sie emporgestiegen waren. Peter lugte um die Ecke. Zia, Beaumont und Wagner hatten die Treppe genau im Blickfeld. Sie mussten einen anderen Weg finden. Er gab Bob einen Wink und sie kehrten zurück. Auf der anderen Seite der Galerie gab es eine weitere Treppe. Hier waren sie vor den Blicken der Anwesenden sicher. Leise schlichen sie hinunter und duckten sich hinter einem flachen Betonpodest, auf dem ein paar Stühle standen.

»Und nun?«, wisperte Peter.

Bob zuckte hilflos die Schultern. Sie waren zwar nicht mehr auf der Galerie, aber immer noch in Hörweite. Der Gang, der ins Bad führte, lag nun auf der anderen Seite des Raumes. Unmöglich, unbemerkt dorthin zu gelangen. Sie mussten einen anderen Ort finden. Und zwar schnell!

Verzweifelt blickte Bob sich um. Es gab keine Tür, keinen Gang, nichts, was ihnen Deckung bot! Plötzlich entdeckte er etwas zu seinen Füßen. Es war ein kleiner Metallhaken. Irritiert betrachtete Bob ihn. Der Haken gehörte zu einer Stahlplatte, die in den Boden eingelassen war. Eine Bodenklappe! Sie hockten direkt darauf. Bob hatte keine Ahnung, wohin sie führte, aber sie hatten keine Wahl – sie mussten sich beeilen!

Er gab Peter ein Zeichen. Der Zweite Detektiv verstand. Sie robbten beiseite, Bob griff nach dem Metallhaken, betete, dass die Scharniere nicht quietschen würden – und zog.

Die Bodenklappe schwang auf. Nicht vollkommen lautlos, aber beinahe. Niemand schien etwas bemerkt zu haben. Stählerne Sprossen, die in die Wand eingelassen waren, führten nach unten. Bob zögerte keine Sekunde und kletterte in den Schacht. Peter folgte ihm und schloss die Klappe lautlos. Tiefschwarze Finsternis umfing sie.

Vorsichtig tastete sich Bob abwärts, bis die Leiter zu Ende war und er wieder festen Boden unter den Füßen hatte. Er zückte sein Feuerzeug und ließ es aufflammen, um Peter den Abstieg zu erleichtern.

»Perfekt«, seufzte Peter, zog erneut das Handy aus der Tasche und schaltete es ein. Jetzt würde er Inspektor Cotta anrufen, der in wenigen Minuten mit ein paar Polizisten im Schlepptau hier auftauchen und Justus retten würde.

Peter starrte auf das Display und wartete. Und wartete. Schließlich erschien eine Nachricht: ›Kein Netz‹.

Justus blickte in den Lauf des Revolvers. Offensichtlich hatte er seine Überzeugungskraft überschätzt. Calhoon ließ nicht den geringsten Zweifel daran aufkommen, dass er seine Drohung ernst meinte.

»Du sagst mir jetzt auf der Stelle, wo das Geld ist, Justus Jonas, oder du kannst zusehen, wie ich das Gehirn deines Freundes im ganzen Haus verteile. Danach bist du selbst dran.«

»Meines … meines Freundes?«

»Skinny. Oder glaubst du etwa, ich hätte nicht von Anfang an gemerkt, dass ihr unter einer Decke steckt?«

»Aber das …«

Calhoon trat mit drei großen Schritten auf Skinny zu und hielt ihm die Waffe an den Kopf. »Raus mit der Sprache!«

Skinny wimmerte und warf Justus einen beschwörenden Blick zu.

»Du tust besser, was er sagt, Kleiner«, riet Zia mit beinahe sanfter Stimme. »In solchen Dingen versteht Calhoon keinen Spaß.« Calhoon spannte hörbar den Hahn. »Ich gebe dir noch fünf Sekunden.«

»Also schön«, sagte Justus schließlich. »Das Geld befindet sich in einem Koffer, der auf einem Fabrikgelände versteckt ist. Er ist dort angekettet. Skinny hat den Schlüssel.«

Calhoon lächelte zufrieden. »Na also, es geht doch.« Er wandte sich an Skinny und streckte fordernd die Hand aus.

Skinny verstand. Mit zitternden Fingern zog er den Schlüssel aus der Hosentasche und reichte ihn Calhoon. Dann warf er Justus einen Blick zu, den dieser nicht deuten konnte. Skinny war ihm offensichtlich nicht dankbar dafür, dass er ihm soeben das Leben gerettet hatte. Er war auch nicht wütend, dass Justus das Kofferversteck verraten hatte. Stattdessen schien er verzweifelt. Doch Justus hatte keine Ahnung, warum.

»Dann schlage ich vor, dass wir nun alle gemeinsam zu dieser Fabrik fahren und das Geld holen. Auf dem Weg dorthin werde ich mir überlegen, was ich mit euch beiden mache. Vorwärts!«

Auf dem Weg zur Tür suchte Justus aus den Augenwinkeln den Raum nach Peter und Bob ab. Er sah sie nicht. Aber sie waren bestimmt noch in ihrem Versteck und hatten jedes Wort mit angehört. Sobald sie alle aus der Tür waren, würden sie sofort Inspektor Cotta anrufen und ihn zum Fabrikgelände bestellen. Zwar gab es noch immer keine Beweise für das Falschgeld, aber vielleicht würden die Indizien für einen Durchsuchungsbefehl für Calhoons Villa ausreichen. Mit etwas Glück fand die Polizei etwas und die drei ??? würden noch einmal mit einem blauen Auge davonkommen. Wirklich wichtig war vorerst nur, dass Cotta es zum Fabrikgelände schaffte, bevor Calhoon entdeckte, dass sich lediglich ein paar Fetzen Papier in dem Koffer befanden. Denn Justus mochte gar nicht daran denken, wozu Calhoon dann in der Lage war.

Der Erste Detektiv versuchte, sich zu entspannen. Rettung war so gut wie unterwegs. Alles würde gut werden.

Justus, Skinny, Calhoon, Wagner, Beaumont und Zia verließen das Haus.

»Verflucht! Das gibt's doch nicht!«

»Schhh!«, machte Bob. »Willst du, dass sie uns doch noch hören?«

»Wieso haben wir keinen Empfang? Das kann doch nicht wahr sein!«

»Wir sind wahrscheinlich zu tief unter der Erde«, überlegte Bob.

»Ich werde ein paar Stufen raufklettern«, beschloss der Zweite Detektiv und setzte seinen Fuß auf die unterste Sprosse. In Windeseile befand er sich wieder unterhalb der Bodenklappe. Von dort aus startete er einen zweiten Versuch.

›Kein Netz‹.

»Mist!« Er kletterte wieder herunter. »Was jetzt?«

»Vielleicht klappt's an einer anderen Stelle«, sagte Bob und hielt sein Feuerzeug hoch. An der Wand entdeckte er einen Lichtschalter. Eine Reihe Neonröhren flammte flackernd und summend auf. Ein langer, vollkommen kahler Gang aus Beton lag vor ihnen. Er endete an einer weißen Stahltür. Sie traten darauf zu und Bob drückte die Klinke herunter.

Die beiden Detektive betraten einen Kellerraum. Bob schaltete das Licht ein. Der Raum war riesig, aber die Decke sehr niedrig. Überall standen seltsame Gerätschaften herum. Während Peter mit seinem Handy durch den Raum wanderte, besah sich Bob die Geräte genauer.

»Peter?«

»Hm?«

»Ich glaube, ich weiß, wo wir hier sind.«

»Ich auch. In Calhoons Keller.«

»Nicht nur das: Dies ist seine Fälscherwerkstatt. Sieh mal: Mit diesem Gerät lässt sich Papier herstellen. Und das da ist eine Druckerpresse. Sieht fast aus wie die in unserer Freiluftwerkstatt, was?«

»Na ja«, murmelte Peter. »Nur ungefähr tausendmal moderner.«

»Da drüben steht ein Papierschneider. Und hier …« Bob pfiff durch die Zähne. »Sieh an, was wir hier haben.« Neben Bob lag auf einem weißen Tisch ein Stapel großformatiger Papiere. Er hielt das oberste in die Höhe, damit Peter es sehen konnte.

Nun war der Zweite Detektiv tatsächlich für einen Augenblick abgelenkt. »Geldscheine!«, rief er.

»Exakt. Erstklassige Blüten, die nur noch geschnitten werden müssen. Ich würde sagen, wir haben soeben den Beweis für Calhoons Geschäfte gefunden.«

»Dann brauche ich jetzt nur noch ein Empfangsnetz und alles ist in bester Ordnung«, erwiderte Peter und setzte seine Wanderung durch den Kellerraum fort. Wider Erwarten hatte er Glück. In der hintersten Ecke der Falschgeldfabrik hatte sein Handy plötzlich Empfang. »Großartig!« Peter wählte Inspektor Cottas Nummer aus dem Telefonbuch und wartete.

»Ja?«

»Inspektor Cotta? Hier spricht Peter Shaw. Wir brauchen Ihre Hilfe!«

Cotta war nicht der umgänglichste Mensch. Die Tatsache, dass er und die drei ??? einander schon oft geholfen hatten, bedeutete nicht, dass Cotta die Arbeit der drei Detektive guthieß. Im Gegenteil: Bei jeder sich bietenden Gelegenheit versuchte er, sie in ihrem detektivischen Eifer zu zügeln. Natürlich mit mäßigem Erfolg. Doch eines wussten die drei ??? ganz genau: Wenn es drauf ankam, war Cotta auf ihrer Seite. Im Notfall konnten sie immer auf ihn zählen. Und so sparte sich Cotta auch diesmal alle Fragen. Er wollte nur eines wissen: »Wo? Und wobei?«

»Wir sind im Haus eines Geldfälschers. Er hat eine Waffe auf Justus gerichtet. Insgesamt sind es vier Leute, die gefährlich werden könnten.« Der Zweite Detektiv gab die Adresse von Calhoons Anwesen durch.

»Wir sind unterwegs«, sagte Cotta und legte auf.

»Das wäre erledigt.« Peter seufzte erleichtert. »Cotta macht sich auf den Weg. Komm, Bob, wir gehen zurück nach oben. Justus ist in ernsten Schwierigkeiten. Bis Cotta eintrifft, können vielleicht nur wir das Schlimmste verhindern.«

Bob nickte und gemeinsam machten sie sich auf den Weg zurück.

Als Bob langsam und vorsichtig die Bodenluke nach oben drückte, stutzte er. Das gleißend helle Licht war erloschen. Nur noch einige wenige schwache Lampen erhellten den Raum. Und er hörte auch keine Stimmen mehr. Alarmiert kletterte er aus der Öffnung, spähte vorsichtig über das Betonpodest – und richtete sich schließlich ganz auf. Er brauchte keine Deckung mehr.

»Verflucht! Sie sind verschwunden!«

Verloren

Zia ließ Justus nicht aus den Augen. Die junge Frau saß neben ihm auf dem Rücksitz des silberfarbenen Lincoln und starrte ihn unverwandt an. Am Steuer saß Calhoon, neben ihm Skinny. Wagner und Beaumont fuhren mit dem roten Plymouth direkt hinter ihnen. Offenbar wollten sie nichts verpassen.

Sie erreichten die Gewürzfabrik nach wenigen Minuten. Schweigend stiegen sie aus. Justus warf einen unauffälligen Blick die Straße hinunter. Kein Polizeiwagen weit und breit. Aber es konnte sich nur noch um Minuten handeln, bis Cotta und seine Männer auftauchten.

»Also schön, wo ist nun der Koffer?«, fragte Calhoon und starrte erst Skinny, dann Justus durchdringend an. Niemand antwortete. »Wird's bald!«, bellte Calhoon und zückte seine Waffe.

»Schon gut«, sagte Justus schnell. »Ich bringe Sie hin.« Er führte Calhoon und die anderen zu der Tür im Zaun. Sie betraten das verwahrloste Gelände und bald tauchte vor ihnen das verlassene Fabrikgebäude aus der Dunkelheit auf. Justus steuerte auf das Stahlgerüst zu, an das sie den Koffer gekettet hatten, seine Aufmerksamkeit galt jedoch den tiefen Schatten der Ruine, in denen sich Cottas Leute vielleicht verbargen.

So bemerkte er es erst, als sie direkt davor standen:

Die Kette war noch immer um das Gerüst geschlungen. Aber der Koffer war verschwunden.

»Was …«

»Ich nehme an, ich soll nun glauben, dass sich genau hier noch vor kurzer Zeit der Koffer mit meinem Geld befand«, sagte Calhoon. Doch obwohl er ruhig und leise sprach, war seine Gelassenheit gänzlich verschwunden. Justus spürte seine Wut.

»Ich schwöre Ihnen, Mr Calhoon, dass es genau so war.«

»Ehrlich gesagt interessiert mich nicht, wie es *war.* Ich will nur wissen, wie es *ist.* Und da ich langsam den Eindruck gewinne, mich noch immer zu unklar auszudrücken, werde ich von nun an deutlicher sein. Zia!«

Die Bewegung war so schnell, dass Justus sie kaum wahrnahm. Zia, die neben Calhoon gestanden hatte, sprang vor, drehte sich und trat Justus in den Bauch. Ihm blieb die Luft weg. Er taumelte zurück, stolperte und fiel hart auf den Rücken. Sterne tanzten vor seinen Augen, während er sich zwang, den Schmerz, der in seinen Eingeweiden tobte, zu ignorieren. Er hustete. Und für einen Augenblick wünschte er sich, dass die Sterne und der Husten nicht verschwanden, dass er sich in die Ohnmacht flüchten konnte und die Realität ihn nicht mehr erreichte. Aber dann klärte sich sein Blick und er sah Calhoon breitbeinig über sich stehen.

Von Cotta keine Spur.

»Meine Geduld ist am Ende. Du sagst mir jetzt sofort, wo das Geld ist!«

»Ich weiß es nicht!«, röchelte Justus.

»Falsche Antwort.« Calhoon richtete seine Waffe auf Justus und schoss.

Die Kugel schlug zehn Zentimeter neben Justus' Kopf in den staubigen Boden ein. Dreck und Erde spritzten in sein Gesicht. Sein linkes Ohr war taub. Sein Herz hämmerte schneller als je zuvor. Und plötzlich war ihm klar: Cotta war nicht hier! Etwas war schiefgegangen! Er hatte keine Ahnung, was, aber die Hilfe, mit der er fest gerechnet hatte, war nicht unterwegs. Spätestens jetzt, nach diesem Schuss, hätten die Polizisten aus den umliegenden Büschen und hinter den Mauern hervorspringen müssen. Aber nichts dergleichen geschah. Justus war auf sich allein gestellt. Er war verloren. Die Panik, die diese Erkenntnis bei ihm auslöste, raubte ihm den Atem und beinahe den Verstand. Was sollte er jetzt tun?

»Die nächste Kugel trifft, Justus Jonas. Und ich frage dich jetzt zum letzten Mal: Wo ist der Koffer?«

»Ich weiß es nicht!«, brüllte Justus verzweifelt.

Calhoon hob erneut seinen Revolver. »Wie bedauerlich.«

Justus schloss die Augen und zählte die letzten Sekunden seines Lebens.

»Stopp!«

Justus öffnete die Augen wieder. Wer hatte da ›Stopp‹ gesagt? Wer hatte ihm noch einen Moment Aufschub gegeben? Er drehte den Kopf. Skinny Norris.

»Ich weiß, wo der Koffer ist«, sagte Skinny. »Mike hat ihn. Mike Watson. Ihr Laufbursche.«

»Was?«, zischte Calhoon.

»Was?«, fragte Justus gleichzeitig und richtete sich auf.

Wagner und Beaumont, die sich bisher im Hintergrund gehalten hatten, lachten leise.

Skinnys Worte richteten sich an Justus: »Mike hatte von Anfang an einen zweiten Schlüssel. Er war beauftragt, den Koffer zu holen, sobald wir verschwunden waren.«

»Diese kleine Ratte«, knurrte Calhoon mit zusammengebissenen Zähnen.

Justus erhob sich nun vollends, wischte den Dreck von seinen Wangen und blickte Skinny mit einer Mischung aus Überraschung und sogar einem Hauch Bewunderung an. »Du hattest also eine Rückversicherung. Du hast mir nicht getraut.«

»Genauso wenig, wie du mir«, erwiderte Skinny.

»Offenbar zu Recht.«

»Ich unterbreche die Herren in ihrem geistreichen Schlagabtausch nur höchst ungern«, sagte Calhoon eisig. »Aber die nächste Kugel wird noch immer treffen, wenn du mir nicht sofort sagst, wo Mike sich in dieser Sekunde aufhält, Skinny. Diesmal werde ich jedoch auf dich zielen.«

Skinny schluckte. »Er ist in dem alten, verfallenen Haus am Stadtrand von Rocky Beach, das wir als Unterschlupf benutzen. Er wartet dort auf mich. Mit dem Koffer. Hoffe ich jedenfalls.«

»Ich hoffe es für dich.«

Als Peter sich der Gewürzfabrik näherte, schaltete er die Scheinwerfer seines MG aus. Er wollte auf gar keinen Fall von Calhoon gesehen werden.

Bob und Peter waren schnell darauf gekommen, dass Justus das Versteck des Koffers verraten haben musste und die ganze Bande auf dem Weg ins Gewerbegebiet war. Daraufhin hatte Peter den Inspektor angerufen und gebeten, Calhoons Villa sausen zu lassen und stattdessen zur Gewürzfabrik zu fahren.

Doch vor dem Gelände der Fabrik erwartete sie weder ein Polizeiaufgebot noch sonst jemand. Kein Wagen stand an der Straße. Niemand war zu sehen. Peter bremste ab und machte den Motor aus. »Wo sind die denn alle?«

»Cotta ist noch nicht da«, stellte Bob fest. »Und Calhoon …«

»Parkt vielleicht woanders und ist zu Fuß auf das Fabrikgelände gegangen«, überlegte Peter.

»Wir müssen nachsehen!«, beschloss Bob und stieg aus.

»Bist du sicher?«

»Ja! Oder willst du Justus etwa allein lassen?«

»Natürlich nicht! Aber …«

»Dann komm endlich!«

Peter überwand seine Furcht und folgte Bob. Gemeinsam schlichen sie am Rande des Zaunes entlang, bis sie schließlich die Tür erreichten. Sie stand offen.

»Sie sind hier!«, wisperte Peter und lauschte. Aber außer entferntem Straßenlärm und dem Zirpen der Zikaden war nichts zu hören. Bob gab dem Zweiten Detektiv einen Wink und trat durch die Tür. Widerwillig ging Peter ihm nach. Vorsichtig und auf jeden Schritt achtend wagten sie sich immer weiter auf das Fabrikgelände. Bald tauchte das alte Gebäude auf. Noch immer war niemand zu sehen. Und schließlich stand Bob vor dem Stahlgerüst. Und starrte auf die Kette.

»Der Koffer ist verschwunden! Das bedeutet …«

»Dass Calhoon und Co. schon wieder weg sind! Verflucht!«

»Los, Peter, wir müssen uns beeilen! Zurück zur Villa!«

In dem alten, abbruchreifen Haus war es dunkel. Während die Gruppe Skinny von Raum zu Raum folgte, ging Justus nur eines durch den Kopf: Hoffentlich war Mike nicht hier! Hoffentlich hatte er sich aus dem Staub gemacht und kam nie wieder. Denn sonst hätte Justus in wenigen Sekunden erneut großen Ärger.

»Skinny?«, drang Mikes nervöse Stimme aus einem Nachbarraum.

»Ja«, antwortete Skinny.

»Meine Fresse, Alter, bin ich froh, dass du endlich kommst. Hat wohl doch länger gedauert, bis du Calhoon gelinkt hast, was? Aber er ist nicht der Einzige, der gearscht worden ist, Mann. Stell dir vor –«

Skinny betrat den Raum, in dem Mike auf dem staubigen Fußboden im Mondschein saß. Das Mondlicht fiel auf den Aluminiumkoffer. Mike sah auf – und erstarrte, als hinter Skinny Calhoon, Justus und die anderen in den Raum traten.

Eine Sekunde lang sprach niemand ein Wort. Dann sprang Mike wieselflink auf, hechtete zum Fenster und riss es auf. Doch bevor es ihm gelang, hinauszuklettern, war Zia schon an seiner Seite und packte ihn am T-Shirt. Einen Augenblick später lag Mike mit dem Rücken auf dem Boden und Calhoon stand über ihm.

»Mike Watson«, sagte er und schüttelte den Kopf. »Wer hätte gedacht, dass eine kleine Ratte wie du es wagt, sich gegen ihren Herrn und Meister zu erheben.«

»Ich … ich kann das alles erklären, Sir!«, stammelte Mike.

»Ach ja? Da bin ich aber sehr gespannt.«

»Es war Skinnys Idee! Ich habe damit nichts zu tun! Er hat mich gezwungen!«

»Was?« Skinny stapfte wütend auf Mike zu. »Du lügst! Ich habe niemanden gezwungen!«

»Doch! Du … du …«

»Genug!«, brüllte Calhoon. »Ich werde mit Freuden dabei zusehen, wie ihr euch gegenseitig die Augen auskratzt – *nachdem* ich mein Geld habe! Ich nehme an, es ist in diesem Koffer?«

Skinny nickte.

Mike schüttelte den Kopf.

Justus schluckte.

»Was soll das bedeuten?« Calhoon wartete die Antwort nicht ab, sondern stürzte sich auf den Koffer und riss den Deckel hoch. Es dauerte keine Sekunde, bis er begriff, was er vor sich hatte. »Kopien?«, rief er. »Kopierte Geldscheine?«

Skinnys Kopf zuckte herum. Ungläubig starrte er Justus an. »So viel also zum Thema Vertrauen«, murmelte er so leise, dass nur der Erste Detektiv es hören konnte. Dieser grinste gequält und hob die Schultern.

Wagner, der zusammen mit Beaumont im Türrahmen stehen geblieben war, lachte. »Sie werden alt, Calhoon. Oder wie erklären Sie es sich, dass jetzt sogar schon eine Bande Halbwüchsiger schlauer ist als –«

»Halten Sie den Mund!« Calhoon war außer sich. Die kühle, gelassene Fassade war innerhalb von Sekunden zusammengebrochen. Nun hielt ihn nichts mehr. Er krallte sich Mike und zog ihn mit einem Ruck hoch, als sei er nicht schwerer als ein Sack Styropor. »Wo ist es? Wo – ist – mein – *Geld*?«

Mike starrte ihn aus panikgeweiteten Augen an. Dann streckte er die Hand aus und wies auf Justus. »Er hat es! Er muss es haben! Es ist die einzige Erklärung!«

Calhoon erwiderte nichts, sondern warf Mike wie eine Puppe fort und stürzte sich auf Justus. Der Erste Detektiv wurde herumgeschleudert und prallte schmerzhaft mit dem Rücken gegen die Wand. Calhoon kam so nahe heran, dass Justus der warme Atem ins Gesicht schlug. Er konnte die winzigen Schweißperlen in Calhoons Gesicht sehen, die kleinen geplatzten Blutgefäße in seinen hellgrünen Augen und die pulsierenden Adern an Stirn und Hals. Er kam noch näher und sprach Justus direkt ins Ohr. »Du hast soeben dein Todesurteil unterschrieben, Justus Jonas. Vielleicht nehme ich es zurück, wenn du von nun an alles richtig machst. Ansonsten werde ich dich mit meinen eigenen Händen zerquetschen, ist das klar? Ob das klar ist?«

Justus nickte benommen.

»Gut. Ich will mich nicht wiederholen müssen. Du kennst die Frage. Wenn die Antwort dieses Mal nicht stimmt, bist du tot.«

Justus musste sich räuspern, bevor er einen Ton herausbrachte. »Das Geld ist in einem geheimen Versteck auf dem Gelände von Titus Jonas' Gebrauchtwarenhandel. Ich werde Sie hinführen.«

Tempo!

»Nein, ich will Sie nicht auf den Arm nehmen, Inspektor Cotta!«, versicherte Bob. »Es ist nur … es ist alles etwas schwierig zu erklären. Fahren Sie einfach bitte so schnell wie möglich wieder zurück zur Villa, ich verspreche Ihnen, dass Justus Ihnen alles genau erläutern wird.«

»Davon bin ich überzeugt«, knurrte Cotta und legte auf.

Seufzend steckte Bob das Handy zurück in die Tasche. »Cotta glaubt, wir nehmen ihn nicht ernst«, sagte er zu Peter, der am Steuer saß und den MG, so schnell es die Geschwindigkeitsbegrenzung zuließ, zurück zu Calhoons Anwesen lenkte.

»Der wird sich schon wieder beruhigen«, antwortete Peter einsilbig. Er kaute nervös an der Unterlippe. Die ganze Situation zerrte an seinen Nerven. Es wurde wirklich allerhöchste Zeit, dass die Polizei eingriff! Wenn nur Justus nichts passiert war!

Sie erreichten Calhoons Adresse. Peter wurde langsamer, ließ sich mit einem Blick zur Seite langsam an dem Gittertor vorbeirollen – und trat plötzlich auf die Bremse. Bob wurde nach vorn geschleudert. Der Sicherheitsgurt rastete ein und riss ihn brutal zurück. »Mensch, Peter, bist du bescheuert?«

»Sie sind nicht da!«, sagte Peter und wies auf das

Grundstück. Das Grundstück war zwar noch immer hell erleuchtet, doch hinter den kleinen, asymmetrischen Fenstern brannte kein Licht. Und kein einziges Auto stand vor dem Haus. »Das gibt es doch nicht! Wenn sie vor uns die Gewürzfabrik verlassen haben, müssten sie doch schon längst wieder hier sein!«

»Die Zentrale!«, rief Bob und starrte Peter an. »Sie sind auf dem Weg zur Zentrale! Calhoon hat die kopierten Geldscheine entdeckt und Justus zur Rede gestellt! Darauf hätten wir gleich kommen müssen! Mein Gott, wer weiß, was er mit ihm angestellt hat! Wir müssen –«

»Sofort zurück!«, beendete Peter den Satz, legte den Gang ein und fuhr so rasant an, dass Bob diesmal in die Rückenlehne gedrückt wurde. »Ruf Cotta an! Er soll sich augenblicklich auf den Weg zum Schrottplatz machen!«

»Der wird mich für völlig verrückt halten, wenn ich ihn jetzt schon wieder anrufe«, antwortete Bob, wählte jedoch bereits die Nummer des Inspektors. »Inspektor Cotta? – Ja, ich bin's noch mal, Bob Andrews. Es tut mir wirklich leid, aber die Pläne haben sich ein weiteres Mal geändert.«

Bob behielt recht: Cotta explodierte beinahe am Telefon. Aber schließlich versprach er, mit seinen Leuten so schnell wie möglich zum Schrottplatz zu fahren.

Wenige Minuten später erreichten Bob und Peter den Schrottplatz selbst. Weder Calhoons noch Wagners Wagen war zu sehen.

»Was bedeutet das jetzt?«, fragte Peter unruhig.

»Dass sie wahrscheinlich jede Sekunde hier auftauchen

werden«, antwortete Bob. »Und Cotta hoffentlich auch. Aber vielleicht sollten wir auf Nummer sicher gehen und für den Fall, dass etwas schiefgeht –«

»Das Geld an uns nehmen«, beendete Peter den Satz. »Auf jeden Fall. Beeilen wir uns!«

Sie stiegen aus und gingen auf das Rote Tor zu. Peter langte mit dem Zeigefinger durch das Astloch, löste den Riegel und schob das lose Brett beiseite. Nacheinander quetschten sie sich durch die schmale Öffnung und eilten zur Zentrale.

»Es ist noch da«, seufzte Peter erleichtert, als er die blaue Plastiktüte in Tunnel II sah. Er griff danach. »Die Frage ist: Wohin jetzt damit?«

»Wir nehmen sie einfach mit und verstecken uns in sicherer Entfernung«, schlug Bob vor. »Dann können wir in aller Ruhe beobachten, wie Inspektor Cotta die Gangster festnehmen lässt, sobald sie hier auftauchen.«

»Gute Idee.« Peter ließ die Bodenklappe zufallen, öffnete die Tür nach draußen – und schloss sie sogleich wieder.

»Was ist?«, fragte Bob. »Warum gehst du nicht raus?«

»Sie sind hier!«, flüsterte Peter entsetzt. »Calhoon und Zia und alle anderen! Justus hat sie gerade durchs Rote Tor geführt!«

Bob blieb das Herz stehen. Er stürzte zum Periskop, einem mit Spiegeln versehenen, umfunktionierten Ofenrohr, mit dessen Hilfe man unbemerkt den Schrottplatz beobachten konnte. Da waren sie: Die ganze Bande inklusive Mike steuerte direkt auf die Zentrale zu!

»Jetzt ist alles aus«, wimmerte Peter.

»Nein«, sagte Bob. »Ist es nicht.« Mit einem Ruck öffnete er Tunnel II ein weiteres Mal. »Rein da!«

»Aber …«

»Nun mach schon, Peter! Wir türmen durch den Tunnel! Calhoon wird das Geld nicht in die Finger kriegen! Und uns schon gar nicht!«

Bob gab dem Zweiten Detektiv einen Stoß. Peter sprang in den Tunnel und ließ sich auf alle viere nieder, die Plastiktüte mit dem Geld fest umklammert. Bob war direkt hinter ihm. Eilig schloss er die Bodenluke. Keine Sekunde zu früh. Schon hörte er, wie sich Schritte näherten.

»Vorwärts, Peter!«, raunte Bob in die Dunkelheit vor ihm. »Die werden jeden Moment die Klappe öffnen!«

»Vorwärts ist gut«, ächzte der Zweite Detektiv. »Der halbe Tunnel ist mit alten Aktenordnern zugemüllt! Ich komme kaum vorbei!«

»Dann schieb sie weg!«, drängte Bob. »Mach schon!«

Peter mühte sich ab, in absoluter Dunkelheit die Ordner so weit beiseitezuschieben, dass er daran vorbeikam. Schließlich gelang es ihm und er krabbelte vorwärts, die Tüte zwischen den Zähnen.

In diesem Moment hörten sie, wie die Tür zur Zentrale aufgerissen wurde und schwere Schritte in den Campinganhänger polterten.

Peter erreichte das Ende des Tunnels, schob das Metallgitter weg, das dort lehnte, und krabbelte in die Freiluftwerkstatt.

»Wo ist nun dieses verfluchte Geheimversteck?«, hörten sie Calhoons wütende Stimme.

»Dort, Sir«, antwortete Justus. »Unter dieser Luke.«

Nun kroch auch Bob ins Freie. In der gleichen Sekunde fiel hinter ihm Licht in den Tunnel: Calhoon hatte die Klappe geöffnet.

»Und wo genau?«

»Ich …«, stammelte Justus. »Ich verstehe das nicht!«

Möglicherweise sagte Justus noch etwas. Doch es ging vollends in Calhoons Wutgebrüll unter.

»Nichts wie weg hier«, sagte Bob und eilte über den Schrottplatz. »Der explodiert gleich!«

»Und was ist mit Justus?«, fragte Peter.

»Cotta wird jede Sekunde hier sein. Er –«

»Da! Sehen Sie! Die zwei Burschen! Sie haben die Tüte!«

Bob drehte sich um. Mike war in der Tür zur Zentrale aufgetaucht und hatte sie entdeckt!

»Weg!«, rief Bob und rannte, so schnell er konnte. Schon waren Calhoon und Zia aus der Zentrale heraus und ihnen auf den Fersen. »Peter, wir haben ein ernstes Problem!«

Der Zweite Detektiv hatte bereits das Rote Tor erreicht. Einen Augenblick später war er auf der Straße und rannte zu seinem Wagen.

»Was hast du vor?«

»Das fragst du noch? Abhauen!« Peter sprang hinter das Steuer, warf die Tüte mit dem Geld auf die Rückbank und ließ den Motor an. »Komm schon, steig ein!«

Bob hatte keine Zeit zu überlegen. Er war noch nicht ganz im Wagen, als Peter schon Gas gab. Mit quietschenden Reifen schoss er die Straße hinunter.

Einen Augenblick lang war Justus davon überzeugt gewesen, dass sein letztes Stündlein geschlagen hatte – und zwei Sekunden später waren Zia und Calhoon schon aus der Tür und verfolgten Bob und Peter. Justus stürzte nach draußen. Sah, wie seine Freunde durch das Rote Tor verschwanden. Wie Calhoon und Zia ihnen hart auf den Fersen waren. Und sofort rannte auch Justus los. Jemand war hinter ihm. Im Laufen drehte Justus sich um. Es war Skinny.

»Ihr verdammten Freaks!«, keuchte Skinny und holte den Ersten Detektiv ein. »Ihr kompletten Vollidioten! Ihr habt alles versaut!«

Sie erreichten gleichzeitig die Lücke im Zaun. Justus drängelte sich vor und quetschte sich hindurch. Er sah gerade noch, wie Peters MG davonschoss und Calhoon und Zia in den silbernen Lincoln sprangen.

»Du verfluchter Mistkerl!«, zischte Skinny und starrte Justus wutentbrannt an. »Da geht mein Geld dahin! Ihr habt mich betrogen!«

»Gleichfalls«, antwortete Justus und sah hilflos und verzweifelt zu, wie Calhoon den Motor startete und zur Verfolgung ansetzte. »Aber sieh mir bitte nach, dass ich im Moment andere Sorgen habe.«

»Deine Sorgen!«, sagte Skinny verächtlich. »Es ging hier um zweihunderttausend Dollar!«

Plötzlich platzte Justus der Kragen: »Der Typ wird Bob und Peter umbringen, wenn er sie erwischt! Und du redest von deinem Scheißgeld!«

»So hat halt jeder seine Prioritäten«, erwiderte Skinny kalt. »Aber wir können eh nichts mehr ändern.«

»Nein«, sagte Justus niedergeschlagen. Dann fiel sein Blick auf Wagners roten Plymouth. »Es sei denn …« Er sah zurück. Beaumont, Wagner und Mike hatten es nicht besonders eilig. Sie waren erst auf halbem Weg. »Skinny!«, rief Justus aufgeregt. »Kannst du eine Zündung kurzschließen?«

»Wie bitte?«

»Ob du einen Wagen ohne Schlüssel starten kannst!«

»Klar. Wer kann das nicht? Ich meine –«

»Dann tu es!«

Peter gab Gas. Einen kurzen Moment lang glaubte er, sie wären in Sicherheit. Doch dann warf er einen Blick in den Rückspiegel. »Sie sind hinter uns!«

»Was?« Bob wirbelte herum. Calhoons Lincoln schoss gerade aus der Parklücke und nahm Fahrt auf. »Was jetzt?«

»Wir müssen sie irgendwie abhängen«, sagte Peter und ging im Geiste den Stadtplan von Rocky Beach und Umgebung durch.

»Abhängen? Nimm's mir nicht übel, Peter, aber deine Karre hat gegen Calhoons Geschoss keine Chance!«

»Auf einem Highway vielleicht nicht. Aber mitten in der Stadt …« Peter ging nur leicht mit dem Gas runter, dann riss er das Lenkrad herum und schoss in halsbrecherischem Tempo in eine Seitenstraße.

»Peter!«, keuchte Bob. »Bist du verrückt geworden?«

»Lass mich nur machen. Wie du weißt, bin ich der Meister der Wüstenstraße!«

»Das hier ist aber keine Wüstenstraße! Es ist auch kein verdammtes Computerspiel!«

»Macht kaum einen Unterschied«, behauptete Peter und fixierte die Straße. Eine eigenartige Mischung aus totaler Adrenalinüberflutung und absoluter Ruhe hatte von ihm Besitz ergriffen. Vor ihm lag eine Kreuzung. Die Ampel stand auf Grün. Dann auf Gelb. Sie war noch hundert Meter entfernt.

»Peter, das schaffst du nicht mehr!«, warnte Bob.

»Natürlich schaffe ich das nicht mehr.« Die Ampel sprang auf Rot. Peter schoss über die Kreuzung. Lachend blickte er in den Rückspiegel. Der Lincoln war ein paar Sekunden hinter ihm. »Das wird er nicht wagen.«

Er wagte es. Calhoon raste mit unvermindertem Tempo hinter ihm her. Bremsen quietschten. Ein Wagen, der aus der Seitenstraße kam, hupte und stellte sich quer. Dann war Calhoon über die Kreuzung.

»Warum tue ich das?«, fragte Skinny, während er hinter Calhoon herjagte. Die Türen des Plymouth hatten offen gestanden und für Skinny war es tatsächlich kein Problem gewesen, den Motor zu starten. Wagner und Beaumont waren noch wutschnaubend hinter ihnen hergelaufen, aber natürlich hatten sie keine Chance gehabt.

»Weil du dein Geld willst«, antwortete Justus. »Wenn du es schaffst, Calhoon außer Gefecht zu setzen, kriegst du es. Versprochen.«

»Außer Gefecht setzen?«, echote Skinny. »Spinnst du? Der macht Kleinholz aus mir! Und aus dir auch!«

»Du sollst ja nicht gegen ihn boxen«, antwortete Justus. »Ihn irgendwie von der Verfolgung abbringen würde schon reichen.«

»Und was dann? Dann ist er hinter *mir* her! Ich glaube, ich spinne, Jonas! Wie käme ich dazu, für dich und deine dämlichen Freunde den Kopf hinzuhalten?«

»Das tust du ja nicht. Du tust es, um an das Geld zu kommen«, beharrte Justus.

»Schwachsinn! Die Kohle landet am Ende bei den Bullen, das ist doch völlig klar! Glaubst du wirklich, ich falle auf dein Gesäusel rein, Jonas?«

Sie sahen, wie Peters MG knapp über eine rote Ampel schoss. Und Calhoon, nachdem er beinahe ein anderes Fahrzeug gerammt hatte, hinterher. Skinny jedoch bremste ab und blieb schließlich an der Ampel stehen. »Diese Fahrt endet hier.«

»Skinny!«, rief Justus verzweifelt. »Die Straße ist so gut wie leer! Nun fahr schon!«

»Die Ampel ist rot.«

»Du hast vor einer Minute ein Auto gestohlen und jetzt scherst du dich um eine rote Ampel!? Komm schon, Skinny, gib Gas!«

Skinny blieb ruhig. »Warum sollte ich das tun? Nenn mir auch nur einen vernünftigen Grund, Jonas!«

»Weil –« Justus brach ab. Sein Hirn war leer. Ihm fiel nicht ein einziges Argument ein. Es sei denn, Skinny ging es nur darum, ihn zu demütigen. Bitte sehr, das konnte er haben: »Weil ich dich darum bitte.«

Skinny lachte laut auf. »Der war wirklich gut! Aber ich muss dich enttäuschen: Bitte abgelehnt!«

»Dann tu es wegen des Geldes!«

»Ich werde das verfluchte Geld nicht bekommen, Jonas. Das weißt du genauso gut wie ich! Ich habe nicht den allerkleinsten Grund, dir zu glauben. Oder gar zu vertrauen.«

»Aber …« Es hatte keinen Zweck. Skinny hatte recht. Es gab kein Vertrauen zwischen ihnen. Nicht ein Fünkchen.

Justus war verzweifelt. Er sah, wie der silberne Lincoln am Ende der Straße verschwand. Irgendetwas musste er doch tun! Wie konnte es sein, dass ihm in diesem Fall alles aus den Händen glitt? Jetzt wurde er nicht einmal mehr mit Skinny Norris fertig! Der Erste Detektiv ließ die Schultern hängen. »Okay. Du hast gewonnen. Ich habe versagt. Es gibt tatsächlich absolut keinen Grund, warum du uns helfen solltest. Wir haben dir misstraut und dich hintergangen. Hätten wir das nicht getan, hätte Calhoon das Geld bei Mike gefunden und uns vielleicht in Ruhe gelassen. Aber so … Heute ist einfach alles schiefgelaufen. Ich habe deine Warnung missachtet. Ich habe gedacht, alles würde ganz einfach werden. Ich habe einen Fehler nach dem nächsten gemacht. Und wenn ich Pech habe, werden Bob und Peter meine Fehler mit dem Leben bezahlen.«

»Verflucht, Jonas!«, rief Skinny plötzlich und hämmerte auf das Lenkrad ein. »Der Plan hätte funktionieren können! Ihr hättet Calhoon bekommen und ich das Geld! Wieso habt ihr euch nicht an die Abmachung gehalten?«

»Wieso hast *du* dich nicht an die Abmachung gehalten?«

»Weil –« Skinny schwieg.

Die Ampel wurde grün.

Dann hatte Justus eine Idee.

»Wir versuchen es noch einmal. Du hilfst uns, wir helfen dir. Du verfolgst Calhoon und wir besorgen dir das Geld.«

Skinny bedachte ihn mit einem skeptischen Blick. »Und warum sollte ich dir diesmal trauen?«

»Weil du das Leben meiner Freunde in den Händen hältst. Weil ich dir vertraue. Komm schon, Skinny.« Justus hielt ihm die Hand hin.

Skinny Norris zögerte. »Was redest du da für einen geschwollenen Mist, Jonas! Man könnte fast glauben, wir wären Kumpels oder so was.«

»Sicher nicht. Was ist jetzt? Hilfst du uns?«

Skinny verzog das Gesicht. »Und ich krieg wirklich die Kohle?«

»Ich kann dir nicht die Polizei vom Hals halten«, gestand Justus. »Aber die drei ??? werden dir nicht in die Quere kommen, Ehrenwort. Wir geben dir das Geld und lassen dich ziehen. Die Flucht vor der Polizei ist dann deine Sache. Mehr kann ich dir nicht anbieten. Hilf uns, Skinny!«

Vier, fünf Herzschläge lang sah Skinny ihn einfach nur an. Dann sagte er: »Bevor du mich wegen unterlassener Hilfeleistung anzeigst – meinetwegen.« Skinny schlug ein. »Und jetzt? Calhoon ist schon über alle Berge. Den finden wir nie wieder.«

»Doch.«

»Und wie?«

»Das lass nur meine Sorge sein. Fahr!«

Die Ampel wurde rot.

Skinny gab Gas.

Teamwork

Als der MG mit vollem Tempo über eine Hügelkuppe raste, hob der Wagen ab. Peter hätte schwören können, dass er sich für eine volle Sekunde in freiem Flug befand, bevor er krachend zurück auf der Straße landete.

»Autsch. Das mögen die Stoßdämpfer gar nicht.«

Bob krallte sich an den Türgriff. Sein Gesicht war kreidebleich. »Mensch, Peter, vielleicht sollten wir einfach anhalten.«

»Anhalten? Und diesem Irren in die Hände fallen? Bist du verrückt geworden?«

»Vielleicht ist er gar nicht so irre. Er will nur sein Geld und –«

Ein Schuss peitschte durch die Luft. Peter sah, wie die Funken auf dem Asphalt neben ihm aufstoben. Er keuchte erschrocken. »Wie war das? Er will nur sein Geld? Dieser Freak schießt auf uns!«

Bob sah nach hinten. Calhoon hatte aufgeholt. Zia hatte ihren gelenkigen Körper aus dem Fenster gelehnt und ihre Waffe auf den MG gerichtet. »Sie zielt auf unsere Reifen!«

»Mir egal. Festhalten!« Peter trat auf die Bremse, kurbelte am Steuer und gab wieder Gas. Der Wagen legte sich so stark in die Kurve, dass Bob gegen die Scheibe gedrückt wurde. Ihm war schlecht.

»Soll ich nicht vielleicht fahren?«, schlug er zaghaft vor.

»Du beliebst zu scherzen«, sagte Peter und warf einen Blick in den Rückspiegel. »Hey, ich glaube, ich habe Calhoon abgehängt! Er hat die Kurve nicht gekriegt!«

Der silberne Lincoln tauchte wieder auf. »Oh. Er hat sie doch gekriegt. Calhoon ist wirklich gut.« Nun wurde auch Peter unruhig. Ihm fiel langsam keine Taktik mehr ein, wie er seinen Verfolger abschütteln konnte.

Plötzlich klingelte das Handy in Bobs Tasche. Der dritte Detektiv reagierte nicht.

»Was ist?«, fragte Peter. »Warum gehst du nicht dran?«

»Peter, wir werden gerade von einem Wahnsinnigen durch die halbe Stadt gejagt und da soll ich telefonieren?«

»Vielleicht ist es wichtig.«

Bob blickte Peter einen Moment lang irritiert an, dann nahm er das Gespräch entgegen. »Ja?«

»Hi Bob. Ich bin's.«

»Justus! Wir sind –«

»In Schwierigkeiten, ich weiß. Deshalb rufe ich an. Wir sind euch auf den Fersen, haben aber etwas die Orientierung verloren. Wo seid ihr gerade?«

Bob sah nach draußen. »An der Kreuzung De La Vina Street/Washington Road.«

»Okay, wir sind unterwegs. Wir versuchen, Calhoon den Weg abzuschneiden.«

»Das ist eine ziemlich gute Idee. Aber wer ist ›wir‹?«

»Skinny und ich.«

»*Skinny*?«

»Ja. Es ist auch sein Handy, mit dem ich gerade telefoniere. Ich erklär's dir später. Also, wir sind jetzt an der De La Vina Street.«

»Und Peter biegt gerade in den Oceanview Boulevard.«

BANG!

»Was war denn das?«

»Das war Zia. Sie schießt auf uns.«

»Sie tut *was*? Wartet, jetzt sehe ich Calhoons Wagen! Wir sind hinter ihm!«

Bob warf erneut einen Blick zurück. Tatsächlich: Hinter dem silbernen Lincoln war der rote Plymouth aufgetaucht. »Großartig. Und jetzt?«

»Jetzt kommt das Justus-Jonas-Spezialmanöver.«

»Spezialmanöver?«, fragte Skinny beunruhigt. »Das klingt, als würde es mir nicht gefallen.«

»Es ist ganz einfach, Skinny, wir müssen nur schnell sein. Vertrau mir.«

Skinny grinste gequält, antwortete jedoch nicht.

Justus wandte sich wieder dem Handy zu. »Bob! Sag Peter, er soll die übernächste Straße links reinfahren. Und dann die nächste wieder links. Wir werden bereits die erste links nehmen und Calhoon somit im richtigen Moment den Weg abschneiden.«

Bob gab das Kommando an den Zweiten Detektiv weiter. Dieser protestierte.

»Just, Peter sagt, das sei die West Oak Street – eine Sackgasse!«

»Ich weiß«, antwortete Justus. »Aber es ist die einzige Straße, die infrage kommt. Sie ist so schmal, dass Calhoon nicht an uns vorbeikommt, wenn wir die Fahrbahn blockieren. Also los! Ich lege jetzt auf. Ruf Cotta an und bestell ihn zur West Oak Street! Und sag Peter, er soll auf den letzten Metern noch mal richtig Tempo machen!«

Justus beendete die Verbindung. »Da vorn links!«, wies er Skinny an.

»Und du meinst, dass das gut geht?«

»Keine Ahnung. Aber sobald wir auf der Kreuzung sind, bleibst du stehen und wir steigen aus, so schnell wir können. Klar?«

»Klar.«

Sie erreichten die dunkle Kreuzung. Skinny wurde langsamer. Dann wurde das Röhren von Peters MG laut. Und plötzlich schoss der Wagen des Zweiten Detektivs direkt vor ihrer Nase von rechts nach links vorbei.

»Jetzt!«, rief Justus.

Skinny trat aufs Gaspedal. Der Plymouth machte einen Satz nach vorn und blieb direkt auf der Kreuzung stehen. Justus sah aus dem Fenster.

Wild hupend raste Calhoon heran. Zu schnell!

Justus stieß die Tür auf, wollte aus dem Wagen klettern und wurde fast vom Sicherheitsgurt stranguliert. Mit fliegenden Fingern suchte er nach dem Knopf. Der Gurt schnellte nach oben. Justus kletterte aus dem Wagen. Die Scheinwerfer des Lincoln erfassten und blendeten ihn. Halb blind stürzte der Erste Detektiv davon.

Reifen quietschten. Der Lincoln geriet ins Schlingern

und krachte mit ohrenbetäubendem Lärm in Wagners Plymouth. Glassplitter schossen durch die Luft. Ein Reifen platzte mit dem Knall einer Bombe. Justus schloss die Augen und rannte. Erst nach einigen Sekunden traute er sich zurückzublicken.

Calhoon hatte den Plymouth zehn Meter weit die Straße hinuntergeschleudert. Beide Autos waren dampfende Wracks aus zerborstenem Blech und zersplittertem Glas. Die gesamte vordere Hälfte des Lincoln war wie eine Ziehharmonika zusammengedrückt, der Motorblock quoll daraus hervor wie metallene Gedärme. Dahinter sah Justus nur die großen weißen Kissen der Airbags. Calhoon und Zia hatten Glück gehabt. Aber es hätte Justus gewundert, wenn sie bei dem Aufprall nicht ohnmächtig geworden waren.

»Justus?«

Peters Stimme hallte durch die Dunkelheit.

Der Erste Detektiv rannte die Sackgasse hinunter. Die Straße endete vor einer zwei Meter hohen Backsteinmauer. Direkt davor war der MG geparkt. Und dort standen sie: Peter, Bob und Skinny, alle drei mit zitternden Knien und die Blicke starr auf die beiden Autowracks gerichtet.

»Just!«, rief Bob. »Mann, das war …«

»Spektakulär«, schloss Peter. »Echt.«

»Hast du Cotta erreicht?«, fragte Justus.

Bob nickte. »Er ist unterwegs.«

»Gut.«

»Dann kommen wir mal zum zweiten Teil unserer

Abmachung, bevor euer lieber Freund und Helfer hier aufkreuzt«, meldete sich Skinny zu Wort und streckte die Hand aus. »Das Geld, wenn ich bitten darf.«

»Wie bitte?«, fragte Peter irritiert.

»Das Geld! Jetzt!«

»Gib es ihm, Zweiter«, bat Justus.

»Just! Ich glaube, ich höre nicht richtig!«

»Doch. Wir haben eine Abmachung: Skinny hat uns bei der Verfolgungsjagd geholfen. Alleine hätte ich nicht mal den Wagen starten können. Dafür kriegt er das Geld.«

»Aber –«

»Nun mach schon, Shaw!«, knurrte Skinny. »Die Bullen sind gleich hier!«

»Aber Justus …«, versuchte es Peter erneut.

»Ich habe ihm mein Wort gegeben, Zweiter. Und diesmal werde ich es halten.«

»Wir reden hier von Skinny Norris, Justus!«, sagte Peter empört.

»Das macht keinen Unterschied. Er hat euch das Leben gerettet. Gib ihm das Geld.«

Peter reagierte nicht. Doch dann öffnete Bob die Tür des MG, griff nach der blauen Plastiktüte und reichte sie Skinny. Dieser warf einen Blick hinein, nickte zufrieden und wandte sich zum Gehen.

»He, Skinny!«, hielt Justus ihn zurück. »Danke für deine Hilfe.«

Skinny grinste und hielt die Geldtüte hoch. »Gleichfalls.«

Peter war nicht so versöhnlich gestimmt. »Glaubst du wirklich, dass du damit durchkommst, Skinny? Die Polizei wird dich früher oder später schnappen, gar keine Frage.«

»Das lass mal meine Sorge sein!«

Skinny drehte sich um.

Und plötzlich öffnete sich die Fahrertür des dampfenden Lincoln-Wracks und Calhoon stieg aus. Auf seiner Stirn klaffte eine Platzwunde. Ein Vorhang aus Blut bedeckte sein Gesicht. Er hielt seinen Revolver in der Hand und kam hinkend auf die drei ??? und Skinny zu. Sein Blick brannte in ungezügeltem Zorn. »Ihr verfluchten Bengel! Ihr verdammten Rotzlöffel! *Gebt mir mein Geld*!!« Er hob die Waffe und schoss. Die Kugel schlug in die Backsteinmauer ein. Steinsplitter flogen durch die Luft. »*Sofort*!«

Skinny holte aus und warf die Tüte in hohem Bogen über die Mauer.

Dann stand Calhoon direkt vor ihnen. Es gab keine Fluchtmöglichkeit. »Okay«, sagte er mit röchelnder Stimme, während ihm sein eigenes Blut über die Lippen und das Kinn lief und auf den Boden tropfte. »Ich nehme an, das war mein Geld, das gerade über die Mauer geflogen ist? Dann bist du wohl der Erste, Skinny. Und danach werde ich euch der Reihe nach kaltmachen.« Calhoon richtete seinen Revolver auf Skinny und spannte den Hahn.

Peter sprang vor und trat mit aller Kraft gegen Calhoons Handgelenk. Gleichzeitig duckte sich Skinny. Der Schuss löste sich und ging erneut in die Mauer. »Auf ihn!«, brüllte Peter und stürzte sich auf Calhoon. Ein gezielter Schlag beförderte ihn auf den staubigen Boden und raubte ihm fast das Bewusstsein. Calhoon lachte. »Mutig, aber zwecklos, Junge. Mit euch vieren werde ich allemal fertig!« Nun richtete er seine Waffe auf Peter. »Stehen bleiben!«, dröhnte plötzlich eine Stimme durch die Nacht. »Lassen Sie die Waffe fallen!«

»Inspektor Cotta!«, rief Justus.

Cotta trat langsam aus der Dunkelheit heraus und mit gezogener Dienstwaffe auf Calhoon zu. »Ich sagte, lassen Sie die Waffe fallen! *Auf der Stelle*!«

Einen schrecklichen Moment lang rührte sich Calhoon nicht vom Fleck. Brennender Hass lag in seinem Gesicht. Er zielte noch immer auf den Zweiten Detektiv.

»W… wenn Sie mich … umbringen«, röchelte Peter, »haben Sie ein echtes Problem. Überlegen Sie sich das besser.«

Calhoon war wie erstarrt. Stille senkte sich über sie. Die Sekunden verstrichen endlos langsam. Schließlich sagte er so leise, dass nur die ??? ihn hören konnten: »Das werdet ihr bezahlen. Wenn ich wieder auf freiem Fuß bin, seid ihr die Ersten, die bezahlen werden!« Dann ließ er Zentimeter für Zentimeter den Revolver sinken. Und fallen. Sofort war Cotta bei ihm und legte ihm Handschellen an.

»Da ist noch jemand«, sagte Bob schnell und wies auf den ruinierten Lincoln. »Eine Frau. Auf dem Beifahrersitz. Sie ist ebenfalls bewaffnet.«

»Meine Kollegen sind schon bei ihr«, versicherte Cotta und blickte von einem zum anderen. Langsam schüttelte er den Kopf. »Ich würde sagen, das war zur Abwechslung mal wieder nicht nur in letzter, sondern in allerletzter Sekunde.«

»Danke, Inspektor.«

Bevor Cotta antworten konnte, sprang Skinny plötzlich auf die Motorhaube von Peters MG. Von dort aus aufs Dach. Und von dort über die Mauer. Und schon war er verschwunden.

»Was …«, begann Cotta und wollte hinterher, doch Justus hielt ihn mit einer Geste zurück.

»Lassen Sie ihn laufen, Inspektor. Ich erkläre es Ihnen später.«

Eine halbe Stunde später waren Zia und Calhoon auf dem Weg in die Untersuchungshaft. Cotta hatte ein paar Kollegen losgeschickt, um Wagner, Beaumont und Mike einzusammeln. Und ein weiteres Team bemühte sich gerade, aufgrund von Bobs und Peters Beobachtungen einen Durchsuchungsbefehl für Calhoons Anwesen zu erwirken. Nebenbei schilderte Justus dem Inspektor den Fall in allen Einzelheiten. Nur die Sache mit Skinny und der Geldtüte verschwieg er vorerst. Er wusste nicht, wie er Cotta beibringen sollte, dass Skinny mit dem Geld verschwunden war. Und das auch noch mit Justus' Billigung.

»Diesmal habt ihr euch aber auf ziemlich dünnem Eis bewegt«, sagte der Inspektor vorwurfsvoll, als Justus geendet hat. »Das hätte sehr leicht schiefgehen können.«

»Ich weiß«, gestand Justus. »Ich war sehr leichtsinnig.

Ich dachte, wir könnten diesen Fall mit links lösen. Aber da lag ich wohl falsch.«

»Mit links«, knurrte Peter. »Versteh mich nicht falsch, Justus: Ich mache dir keinen Vorwurf. Aber wenn man sich mit Skinny Norris einlässt, dann liegt es auf der Hand, dass es Probleme geben wird. Gewaltige Probleme.«

»Apropos Skinny«, sagte Cotta. »Warum ist er eigentlich Hals über Kopf verschwunden? Er hatte von uns doch nichts zu befürchten, wenn ich das richtig verstanden habe. Oder?«

Justus schluckte. Der Moment der Wahrheit. Bob und Peter blickten ihn schweigend an. Aber es war klar, dass er das allein verantworten musste. »Also, es ist so, Inspektor Cotta: Skinny hat –«

»Redet ihr von mir?«

Die drei ??? und Inspektor Cotta drehten sich überrascht nach der Stimme um. Skinny kam selbstsicher grinsend und cool wie ein Filmstar auf die Gruppe zugeschlendert. In der Hand hielt er die blaue Plastiktüte.

»Skinny!«, rief Bob überrascht.

»Guten Abend, allerseits. Inspektor – es tut mir leid, dass ich vorhin so schnell verschwunden bin. Aber ich wollte vermeiden, dass ein Unbefugter das Geld findet. Also habe ich es auf der anderen Seite der Mauer gesucht. Und gefunden. Hier ist es.« Skinny reichte dem Inspektor die Tüte – und zog sie im letzten Moment wieder weg. »Ich nehme doch an, dass mir hierfür der in solchen Fällen übliche Finderlohn von zehn Prozent zusteht? Das wären dann zwanzigtausend Dollar. Soll ich mir die schon mal rausnehmen?«

»Immer langsam«, erwiderte Inspektor Cotta ungehalten und wollte erneut nach der Tüte greifen. Skinny zog sie ein zweites Mal weg.

»Um genau zu sein, war auf der anderen Seite der Mauer eine Gruppe zwielichtiger Gestalten bereits dabei, die Tüte unter die Lupe zu nehmen. Ich bin mir sicher, dass sie sie nicht zur Polizei gebracht hätten. Unter Einsatz meines Lebens habe ich das Fundstück verteidigt. Ich finde, dafür habe ich eine Belohnung verdient. Und bedenken Sie, dass ich damit auch hätte verschwinden können. Aber ich bin ein ehrlicher Staatsbürger. Ich kenne meine Pflichten. Selbstverständlich übergebe ich das Geld der Polizei.«

»Schon gut, schon gut!«, knurrte Cotta. »Du kriegst deine Belohnung! Ich kann dir nicht versprechen, dass es zehn Prozent werden, aber – wir werden sehen.«

Skinny nickte zufrieden und reichte dem Inspektor die Tüte. Dann blickte er zu den drei ??? und fuhr fort: »Wie Ihnen vielleicht bekannt ist, legen diese drei Gestalten dort keinen Wert auf eine finanzielle Entlohnung für ihren Dienst an der Menschheit. Vielleicht wäre es daher möglich, ihre Belohnung ebenfalls auf mich umzuschreiben. Ohne mich hätten die sagenumwobenen drei Satzzeichen dieses Mal nämlich ziemlich alt ausgesehen.«

»Jetzt mach aber mal einen Punkt, Skinny!«, zischte Peter und trat wütend einen Schritt auf ihn zu.

Aber Justus lachte amüsiert. »Wieso regst du dich denn auf, Peter? Ich gönne Skinny die Belohnung.«

»Wie bitte?«

»Du wirst erst mal eine Weile aus Rocky Beach verschwinden, war es nicht so, Skinny?«, fragte Justus.

»Allerdings. Je weiter weg von euch, desto besser.«

»Dann sind wir uns doch einig. Denn wenn du mich fragst, kann es für die drei ??? keine größere Belohnung geben, als ein Rocky Beach ohne Skinny Norris.«

»Da hast du allerdings recht, Just«, stimmte Peter zu. »Das dürfte das erste Mal sein, dass wir mit Skinny einer Meinung sind.«

»Und das letzte Mal«, fügte Skinny mit grimmiger Zufriedenheit hinzu. »Verlasst euch drauf.«

Die drei ???®

und der Geisterzug

Erzählt von Astrid Vollenbruch

Inhalt

Fahrt in die Vergangenheit

Das Erste, was Justus, Peter und Bob von der alten Dampflok zu sehen bekamen, war die weiße Wolke, die hinter den alten Häusern auftauchte und sich, den Schienen folgend, in einer weiten Kurve auf den Bahnhof zuschob. Dann hörten sie das Rattern der Räder auf den Schienen und schließlich den heulenden Pfiff der Lokomotive. Das riesige Ungeheuer aus schwarzem Eisen kam in Sicht und donnerte auf die drei Jungen zu. Bremsen kreischten. Wieder zog der Lokführer an der Signalpfeife und das Heulen klang, als hätte die Lok selbst eine Stimme. Als sie dröhnend an Justus vorbeizog, sah er die hart arbeitenden Pleuelstangen an den blankpolierten Triebrädern und ein grünes Metallschild auf dem schwarzen Rumpf. In großen goldenen Buchstaben stand dort der Name der Lok: *Sequoia*.

Gleich darauf rollte auch der Tender mit den Kohlen- und Wasservorräten an ihnen vorbei und dann kam der Rest des Zuges: sechs altertümliche Abteilwagen, die Justus an hochrädrige grüne Kutschen erinnerten. Die goldene Aufschrift *Harrowville Railroad Museum Company* zog sich über alle sechs Wagen.

Die Bremsen kreischten erneut. Schnaubend, zischend, stampfend wie ein ungeduldiges Schlachtross kam die Lok zum Stehen und endlich konnte Justus auch wieder hören, was Peter ihm begeistert ins Ohr schrie. »Mensch, Just! Das ist einfach irre! Hast du den Heizer gesehen, der uns zugewinkt hat? Klasse!«

»Und alles nur für uns«, ergänzte Bob und sah sich auf dem beinahe menschenleeren Bahnsteig um. »Oder wenigstens fast.« Er zeigte auf eine Frau und drei Männer, die in den vordersten Wagen einstiegen. Niemand war ausgestiegen, und als Justus sich auf die Zehenspitzen stellte, sah er, dass der Waggon vor ihm völlig leer war.

»Umso besser für uns«, sagte er. »Wir setzen uns nach ganz hinten, da haben wir in den Kurven den besten Blick!«

Die drei Jungen packten ihre Rucksäcke und schleppten sie zur Waggontür. Als Bob eben die Hand nach der Klinke ausstreckte, wurde die Tür von innen aufgestoßen. Ein etwa vierzehnjähriger sommersprossiger Junge in einer prächtigen grün-goldenen Uniform mit der Aufschrift *Harrowville Railroad Museum Company* sprang heraus. In der Hand hielt er eine altmodische Schaffnerkelle. Er musterte die Jungen und ihre Rucksäcke, machte ein finsteres Gesicht und fragte: »Seid ihr die Trödeltypen aus Rocky Beach?«

»Trödeltypen?« Peter und Bob blieb die Luft weg.

Justus musterte den Jungen kühl. »Wenn du mit dieser Frage meinst, ob wir vom Gebrauchtwarencenter Titus Jonas kommen, dann ja.«

»Ist mir doch schnuppe, wie der Laden heißt«, sagte der Junge. »Der Zug ist jedenfalls voll. Kein einziger freier Platz mehr da.«

»Wie bitte?«, rief Bob. »Vier Leute sind eingestiegen, alle Wagen sind leer und außer uns ist hier kein Mensch auf dem Bahnsteig! Was soll denn das?«

»Alles reserviert. Fahrt nach Hause und geht surfen – oder was man sonst da bei euch am Meer macht.« Der Junge drehte sich weg, aber Justus hielt ihn an der Schulter fest.

»Augenblick mal. So geht das nicht. Wir haben vor, nach Harrowville zu fahren und das Eisenbahnmuseum zu besichtigen, und das werden wir auch tun. Mr Kingsley, der Direktor, hat uns selber die Karten geschickt. Er erwartet uns – und du ja offenbar auch, da du weißt, wer wir sind. Also steigen wir jetzt ein.«

Ohne ein Wort riss der Junge sich los und marschierte am Zug entlang nach vorne.

Justus, Peter und Bob sahen ihm nach.

»Trödeltypen!«, sagte Peter wütend. »Dem geb ich Trödeltypen! Der hat sie ja nicht alle!«

»Muss dein Deo sein, Peter«, sagte Bob. »Die Marke ›Strandschweiß‹ kennen sie hier im Gebirge nicht.«

»Man nennt das Übertragung«, ließ Justus vernehmen.

»Was? Nein, ich bin ganz sicher, dass es ›Strandschweiß‹ heißt. Ein unverkennbares Aroma.«

»Ich meine doch nicht Peters Deo. Ich meine den Grund, warum der Junge wütend auf uns ist.«

»Ach nein«, sagte Bob. »Dann erleuchte uns mal. Was haben wir dem Knirps denn getan? Ich meine, außer zu existieren?«

»Wir kommen vom Gebrauchtwarencenter Titus Jonas.«

»Aha«, sagte Peter. »Na klar. Das ist natürlich ein schweres Verbrechen. Da hätte ich aber auch selber draufkommen können!« Er machte eine kurze Pause. »Also *was* haben wir ihm getan?«

»Wir sind hier«, sagte Justus, und als Peters Gesicht sich verfinsterte, fügte er eilig hinzu: »Wir sind hier, weil das Eisenbahnmuseum geschlossen und die Bahnlinie stillgelegt wird und weil wir uns in Onkel Titus' Auftrag den Bestand ansehen. Glaubst du, ein Junge, der hier als Schaffner arbeitet und in Kürze seinen Job verliert, freut sich darüber, dass wir kommen?«

»Na, wir sind doch nicht daran schuld, dass sein blödes Museum schließen muss.«

»Aber wir sind gerade greifbar.«

»Danke, Dr. Justus«, sagte Bob. »Und wenn wir jetzt nicht einsteigen, fährt der Zug am Ende wirklich noch ohne uns ab.« Er hievte seinen Rucksack in den Waggon und kletterte hinterher. Justus und Peter folgten ihm.

Im Inneren des altertümlichen Waggons fühlten sie sich sofort in die Vergangenheit versetzt. Es gab nur ein Abteil mit zwölf Einzelsitzen, von denen je vier einander gegenüberstanden. Jeder Sitz war mit grünem Samt bespannt und hatte geschnitzte Armlehnen. Zwischen den Sitzen waren kleine Tische aus dunklem Holz festgeschraubt. Über den Köpfen der Jungen spannten sich Gepäcknetze.

Sie suchten sich drei Plätze aus und ließen ihre Rucksäcke auf dem Boden stehen. Peter warf sich schwungvoll auf einen der einladenden Sitze. Uralte Sprungfedern krachten und quietschten unter seinem Gewicht und er lachte und ließ es gleich noch mal quietschen. »Die müssen noch aus der Zeit des Goldrausches stammen, so alt sind die!«

»Das kann nicht sein«, sagte Justus. Wesentlich vorsichtiger als Peter ließ er sich nieder. »Die Eisenbahnlinie nach Harrowville wurde erst um 1902 gebaut, als Telefone und Glühbirnen erfunden wurden und der Bedarf an Kupferdraht schlagartig stieg. Das Kupfererz wurde in Nevada abgebaut und mit der Eisenbahn zur Verhüttung in wasserreichere Gebiete gebracht. Aber die Bahn transportierte auch anderes, zum Beispiel Passagiere, Vieh oder Fracht. Man konnte damals –«

»Danke, Justus«, unterbrach ihn Bob in genau dem Tonfall, den ihr Lehrer Mr Sanford annahm, wenn er von Justus' weitschweifigen, präzisen und meist unwiderlegbaren Ausführungen in seinem Unterricht bis auf Weiteres nichts mehr hören wollte.

Justus grinste, lehnte sich zurück und schaute auf den Bahnsteig hinaus. »Wir sind also doch nicht die Einzigen, die noch mitfahren«, sagte er. »Die Zahl der Fahrgäste hat sich soeben um rund vierzehn Prozent erhöht.«

»Ich bin so froh, das zu hören«, sagte Peter. »Und ich denke nicht daran, es nachzurechnen. Bei mir ist jetzt Wochenende, merk dir das!«

»Ein Grund mehr, dein Gehirn zu größtmöglicher Aktivität anzutreiben. Ein gesunder Körper ist eben nicht alles. Ein gesunder Geist gehört schon auch dazu.«

»Genau. Und wenn der gesunde Geist nicht aufpasst, hebelt ihn gleich einer der anwesenden gesunden Körper aus dem Fenster.«

»Da ist unser neuer Freund wieder.« Bob wies auf den jungen Schaffner, der von der Lok auf den Bahnsteig sprang und wieder an jedem Waggon vorbeilief. An der Tür zum hintersten Waggon, in dem die drei ??? saßen, schwenkte er die Kelle. Zur Antwort stieß die Lok erneut ein durchdringendes Pfeifen aus. Der Junge stieg ein und zog die Tür hinter sich zu und mit einem Ruck setzte sich der Zug in Bewegung.

Gleich darauf betrat der Junge das Abteil. »Karten bitte.«

Justus zog die Karten aus der Tasche. Der Junge knipste sie mit einer uralten Zange ab und gab sie wortlos zurück. Als er gehen wollte, sagte Justus: »Warte mal. Wir würden uns gerne mit dir unterhalten.«

»*Ich* will mich aber nicht mit *euch* unterhalten«, gab der Junge zurück.

»Doch, willst du wohl. Du würdest uns am liebsten anbrüllen und aus dem Zug schmeißen, stimmt's?«

»Stimmt«, sagte der Junge patzig. »Wir haben nämlich schon genug Plünderer und Leichenfledderer in Harrowville. Wir brauchen nicht auch noch welche von der Küste.«

»Jetzt reicht's!«, platzte Peter los. »Du hast sie ja nicht mehr alle! Noch so ein Spruch –«

»Peter!«, rief Justus. »Mach mal Pause! Hör zu«, wandte er sich wieder an den Jungen, der ihn finster anstarrte. »Mr Kingsley hat meinen Onkel Titus gebeten, ihm ein paar alte Sachen abzukaufen. Sie kennen sich seit dreißig Jahren und Mr Kingsley auszuplündern ist das Letzte, was wir wollen. Übrigens, wie heißt du eigentlich?«

»Geht dich gar nichts …« Der Junge zögerte und sagte dann widerwillig: »Fred Jenkins.«

»Schön. Ich bin Justus Jonas. Das hier sind Peter Shaw und Bob Andrews. Und das hier …«, er griff in die Tasche, »… ist unsere Visitenkarte.« Fred nahm die Karte und warf einen abschätzigen Blick darauf, aber gleich darauf wurden seine Augen ganz groß.

»Detektive?«, fragte er verblüfft. »Ich dachte, ihr arbeitet auf dem Trödelplatz!«

»Wir vertreten nur meinen Onkel«, erklärte Justus. »Aber wir haben als Detektive schon eine ganze Reihe ungewöhnlicher Ereignisse aufgeklärt.«

»Im Ernst? Du willst mich nicht verarschen?«

»Durchaus nicht. Wir sind freie Mitarbeiter der Polizei von Rocky Beach.«

»Cool!« Freds Feindseligkeit war plötzlich wie weggeblasen. »Was bedeuten denn die Fragezeichen?«

Peter und Bob grinsten. Sie versuchten gar nicht erst, die Frage zu beantworten und Justus die Show zu stehlen. Der Erste Detektiv warf sich in die Brust. »Die Fragezeichen sind unser Firmenlogo. Bekanntlich ist das Fragezeichen das Symbol für alles Unbekannte. Wir erforschen seltsame Phänomene und rätselhafte Ereignisse und unser größter Vorteil ist, dass wir ohne Vorurteile an unsere Fälle herangehen. Wir halten einfach alles für möglich. Auf diese Weise konnten wir auch der Polizei schon viele wertvolle Hinweise liefern.«

»Klingt toll«, sagte Fred und steckte die Karte ein. Dann zögerte er, als wollte er noch etwas sagen.

»Was ist denn?« fragte Bob.

»Na ja.« Fred zögerte wieder. »Es klingt vielleicht blöd, aber … was macht ihr, wenn es zum Beispiel irgendwo spukt?«

Justus sah ihn scharf an. »Das interessiert uns auch. Wo spukt es denn?«

»Hier auf der Strecke. Im Tunnel durch den Black Mountain.«

Bob lachte. »Das ist doch sicher bloß ein Werbegag.«

»Überhaupt nicht!«, rief Fred beleidigt. »Man hört Geräusche und ein grässliches Stöhnen und nachts quillt Dampf aus der Tunnelöffnung! Da drin ist mal ein schreckliches Unglück passiert. Und jetzt gehen die Toten dort um!«

Peter schluckte. »Das ist nicht dein Ernst.«

»O doch«, sagte Fred. »Ihr braucht mir nicht zu glauben, aber es ist wahr. Ist ganz schön gruselig, da mittendurch zu fahren, aber wir können ja nicht jedes Mal den Umweg über Owens Peak nehmen, und Carl sagt, es ist sowieso alles Quatsch.«

»Interessant«, murmelte Justus. »Wer ist Carl?«

»Carl Sheehan, der Lokführer. Und der Heizer heißt Sam Reilly und ist mein Onkel. Und jetzt muss ich noch ein paar Karten abknipsen. Nachher komme ich mit Getränken – Cola, Saft, Limo, was immer ihr wollt.« Dann setzte er ein schräges Grinsen auf. »Eis gibt's auch – wenn ich ungesehen an den Kühlschrank komme. Eigentlich hat Carl mir nämlich bei Todesstrafe verboten, heute auch nur an den Kühlschrank zu denken.«

»Wieso?«, fragte Bob.

»Weil ich heute eigentlich gar nicht mitfahren sollte, aber ich habe mich heimlich reingeschlichen. Ist schließlich mein Job! Carl hat mich erst kurz vor Owens Peak entdeckt. Mann, war der sauer! Jedenfalls hat er mir bis auf Weiteres das Eis gestrichen.« Er grinste breit. »Aber er ist vorne in der Lok und der Kühlschrank und ich sind hier. Und ihr seid schließlich zahlende Fahrgäste. Bis nachher!« Er drehte sich um und verschwand.

Die drei Jungen sahen einander an. »Na los, Just«, sagte Bob. »Sag's schon.«

»Es lag mir auf der Zunge«, sagte Justus. Er setzte sich aufrecht hin und verkündete: »Die drei Detektive haben einen neuen Fall!«

Der zerstörte Traum

›Die Fahrt zu Harrowvilles Railroad Museum bietet Ihnen Eisenbahnromantik erster Klasse‹, hatte die Broschüre am Bahnhofsständer versprochen. ›Von dem Originalbahnhof in Sterling (erbaut 1900) fahren Sie durch das liebliche Tal des Kern River am Isabella-See vorbei in die majestätische Kulisse der Sierra Nevada. Durch enge Täler, über hohe Pässe und atemberaubende Schluchten hinweg zieht sich die Bahnlinie Sterling – Harrowville – Owens Peak, die in den Jahren 1902 bis 1904 von den mutigen Pionieren der Harrowville Railroad Corporation in die menschenfeindliche Wildnis gelegt wurde. Unter schwersten Bedingungen arbeiteten und lebten diese furchtlosen Männer im ständigen Kampf gegen tobende Schneestürme, wilde Indianerstämme und revoltierende Chinesen. Jene unerschrockenen Helden –‹

Weiter hatten die drei ??? die Broschüre nicht gelesen. »Werbung ist ja sicher notwendig«, hatte Justus gesagt, »aber ab einer bestimmten Häufung von Adjektiven in einem einzigen Satz revoltiert mein Sprachgefühl.« Peter und Bob gaben ihm recht, die Broschüre flog in den nächsten Papierkorb, dann fuhr die Lok ein und sie bekamen Eisenbahnromantik pur.

Aber jetzt zog ›das liebliche Tal des Kern River‹ unbeachtet an den Fenstern vorbei und auch die ›majestätische Kulisse der Sierra Nevada‹ verschwendete ihre Pracht. Justus hatte ein zusammengefaltetes Blatt Papier aus der Hosentasche gezogen und las es laut vor, um das Rattern der Eisenräder zu übertönen.

Lieber Titus,
es ist so weit. Ich gebe auf. Die alte Geschichte ist wieder losgegangen, schlimmer als je zuvor, und jetzt ziehen sie sogar Sarah und Sue mit hinein. Ich bin fertig, und Du weißt, was es mich kostet, das zuzugeben. Aber meine Familie ist mir wichtiger als ein paar ausrangierte Lokomotiven und der ganze schäbige Plunder, den ich so lange für meinen größten Schatz gehalten habe.

Das Museum ist geschlossen und nächsten Dienstag wird hier alles verkauft. Hast Du nicht Lust, am Wochenende herzukommen und Dir ein paar Sachen für dein Gebrauchtwarencenter zu sichern? Ich wüsste niemanden, dem ich meine Sammlung lieber überlassen würde als Dir. Der Trödelmarkt ist Dein Traum – ich hoffe, dass er nicht so endet wie meiner.

Bring auch Deinen Neffen mit – für einen Jungen in seinem Alter ist der Blick hinter die Kulissen eines Museums immer interessant und vielleicht kann er ja das eine oder andere für sein Detektivbüro gebrauchen.

Ruf mich bitte an. Übernachten könnt Ihr natürlich bei uns. Sarah und Sue werden sich freuen, Dich wiederzusehen und Justus kennenzulernen.

In alter Freundschaft
William Kingsley
Harrowville

»Als Onkel Titus diesen Brief bekam, rief er Mr Kingsley sofort an«, sagte Justus. »Sie kennen sich noch aus der Schule. William Kingsley war ein komischer Kauz – nur an Eisenbahnen interessiert. Nach der Schule hat er jahrelang als Mechaniker, Rangierer und Lokführer gearbeitet, bis er sich schließlich seinen Traum erfüllen konnte und das Museum in Harrowville aufbaute. Aber dann ging alles schief. Ein Unglück folgte dem anderen, das Museum musste immer wieder wochenlang geschlossen bleiben und die Besucher blieben weg. Onkel Titus sagte aber etwas über Brände, Einbrüche und Unfälle, von denen ihm Mr Kingsley erzählt hat. Von Spuk hat er nichts erwähnt.«

»Aber vielleicht ist der Spuk diese alte Geschichte!«, sagte Peter.

Justus schüttelte den Kopf. »Das glaube ich nicht. In diesem Brief gibt es keinen Hinweis darauf. Mr Kingsley hat geschrieben: *sie ziehen jetzt auch Sarah und Sue hinein* – Sarah ist seine Frau und Sue seine Tochter. So hätte er es nicht formuliert, wenn es nicht um lebende Personen ginge. Das Museum ist ganz planmäßig sabotiert worden.«

»Aber wozu?«, fragte Peter. »Was gibt es denn an einem alten Museum, in einer heruntergekommenen Stadt zu sabotieren?«

»Vielleicht wollte Mr Kingsley, dass du die Sache aufklärst«, sagte Bob. »Und durch einen glücklichen Zufall sind wir nun eben alle drei hier.«

»Ich würde es nicht als glücklichen Zufall bezeichnen, dass mein Onkel sich den Fuß gebrochen hat«, sagte

Justus streng. »Und er hat uns lediglich beauftragt, den Museumsbestand zu prüfen und Mr Kingsley einen guten Preis anzubieten, damit er keinen Verlust macht.«

Als Titus Jonas erfahren hatte, dass das Eisenbahnmuseum schließen und den gesamten Bestand verkaufen würde, hatte er sofort eine große Stelle am Zaun freigeräumt, wo er die Sachen lagern wollte. Aber dann war er über ein umgestürztes Eisentor gestolpert, das auf dem Hof lag, und musste alle Pläne ändern. Peter und Bob hatten sofort begeistert zugestimmt, als Onkel Titus sie fragte, ob sie Justus an seiner Stelle begleiten wollten.

»Seht euch mal um, was wir gebrauchen könnten«, hatte Onkel Titus gesagt. »Und fallt nicht wie die Geier über die alten Schätze her. Mein Freund William muss seinen Lebenstraum begraben. Ich verlasse mich darauf, dass ihr euch anständig benehmt und ihm helft, statt ihn auszurauben.«

»Dann klären wir den Spuk eben als Dreingabe auf«, sagte Bob übermütig.

Peter sah weniger glücklich aus. Trotz der vielen merkwürdigen Fälle, die sie bisher aufgeklärt hatten, machte er noch immer einen weiten Bogen um alles, was nach Übersinnlichem roch.

In der nächsten halben Stunde durchstöberten sie den Zug. Sie marschierten durch die Waggons und sahen sich jeden Winkel genau an. Der vierte Waggon enthielt ein kleines Restaurant und die Zugtoilette. Das Restaurant war im alten Westernstil eingerichtet und die Bar mit dunklem Holz getäfelt. Aber sie war geschlossen. Alle

Lichter waren aus und niemand war zu sehen. Offenbar lohnte es sich bei so wenig Passagieren nicht, Essen oder Getränke anzubieten.

»Seht euch das an!« Peter wies auf ein kleines Loch in einem der Stützbalken an der Schwingtür zur Küche. »Das sieht aus wie ein Einschussloch!«

»Und hier!«, rief Bob. »Vergoldete Armaturen, die wie kleine Pistolen aussehen! Will dein Onkel eigentlich auch den Zug kaufen, Just?«

Justus lachte. »Zumindest hat er Tante Mathilda fast zum Herzinfarkt getrieben, als er sagte, wir hätten da am Zaun den perfekten Platz für eine alte ausrangierte Dampflok. Aber wahrscheinlich müssen wir uns mit alten Schildern, Fahrplänen und quietschenden Sitzbänken begnügen.«

Auch der dritte und der zweite Waggon waren menschenleer. An der Tür zum vordersten Abteil blieben die drei Jungen stehen. Dort hing ein Schild: ›Geschäftliche Besprechung. Bitte nicht stören.‹ Justus spähte durch das Glasfenster. Die vier Mitreisenden saßen einander gegenüber. Auf dem Tisch in der Mitte stand ein aufgeklappter Aktenkoffer. Er stand wie eine Wand zwischen ihnen und der Mann und die Frau dahinter hatten sich in die Polster zurückgelehnt, als fühlten sie sich von ihm bedroht. Beide waren ungefähr vierzig Jahre alt, hatten aber schon graue Haare und sahen aus, als hätten sie ihr Leben lang nur Niederlagen eingesteckt. Von dem Mann, der die offene Seite des Koffers vor sich hatte, konnte Justus nur einen braunen Anzug und eine breite Schulter erkennen. Seine Stimme drang als undeutliches Gemurmel durch die Scheibe und er schlug mit der geballten Faust mehrmals auf sein Knie, während er sprach. Den dritten Mann neben ihm auf dem Fenstersitz konnte Justus von seinem Platz aus nicht sehen.

Justus drehte sich zu Peter und Bob um. »Gehen wir zurück.«

Bob öffnete gerade die Abteiltür zum zweiten Waggon, als die Tür hinter ihnen aufgerissen wurde. Sie fuhren herum. Der Mann im braunen Anzug stand vor ihnen und schnauzte sie an: »Wer seid ihr? Was schnüffelt ihr hier herum?«

Justus fing sich als Erster. »Wir sind Fahrgäste wie Sie«, erwiderte er höflich. »Wir möchten uns das Museum in Harrowville ansehen. Und jetzt suchen wir Fred Jenkins, den Schaffner. Wir hätten nämlich gerne etwas zu trinken. Haben Sie ihn gesehen?«

»Nein, habe ich nicht«, blaffte der Mann ihn an. »Und jetzt haut ab!« Er warf die Tür ins Schloss und zog den Vorhang am Fenster so heftig zu, dass er fast abriss.

»Reizender Zeitgenosse«, kommentierte Peter. »So hilfsbereit und menschenfreundlich! Aber was ist jetzt mit unserer Cola?«

Justus runzelte die Stirn. »Und wo ist Fred? Er ist nach vorne gegangen und nicht wieder zurückgekommen.«

»Und er sagte doch ausdrücklich, er wolle sich um die anderen Passagiere kümmern«, ergänzte Bob. »Außer diesen vier feinen Herrschaften und uns ist doch niemand im Zug!«

»Doch!«, sagte Justus. »Die vierzehn Prozent. Unmittelbar vor der Abfahrt ist noch ein Mann zugestiegen. Ich habe ihn nur kurz gesehen. Er war mittelgroß und ziemlich dünn, hatte schwarze glatte Haare, trug eine Sonnenbrille, einen dunklen Anzug und schwarze Schuhe.«

»Und hatte auf der rechten Schulter ein Muttermal, das genauso aussieht wie eine Karte von Ohio«, spottete Peter. »Nur kurz gesehen, dass ich nicht lache! Wahrscheinlich hast du sogar erkannt, bei welchem Schneider er seinen Anzug gekauft hat.«

»Nein«, gab Justus gelassen zurück. »Der Anzug sah eher schäbig aus. Und er hatte kein Gepäck.«

»Wird ein Museumsbesucher sein und sitzt jetzt wahrscheinlich auf dem Klo«, sagte Bob. »Können wir jetzt endlich zurückgehen und nach Fred suchen? Ich habe keine Lust, mich noch einmal anbrüllen zu lassen.«

Sie machten sich auf den Rückweg. Im dritten Waggon packte Peter Justus plötzlich am Arm. »Hört ihr das? Das Krachen?«

»Das kam aus dem Speisewagen«, sagte Justus. »Kommt!«

Sie rannten los und stürmten in das Restaurant. Aber hier war alles so leer und still wie zuvor. Doch gleich darauf hörten sie wieder das Krachen – diesmal hinter ihnen. Peter drehte sich um und lachte. »Bob, du hattest recht mit dem Klo! Da ist einer drauf!«

»Das schon«, sagte Justus. »Aber er scheint ziemlich dringend wieder rauszuwollen.«

Bob klopfte gegen die Toilettentür. »Hallo? Gibt's Probleme?«

Ein Wutgebrüll antwortete ihm. »Ihr verdammten Mistkerle! Ich dreh euch den Hals um! Lasst mich hier raus!«

Verblüfft sahen die drei Jungen einander an. Die Stimme gehörte eindeutig dem jungen Schaffner Fred Jenkins.

»Hä?«, sagte Peter. »Wieso ist der denn sauer auf uns?«

»Kollegen!«, sagte Justus plötzlich. »Seht euch mal das Türschloss an! Es ist uralt und man kann es von außen abschließen. Aber der Schlüssel fehlt und Fred hat ihn ganz offensichtlich nicht. Jemand hat ihn in der Toilette eingesperrt!«

Der verdächtige Mr 14 Prozent

»Macht die Tür auf!«, brüllte Fred von drinnen. Gleich darauf krachte es wieder und die Tür erzitterte, als sich der Junge dagegenwarf. Aber das Holz war stabil und splitterte nicht. »Ich krieg euch noch!«

»Fred!«, rief Justus laut. »Hör auf zu toben! Wir haben dich nicht eingeschlossen, aber wir versuchen, dich zu befreien. Der Schlüssel steckt nicht. Gibt es einen Zweitschlüssel?«

»Darauf falle ich nicht rein«, schrie Fred. »Wenn ich es euch sage, klaut ihr ihn auch noch!«

»Blödsinn«, sagte Justus. »Peter, hol mal die Dietriche!«

»Warte!«, brüllte Fred durch die Tür. »Der Schlüssel ist in der Küche! An einem Nagel im Balken rechts hinter der Schwingtür.«

Bob war schon unterwegs und stieß die Schwingtür auf. »O Mann!« rief er. »Hier sieht's vielleicht aus! Da ist eine Riesenlache geschmolzenes Vanilleeis auf dem Boden und mittendrin schwimmt Freds Mütze!«

»Hol erst den Schlüssel!«, gebot Justus. »Um das Eis kümmern wir uns später.«

Bob kam zurück und schwenkte einen großen, altmodischen schwarzen Schlüssel und wenige Augenblicke später stolperte Fred aus seinem Gefängnis heraus. Seine schöne grün-goldene Uniform war zerknittert und hatte einen großen nassen Fleck auf der Brust. Seitlich am Hals bildete sich ein rötlich blauer Bluterguss. Sein Gesicht war bleich, sodass die Sommersprossen wie winzige Blutstropfen aussahen.

»Das war ja unglaublich witzig!«, fauchte er wütend. »Gebt doch zu, dass ihr mir einen blöden Streich spielen wolltet, weil ich euch von dem Spuk erzählt habe!«

»Jetzt mach aber mal halblang!«, rief Peter. »Wir sind das nicht gewesen!«

»Wer denn sonst? Ich will euch mal was sagen –«

»Fred!«, rief Justus. »Reg dich mal wieder ab. Erstens haben wir dir gerade geholfen und du könntest dich wenigstens bedanken. Zweitens waren wir es wirklich nicht, aber ich habe eine Idee, wer es gewesen sein könnte.«

Fred sah immer noch wütend aus, aber Justus' feste Stimme tat auch diesmal ihre Wirkung. »Na schön«, sagte er widerwillig. »Und wer?«

»Das sage ich dir später. Wichtiger ist, dass wir das Eis aufwischen, bevor es durch den ganzen Zug läuft.«

Fred stieß einen Schrei aus und stürzte an den drei ??? vorbei in die Küche. »Mein Eis!«

Justus, Peter und Bob blickten ihm nach und hörten gleich den nächsten Schrei und einen Schwall von Flüchen. »Meine Mütze!«

»Du liebe Zeit«, sagte Peter. »So jung und schon so reizbar.«

»Du wärst auch reizbar, wenn man dich gerade in eine Toilette gesperrt hätte«, sagte Bob.

»Kommt«, sagte Justus. »Wir machen uns mal nützlich.«

Die drei ??? halfen Fred, das Eis aufzuwischen und die Küche zu säubern. Die Hilfe stimmte ihn versöhnlich und er war bereit, ihnen zu erzählen, was geschehen war. »Ich hatte das Eis gerade aus dem Kühlschrank geholt, um es euch zu bringen«, sagte er. »Da hörte ich ein komisches Geräusch hinter mir. Ich wollte mich umdrehen, aber dazu kam ich gar nicht mehr. Das Nächste, was ich weiß, ist, dass ich auf der Toilette saß und mir der Hals wehtat.«

»Und warum dachtest du, wir seien es gewesen?«, fragte Bob.

»Weil außer euch niemand im hinteren Teil des Zuges ist! Und Mr Campbell hat mich ja nicht einmal hereingelassen, weil er eine Geschäftsbesprechung abhalten wollte. Der kam bestimmt nicht hinter mir her.«

»Mr Campbell?« fragte Peter. »Ist das so ein unbeherrschtes Knautschgesicht im braunen Anzug?«

»Getroffen.« Fred schnaubte. »Mr Campbell ist der Kupferbaron – zumindest wird er so genannt. Er kauft gerade das gesamte Gelände um den Bahnhof herum auf. Die meisten Leute dort arbeiten für ihn und jetzt reißt er sich auch noch das Museum unter den Nagel. Jemanden wie mich wirft er raus, ohne mit der Wimper zu zucken. Aber niederschlagen würde er mich nicht – dafür hätte er seine Leute. Seine eigenen Hände macht der sich nicht schmutzig.« Er wrang einen Lappen voller Vanillesoße über dem Eimer aus, als wollte er jemanden erwürgen.

Bob wusch die Mütze über dem Spülbecken aus. »Aber die Eisenbahn gehört ihm doch nicht, oder?«

»Noch nicht«, sagte Fred. »Die Eisenbahn und das Museum gehören der Harrowville Railroad & Museum Company – das ist Mr Kingsley, der das ganze Museum zusammengetragen und der Stadt gespendet hat. Und er hat geschworen, eher jedes einzelne Stück an Trödler und Ramschhändler zu verkaufen, als Mr Campbell auch nur eine Schaffnerkelle zu überlassen. Die beiden hassen sich nämlich wie die Pest.«

Die drei ??? wechselten einen Blick. Justus nickte und wandte sich wieder an Fred. »Lass uns noch einmal auf deinen unfreiwilligen Toilettenaufenthalt zurückkommen. Bist du ganz sicher, dass du außer uns und Mr Campbells drei Begleitern keine anderen Passagiere im Zug gesehen hast?«

»Ich bin doch nicht blöd!«, sagte Fred.

»Ich nehme an, das heißt nein«, sagte Justus. »Das lässt nur einen Schluss zu – er hat sich sofort nach dem Einsteigen versteckt. Dann hat er gewartet, bis du an ihm vorbeikamst, und hat dich dann niedergeschlagen.«

»Wer denn?«, rief Fred aufgebracht. »Hörst du mir nicht zu? Da war keiner!«

Justus blieb ruhig. »Du hast niemanden gesehen. Das heißt aber nicht, dass niemand da war. Tatsächlich habe ich gesehen, wie unmittelbar vor der Abfahrt noch jemand einstieg – ein schmächtiger Mann mit schwarzen Haaren und einem schwarzen Anzug.«

Fred starrte ihn an. Eine ganze Weile lang sagte er

gar nichts und knetete nur an dem Wischlappen herum. Dann fragte er unvermittelt: »War dieser Kerl ein Chinese?«

»Das weiß ich nicht«, sagte Justus überrascht. »Er trug eine Sonnenbrille und ich habe ihn nur kurz gesehen. Aber – ja, er könnte ein Chinese gewesen sein. Die schwarzen Haare und die eher schmächtige Gestalt … schon möglich. Warum?«

Fred antwortete nicht. Er tauchte den Wischlappen wieder ins Wasser und wrang ihn aus.

»Fred«, sagte Justus, »wenn wir dir helfen sollen, wirst du uns schon ein paar Anhaltspunkte geben müssen. Verdächtigst du eine bestimmte Person? Warum?«

Fred sagte weiterhin nichts. Aber endlich seufzte er. »Ich erzähle es euch.«

In diesem Augenblick stieß die Lokomotive ein durchdringendes Pfeifen aus und es wurde schlagartig dunkel. Das Rattern des Zuges war plötzlich viel lauter.

»Wir sind ja schon im Tunnel!«, rief Fred entsetzt. »Und ich habe die Lampen vergessen – ausgerechnet heute, wo Mr Campbell im Zug sitzt und Carl sowieso schon sauer auf mich ist!«

»Gibt's hier keine Notbeleuchtung?«, fragte Peter.

»In einem Zug von 1902? Nee, da gab's das noch nicht! Ich hätte ja alle Lampen angezündet, wenn ich nicht eingesperrt gewesen wäre, und dann hab ich's glatt vergessen! Bin gleich zurück!«

Sie hörten etwas klirren und krachen. Dann gab es plötzlich draußen einen peitschenden Knall und im nächsten Moment wirbelten ein paar weiße Fetzen an den Fenstern vorbei. Gleich darauf kreischten die Bremsen des Zuges. Die drei ??? verloren das Gleichgewicht und wurden nach vorne geschleudert. Fred schrie auf. Mit einem letzten durchdringenden Kreischen blieb der Zug in der Finsternis stehen.

Abgehängt

Für eine kurze Zeit hörte man nichts außer dem Zischen und Schnaufen der *Sequoia*. Dann kam eine etwas zittrige Stimme aus der Dunkelheit. »Peter? Justus?«

»Hier, Bob. Ich bin okay.«

»Auch hier. Und ich bin bestimmt auch okay, wenn Peter seinen Ellbogen aus meinem Solarplexus entfernt.«

»Was, du bist das? Sorry, Just.« Etwas raschelte, Justus ächzte und etwas rollte über den Boden. »Bist du in Ordnung, Bob?«

»Ich glaub schon. Was ist denn überhaupt passiert? Hatten wir einen Unfall? Sind wir mit irgendwas zusammengestoßen?«

»Es war kein Zusammenstoß«, sagte Justus. »Dann wären wir nicht so glimpflich davongekommen. Der Zug hat einfach nur gebremst.«

»Ich habe einen Knall gehört«, sagte Bob. »Wie von einer Explosion. Und –«

»– da waren irgendwelche hellen Dinger vor dem Fenster«, ergänzte Peter.

»Da bremsten wir schon, glaube ich. Aber da ihr gerade in einer ballistischen Flugbahn den Gesetzen der Schwerkraft folgend auf mich zukamt und ich entsprechend abgelenkt war, stehen mir jetzt keine gesicherten Erkenntnisse zur Verfügung.«

»Justus geht's gut«, kommentierte Bob trocken. »Kann vielleicht mal jemand Licht machen?«

Im nächsten Moment riefen alle drei erschrocken: »Fred!«

Sie tasteten sich durch die Dunkelheit. Peter schrie auf: »Hier ist überall Blut! – Nein, wartet mal. Das riecht nach Vanille … Wasser! Das ist Wasser. Der Eimer muss umgefallen sein.«

»Danke schön, Peter!«, sagte Bob. »Ein Herzinfarkt ist genau das, was ich jetzt brauche!«

»Tut mir leid. Aber ich habe – hier! Ich habe Fred gefunden. Ich glaube, er hat sich den Kopf angeschlagen. Mensch, das ist heute wirklich nicht sein Tag. Fred? Hörst du mich? Ich bin es, Peter! Von den drei Detektiven!«

»Detektive«, hörten sie Fred benommen murmeln. »Ist klar. Da lass ich keinen anderen dran, Mr Kingsley, Ehrensache.«

»Fred!«, rief Peter noch einmal.

»Schüttel ihn bloß nicht!«, warnte Justus. »Vielleicht hat er eine Gehirnerschütterung. Wir müssen eine Lampe finden!«

»Da kommt jemand!«, rief Bob.

Ein schwankender Lichtschein erschien hinter der Tür zum dritten Waggon und ein Mann stieß die Tür auf. Er trug einen schäbigen Overall aus dunklem Stoff. Gesicht und Hände waren rußverschmiert. In der Hand hielt er eine brennende Öllampe. »Seid ihr in Ordnung, Jungs?«

Justus richtete sich auf. »Gut, dass Sie kommen, Sir.

Ich nehme an, dass Sie der Heizer sind. Uns ist nichts passiert, aber Fred hat sich vermutlich den Kopf angeschlagen und benötigt ärztliche Hilfe.«

»Ich bin Sam Reilly, der Heizer«, bestätigte der Mann. »Lass mich mal sehen, was mit Fred los ist. Verdammt – ist das Blut?«

»Nur Wasser«, sagte Peter rasch. »Wir waren gerade dabei –«

»Nicht jetzt.« Der Heizer scheuchte Peter aus der engen Küche und kniete sich neben Fred. »Fred? Wie geht's dir, Junge?«

»Die Lampen«, murmelte Fred. »Ich muss doch die Lampen anzünden, wenn wir in den Tunnel kommen. Lass mich raus!«

»Schon gut, Fred. Ich kümmere mich um die Lampen.« Der Mann blickte auf. »Die Lampen und Streichhölzer sind da drüben im Schrank, Jungs. Wir könnten hier gut ein bisschen mehr Licht gebrauchen.«

Froh, etwas tun zu können, holten die drei ??? zwei Lampen aus dem Schrank und zündeten sie an. Es waren die gleichen altmodischen Öllampen wie die, die Sam neben sich abgestellt hatte.

»Gibt es im ganzen Zug kein elektrisches Licht?« fragte Justus.

Sam lachte kurz auf. »Junge, das hier ist eine Museumsbahn. Die entweiht man nicht durch Strom.«

»Und der Kühlschrank?«

»Sitzt auf einer Kiste mit Eis.« Sam hob Fred mühelos hoch, trug ihn aus der Küche und setzte ihn auf eine der

Bänke an den Esstischen. »Jetzt geht mal bitte los und bringt eine Lampe nach vorne, damit die feinen Herrschaften nicht länger im Dunkeln sitzen.«

»Ja, Sir«, sagte Justus. »Was ist denn überhaupt passiert?«

»Mein Kollege sieht sich das gerade an. Wir sind wieder durch so ein verdammtes Transparent gefahren und dann flog irgendetwas zur Seite.« Sam holte ein Glas Wasser für Fred, der es langsam austrank und offenbar noch nicht wieder ganz bei sich war.

»Ein Transparent?«, wiederholte Peter verdutzt. »Mitten im Tunnel? Das sieht man doch gar nicht!«

»O doch«, sagte Sam grimmig. »Wir haben einen wunderschönen starken Scheinwerfer, der uns das Transparent immer ganz genau zeigt, bevor wir durchbrettern.«

»Es ist also nicht das erste Mal, dass die Fahrt unterbrochen wird?«, fragte Justus.

»Nein, das passiert fast jedes Mal. Aber normalerweise halten wir deswegen nicht an.«

»Es hat also nichts mit dem Spuk zu tun?«

»Spuk?« Sam schnaubte. »So ein Quatsch. Es gibt hier keinen Spuk.«

»Aber Fred sagte –«

»Ja, ich weiß. Fred hat eine blühende Fantasie. Hört mal, es tut mir ja leid, dass ich euch als Hilfskräfte missbrauche, obwohl ihr Fahrgäste seid, aber könnt ihr jetzt die Lampe nach vorne bringen? Mr Campbell wird ohnehin schon toben.«

Die drei ??? nickten und machten sich auf den Weg.

Vorhin, im hellen Tageslicht, war die Erkundung der Wagen ein toller Spaß gewesen. Aber jetzt waren die Abteile finster und im Licht der beiden Öllampen sprangen unheimliche Schatten über den Boden. Justus leuchtete durch eins der Fenster und sah überrascht, dass der Tunnel viel breiter und höher war, als er erwartet hatte. Die zerkratzte und von den Sprengungen zerklüftete Felswand verschwand links und rechts in der Dunkelheit. Justus schaute nach unten. »Seht mal! Da verläuft ein Weg neben den Schienen!«

»Interessiert mich überhaupt nicht«, sagte Peter. »Spuk oder nicht Spuk, ich fände es gut, wenn wir jetzt einfach weiterfahren könnten.«

»Ich auch«, sagte Bob. »Ich habe die ganze Zeit so ein ungutes Gefühl … als ob wir beobachtet würden.«

»Da stimme ich mit dir zu vierzehn Prozent überein, Kollege«, sagte Justus und durchquerte rasch das Abteil.

Peter und Bob folgten ihm hastig. Als sie die Abteiltür hinter sich geschlossen hatten, flüsterte Peter: »Glaubst du, unser geheimnisvoller Mitfahrer war da drin?«

»Ich weiß nicht – aber irgendwo muss er sein«, flüsterte Justus zurück. Er drehte sich zu dem Abteil um, das sie gerade verlassen hatten, sah aber nichts. »Es sei denn, er hat den Zug verlassen – aber warum sollte er das tun? Wir stehen hier mitten im Berg, weit und breit gibt es keine einzige Siedlung. Er muss ein ziemlich gutes Versteck gefunden haben.«

Aber sie hatten keine Zeit, nach dem unsichtbaren

Mitfahrer zu suchen. Der dritte und der zweite Waggon waren genauso dunkel wie die hinteren Wagen. Im ersten schimmerte ein mattes blaues Licht – vielleicht von einem Laptop – durch den Vorhang an der Tür. Drinnen redete jemand. Seine Stimme war zwar nicht laut, aber so voller Hass, dass sie abrupt stehen blieben.

»Gut gemacht, Mr Campbell. Wirklich großartig. Reicht es Ihnen nicht, dass Sie uns ruiniert haben? Was soll jetzt noch diese Extrashow? Pfeifen Sie Ihre Gespenster zurück oder ich schwöre, dass ich Sie mit Ihren ganzen Machenschaften auffliegen lasse!«

»Halten Sie den Mund, Collins!«, sagte eine eiskalte Stimme, die die drei ??? sofort wiedererkannten. Sie gehörte dem Mann im braunen Anzug – Mr Campbell, dem ›Kupferbaron‹, wie Fred ihn genannt hatte. »Das hier ist nicht meine Show. Ich habe kein Interesse mehr an Ihnen, nachdem das Geschäft gelaufen ist. Sie haben doch gehört, was Sheehan gesagt hat – es war wieder eins von den verfluchten Transparenten. Mit solchem Blödsinn gebe ich mich nicht ab.«

»Und das ausgerechnet in dem Tunnel, in dem es seit Monaten spukt!«, hohnte der Mann namens Collins. »Für wie blöd halten Sie mich? Ich weiß doch, dass Sie hinter dem ganzen Zirkus stecken!«

»Sagen Sie das noch mal!« Etwas krachte und ganz plötzlich erlosch das blaue Licht. Die Frau, die bisher nichts gesagt hatte, schrie erschrocken auf. Und gleich darauf sagte eine weitere Männerstimme: »Da ist Licht im Gang, Frank.«

Justus, Peter und Bob zuckten zusammen. Im nächsten Moment wurde die Tür aufgerissen und Campbell stand wieder vor ihnen und schnauzte sie an: »Was schleicht ihr hier herum?«

Justus hielt die Lampe hoch. »Der Heizer schickt uns, damit Sie hier hinten Licht haben«, erwiderte er höflich. »Ich hoffe, keiner von Ihnen ist verletzt?«

Mr Campbell antwortete nicht. Er riss Justus die Lampe aus der Hand und knallte ihm die Tür vor der Nase zu.

Sie horchten noch einen Moment lang, aber von drinnen kam kein Laut mehr. Also drehten sie um und machten sich auf den Rückweg.

Nach ein paar Schritten sagte Justus: »Ich wüsste gern, ob Mr Campbell wirklich hinter dem Spuk steckt. Wenn ja, wird es vermutlich schwer sein, ihm etwas zu beweisen.«

»Zutrauen würde ich es ihm«, sagte Bob. »Habt ihr gehört, was dieser Collins gesagt hat? Dass Campbell ihn ruiniert hat? Und Fred sagte, Campbell wolle das Museum aufkaufen. So etwas hatten wir doch schon öfter, dass jemand einen Spuk inszeniert, um einen Konkurrenten loszuwerden.«

Justus nickte. »Gib mir mal die Lampe, Bob. Wir sollten uns mal draußen umsehen.«

»Was?«, rief Peter. »Wieso denn das?«

»Mich interessiert dieses Transparent.«

»Damit können wir doch nichts anfangen, nachdem der Zug mittendurch gefahren ist«, sagte Bob. »Das wird in tausend Stücke zerfetzt sein.«

»Ich weiß – aber vielleicht finden wir trotzdem eine Spur.«

Peter rührte sich nicht von der Stelle. »Und was ist mit dem Spuk? Das hier ist doch genau der Tunnel, von dem Fred gesprochen hat, oder nicht?«

»Ich hoffe ja gerade, dass wir dem Spuk begegnen.« Entschlossen durchquerte Justus den Waggon. Dann blieb er so plötzlich stehen, dass Bob ihn anrempelte. »He!«

»Seht mal.« Justus wies auf die Außentür. »Sie ist nur angelehnt. Da ist einer ausgestiegen!«

»Vielleicht Sam«, sagte Bob. »Vielleicht hatte er die gleiche Idee wie wir und sieht sich draußen um.«

»Oder Mr 14 Prozent, unser geheimnisvoller Mitfahrer.« Justus stand einen Moment nachdenklich da und nagte an der Unterlippe. Dann ging er zur Tür und stieß sie auf.

»Justus, warte!«, rief Peter. »Vielleicht lauert der Kerl da draußen auf uns! Wir sollten uns das noch einmal überlegen!«

»Ach was!«, sagte Justus. »Der erwartet doch nicht, dass wir rauskommen. Dadurch haben wir einen eindeutigen Vorteil. Und vielleicht ist es ja doch Sam.«

»Justus!«, schrie Peter. »Du willst doch nicht da raus!«

»Natürlich nicht«, sagte Justus. Und schon war er draußen.

»Hier ist nichts«, erklärte Peter, eine Sekunde nachdem seine Füße den Tunnelboden berührt hatten. Er drehte sich um und griff nach der Türklinke. Bob zog ihn zurück.

»Stell dich doch nicht so an, Peter! Es ist einfach nur ein sehr finsterer Tunnel, in dem ein unbeleuchteter Zug steht, während die Lok keucht und röchelt wie ein asthmakrankes Nilpferd. Was soll denn daran gefährlich sein?«

»Zum Beispiel Freds Hinweis, dass es hier spukt. Und Mr Collins' Hinweis, dass es hier spukt. Und mein persönliches Gefühl, dass in diesem Tunnel sämtliche Gespenster Nordamerikas auf uns lauern – he! Kommt sofort zurück!«

Ohne auf Peters endgültige Entscheidung zu warten, hatte Justus sich auf den Weg zur Lok gemacht. Bob folgte ihm. Und da Justus die Lampe trug, stand Peter plötzlich allein im Dunkeln. Seine eigene Stimme hallte von den hohen, gewölbten Felswänden wider. Er fuhr herum und starrte in die undurchdringliche Finsternis des Tunnels. Obwohl er nichts sehen konnte, hatte er das Gefühl, dass da etwas war … etwas, das sich lautlos an ihn heranschlich. Seine Nackenhaare sträubten sich. Ohne sich zu besinnen, drehte er sich um und rannte hinter den beiden anderen her.

Weiter vorne roch die Luft durchdringend nach Öl und verbrannter Kohle. Zischend entwich Dampf aus dem Schornstein der *Sequoia*. Auch aus einem Rohr hinter dem vordersten Leitrad quoll weißer Dampf. Im Licht von Justus' Lampe glänzte der mächtige schwarze Eisenrumpf wie die Haut eines urzeitlichen Ungeheuers, das jederzeit brüllend zum Leben erwachen konnte. Bei der Ankunft auf dem Bahnhof war sie den drei ??? nicht so gewaltig erschienen wie jetzt. Die beiden Triebräder auf der rechten Seite waren so hoch wie Peter. Unwillkürlich hielt selbst Justus den Atem an, als hätte er Angst, das Ungeheuer zu wecken. Sie traten um den Kuhfänger herum, das massive Stahlgitter zum Schutz gegen freilaufende Tiere. Und dann blieb ihnen das Herz stehen. Neben der Lok, außerhalb des Scheinwerferstrahls kaum zu sehen, beugte sich ein Mann über ein formloses Bündel, das reglos auf dem Boden lag. Das Licht einer Taschenlampe zuckte über etwas, das wie eine Uniformjacke aussah. Und was da aus dem Bündel herausragte, war unverkennbar eine menschliche Hand.

Wie angewurzelt standen die drei ??? da und konnten den Blick nicht von dem Ding auf dem Boden lösen. Der Mann blickte auf und kniff die Augen gegen das Licht zusammen. »Sam?«, sagte er heiser. »Bist du das? Wer ist da bei dir?«

Mit zitternder Hand hob Justus die Lampe höher. Jetzt konnte er den Mann besser erkennen. Er war vermutlich zwischen dreißig und vierzig Jahre alt, hatte kurzes helles Haar und trug ebenso wie Sam, der Heizer, einen rußverschmierten Overall. »N-nicht Sam.« Justus hörte seine Stimme nur wie durch Watte. »J-Justus Jonas. D-der Mann da, haben wir ihn überfahren? Ist er … ist er – tot?«

»Was?« Der Lokführer starrte ihn an, als habe er ihn nicht verstanden. Dann stand er langsam auf. »Nein. Um

Gottes willen! Das ist kein Mensch. Es ist – eine Puppe. Aus dem Museum.«

Justus hatte die Gabe, selbst in ungewöhnlichen Situationen blitzschnell zu denken. Während Peter und Bob noch zu begreifen versuchten, was das zu bedeuten hatte, war es ihm sofort klar. »Eine Schaufensterpuppe? Jemand hat sie auf die Schienen gelegt?«

»Ich habe sie erst gesehen, als das Transparent zerriss.« Der Lokführer trat ein paar Schritte von den zerfetzten Überresten weg. »Wenn es ein Mensch gewesen wäre –« Er brach ab und schien einen Moment lang um Fassung zu ringen. Erst dann schien ihm klar zu werden, mit wem er sprach. »Was habt ihr überhaupt hier draußen zu suchen? Steigt wieder ein! Wir fahren gleich weiter!«

»Sollen wir Ihnen nicht helfen, das – die Puppe zu bergen?«

»Wozu?«, sagte der Lokführer scharf.

»Für die Polizei«, erwiderte Justus verwundert. »Schließlich ist sie ein wertvolles Indiz, das vielleicht hilft, den Täter zu fassen.«

»Ich rühre das Ding nicht an«, sagte der Mann. »Und ihr auch nicht. Die Polizei wird sich selbst darum kümmern. Steigt ein, los!«

Aber Justus bohrte hartnäckig weiter. »Was war das denn für ein Transparent, von dem Mr Reilly erzählt hat? War es über den Weg gespannt? Stand etwas darauf?«

»Nur das Übliche. Und jetzt Abmarsch! Ich will hier nicht länger stehen als nötig.«

Das klang jetzt schon recht grob. Unzufrieden machten sich die drei ??? auf den Rückweg. Aber statt in den zweiten Waggon einzusteigen – in sicherer Entfernung von dem unangenehmen Mr Campbell –, marschierte Justus zielstrebig an allen sechs Waggons vorbei und in die Dunkelheit des Tunnels.

»Justus!«, zischte Peter. »Was soll das? Lass uns einsteigen!«

»Wir suchen doch das Transparent, oder?«, gab Justus zurück. Seine Stimme hallte schaurig durch das Gewölbe. »Zumindest die Fetzen. So eine Gelegenheit bekommen wir nie wieder!«

»Justus!« Peter schrie es fast. »Was ist, wenn hier noch mehr scheußliche Dinge herumliegen?«

»Dann untersuchen wir sie«, gab Justus zurück. »Du wirst doch wohl keine Angst vor irgendwelchen alten Schaufensterpuppen haben? So etwas hast du doch schon mal gesehen.«

»Ja, in einem Museum, wo sie hingehören! Nicht in einem abgrundschwarzen Tunnel!«

»Deshalb wollen wir ja auch herausfinden, was es hier sonst noch so gibt. Vorwärts, Kollegen.«

»Toll«, murmelte Peter. »Ich hasse es, wenn unser Erster den Verstand verliert.«

Auch Bob war es nicht besonders behaglich zumute. Aber sie wussten, dass sie Justus nur von seinem Entschluss abbringen konnten, indem sie ihn fesselten, knebelten und zurückschleppten. So folgten sie ihm vom Zug weg und hielten sich dicht in der Nähe ihrer Lampe.

Nach ungefähr fünfzig Metern bückte Justus sich plötzlich. »Hier! Seht mal!« Bob und Peter drängten sich um ihn und betrachteten das, was er ihnen entgegenhielt.

»Leinwand«, stellte Peter fest. »Oder Stoff. Das war doch zu erwarten, oder?«

»Vielleicht finden wir noch ein Stück, auf dem etwas geschrieben steht.« Eifrig suchte Justus weiter und nun beteiligten sich auch Bob und Peter daran – hauptsächlich um so schnell wie möglich zum Zug zurückzukommen. Nach ein paar Minuten fanden sie tatsächlich ein paar weitere Fetzen. Keiner davon war größer als eine Hand. Auf zwei der Fetzen entdeckten sie Reste einer dunklen Farbe, die nach Lack roch.

»Ölfarbe«, kommentierte Justus. »Schnell! Vielleicht finden wir hier noch mehr!«

Mit neuem Eifer suchten sie weiter.

»Justus!«, rief Peter. »Leuchte mal hierher an die Wand!«

Justus und Bob liefen zu ihm. Im Schein der Lampe erkannten sie einen Metallhaken, von dem ein Seil herabhing. Das Ende war abgerissen, aber auf dem Boden fanden sie einen größeren Fetzen Leinwand. Hier war tatsächlich ein fast vollständiges Zeichen zu erkennen.

»Jetzt wissen wir also, warum Fred fragte, ob unser geheimnisvoller Mitfahrer ein Chinese sei«, sagte Justus. »Das ist ein chinesisches Schriftzeichen!«

»Mitten in der Sierra Nevada?«, fragte Peter verblüfft. »Wir sind doch nicht in Shanghai!«

»*Das Übliche*«, zitierte Bob. »Zumindest den Lokführer hat es nicht überrascht.«

Justus drehte sich schon um und stieg über die Schienen, um an die gegenüberliegende Seite des Tunnels zu kommen. Da hörten sie plötzlich ein Geräusch, bei dem ihnen allen – auch Justus – das Blut gefror: ein durchdringendes Zischen, gefolgt vom Stampfen der Zylinder. Sie fuhren herum und rannten los, aber es war zu spät. Das Ungeheuer war zum Leben erwacht. Im fahlen Licht des Lokscheinwerfers sahen sie, wie der Zug sich in Bewegung setzte.

»Peter!«, schrie Justus gellend. »Du bist der Schnellste von uns! *Renn*!«

Peter rannte. Er rannte so schnell wie noch nie in seinem Leben, während Justus und Bob sich hinter ihm die Lunge aus dem Leib schrien. Der Zug beschleunigte, aber Peter kam ihm trotzdem näher. Die Plattform hinter dem sechsten Waggon war zum Greifen nahe. Peter streckte schon den Arm aus und packte das Gitter. Da wurde der Zug plötzlich schneller. Mit einem Aufschrei ließ Peter los, stolperte, verlor das Gleichgewicht und schlug der Länge nach hin. Als Justus und Bob ihn erreichten, war der Zug verschwunden. Das Rattern wurde immer leiser und verklang schließlich in der Dunkelheit.

Spuk im Tunnel

»Peter!«, rief Bob. »Bist du in Ordnung?«

»Allmählich entwickelt sich das zur Standardfrage«, witzelte Peter, aber eigentlich war ihm nicht zum Scherzen zumute. »Ich glaube, ich habe mir das Knie aufgeschlagen. Leuchte mal hierher, Just.«

Justus hielt die Lampe tiefer. »Ja, dein Knie blutet. Kannst du aufstehen?«

»Eine meiner leichtesten Übungen.« Peter biss die Zähne zusammen und stemmte sich hoch. »Au!«

»So ein Pech!«, rief Bob. »Bist du abgerutscht? Du hattest den Zug doch schon erreicht!«

»Die Lok war aber stärker als ich.«

Ratlos und bestürzt sahen sie einander an. Endlich sagte Bob: »Tja, Just. Sagtest du nicht vorhin, wir hätten hier draußen einen ganz klaren Vorteil? Du hast natürlich mal wieder vollkommen recht. Ganz sicher konnte uns nichts Besseres passieren, als mitten im Nichts ausgesetzt zu werden.«

»Ich glaube nicht, dass das Absicht war«, sagte Justus. »Der Lokführer glaubte wohl, wir seien eingestiegen. Sie werden bald merken, dass wir nicht da sind, und dann kommen sie zurück.«

»Na toll«, sagte Peter. »Das kann Stunden dauern. Bleiben wir so lange hier sitzen und starren die Wände an?«

»Nein.« Justus hob die Lampe hoch. Der flackernde Schein des brennenden Öls warf die Schatten der drei ??? als groteske Bilder an die hohen, gewölbten Tunnelwände. In einiger Entfernung traf das Licht auf ein dunkles, formloses Bündel. »Wir sehen uns das mal an.«

»O Gott«, stöhnte Peter.

Je näher sie kamen, desto schrecklicher sah die zerbrochene Figur aus. Arme, Beine und Rumpf waren zerschlagen. Die Kleidung schien einmal ein altmodischer Anzug gewesen zu sein. Jetzt war sie nur noch eine Sammlung dunkler Fetzen. Die Uniformjacke war verschwunden. Das Gesicht war das eines schnauzbärtigen Mannes. Unter ärgerlich zusammengezogenen Brauen starrten die Glasaugen düster hinauf in die Wölbung des Tunnels. Die Puppe war keine einfache Schaufensterpuppe, sondern das Wachsfigurenabbild einer bestimmten Person. Sie sah zum Fürchten echt aus.

»Ich möchte mal wissen, wer sich so etwas ausdenkt«, sagte Justus. »Es ist schon reichlich makaber, so etwas auf die Schienen zu legen. Als Scherz finde ich es völlig misslungen.«

»Es sollte wohl auch kein Scherz sein.« Peter vermied es, die Puppe anzusehen, und schaute lieber in die Dunkelheit des Tunnels. »Ihr habt doch den Lokführer gesehen. Der war zu Tode erschrocken.«

»Kein Wunder.« Justus bückte sich und zog einen Fetzen Stoff vom Kragen der Gestalt. »Seht mal – hier ist ein Namensschild.«

»Reginald Harrow, H. R. M. C.«, las Bob vor, weil

Peter sich weigerte hinzugucken. »Na sowas! Eine echte Persönlichkeit! Das ist aber nicht nett, ihn einfach vor den Zug zu schmeißen. Was heißt denn H. R. M. C.?«

»Vermutlich *Harrowville Railroad Museum Company*«, sagte Justus. »Ich schlage vor, dass wir den Lokführer fragen, was er mit der Uniformjacke gemacht hat. Soweit ich es erkennen konnte, gehörte sie nämlich auch dem Museum. Fred trug eine ganz ähnliche.«

»Können wir allmählich hier verschwinden?«, fragte Peter. »Mein Knie tut weh und ich finde diesen Tunnel einfach gruselig.«

»Harrowville scheint mir kein angenehmer Ort zum Leben zu sein«, sagte Justus. Er und Bob hatten den hinkenden Peter zwischen sich genommen und gingen jetzt langsam den Tunnelweg entlang. Die Öllampe warf ihr flackerndes Licht auf die schroffe Felswand. »Mr Campbell, der Kupferbaron, treibt seine Mitmenschen in den finanziellen Ruin und die rächen sich, indem sie sich heimlich in fast leere Züge schleichen, Hobbyschaffner niederschlagen und einsperren, Museumszüge mitten im Tunnel stoppen, Wachsfiguren überfahren lassen, Transparente mit chinesischen Schriftzeichen aufhängen und harmlose Detektive in Tunneln vergessen. Besonders effektiv scheint mir diese Art des Widerstandes nicht zu sein.«

»Gegen Campbell wohl nicht«, sagte Bob. »Gegen uns fand ich das schon sehr effektiv. Wenn wir wenigstens das Handy mit nach draußen genommen hätten!«

»Hier im Berg hätten wir ohnehin keinen Empfang.«

»Auch wieder wahr.«

Zehn Schritte lang schwiegen sie, bis die Stille in ihren Ohren dröhnte.

»Vielleicht ist es das, was Mr Kingsley in dem Brief andeutete«, meinte Bob. »Erinnert ihr euch? *Die alte Geschichte ist wieder losgegangen, schlimmer als zuvor* – oder so ähnlich. Außerdem beschuldigte Collins Campbell, selbst hinter dem Spuk zu stecken.«

»Ach was!«, sagte Justus. »Ein Transparent, eine überfahrene Wachsfigur – das ist doch kein Spuk! Fred sagte doch etwas über merkwürdige Geräusche, Dampf und ein grauenhaftes Stöhnen.«

Wieder herrschte zehn Schritte lang Stille.

»Danke, Justus«, sagte Peter wütend. »Ich hatte gerade angefangen, mich abzuregen.«

Justus wollte gerade antworten, als Bob plötzlich stehen blieb. »Da wir gerade von merkwürdigen Geräuschen reden«, sagte er leise mit belegter Stimme. »Seid mal still. Justus, mach die Lampe aus!«

»Bist du wahnsinnig?«, zischte Peter.

»Mensch, Peter! Justus, die Klappe an der Lampe! Schnell!«

Justus klappte die Metallscheibe der Lampe vor das Glas und die Dunkelheit schloss sich um sie. Sie standen regungslos und horchten. Die Stille war nicht so vollkommen, wie sie geglaubt hatten: Irgendwo weit entfernt hörten sie etwas wie leise, gleichmäßige Schläge.

»Das ist nur tropfendes Wasser«, sagte Justus. »Bob, was –«

»Still!«, zischte Bob. »Ich hab da gerade etwas anderes gehört – irgendwo hinter uns. Als hätte jemand einen Stein beiseitegetreten. Ich glaube, wir sind nicht allein!«

»O Gott!«, sagte Peter heiser. »Hinter uns ist doch niemand! Nur – die Puppe!«

»Peter!«, sagte Justus. »Hör schon auf. Das hier ist Wirklichkeit, kein alberner Horrorfilm!«

»Das ist ja gerade das Schlimme!«

»Würdet ihr bitte beide mal die Klappe halten?«, bat Bob genervt.

Sie horchten. Es blieb still.

»Gehen wir weiter«, sagte Justus endlich mit gedämpfter Stimme.

Peter packte ihn am Arm. »Doch nicht im Dunkeln! Mach die Lampe wieder an!«

»Peter! Wir gehen einfach an der Wand entlang und bleiben dicht beieinander. Falls uns wirklich jemand verfolgt, muss er uns ja nicht schon Stunden vorher sehen! Und wenn es die Puppe ist, geht es ohnehin übernatürlich zu und dann kann das Ding bestimmt auch im Dunkeln sehen.«

»Und verfolgt jetzt den Dieb seiner Uniformjacke«, sagte Bob mit hohler Stimme. »Dabei kann ich mir nicht vorstellen, warum ein Mr Harrow aus Harrowville eine simple Schaffnerjacke tragen sollte. Die passte ja überhaupt nicht zum übrigen Outfit. Wahrscheinlich sah er deswegen auch so sauer aus. Er wird einen ewigen Fluch –«

»Bob«, sagte Peter.

»Ja, lieber Peter?«

»Halt die Klappe.«

Bob kicherte, aber er hielt tatsächlich den Mund.

Stumm tasteten sie sich vorwärts. Immer wieder hielten sie an und lauschten, aber um sie herum war nur das lastende Schweigen von Millionen Tonnen Felsgestein.

Plötzlich blieb Justus ohne Vorwarnung stehen und Bob rempelte ihn an.

»He! Sag doch was!«

»Hier ist etwas Komisches«, sagte Justus. »Die Felswand knickt in einem rechten Winkel ab und ich kann nicht fühlen, wo sie aufhört. Das muss ich mir ansehen.« Er klappte die Lampe auf und die drei Jungen starrten entgeistert auf eine Mauer, die bis zur Tunneldecke reichte und den Weg versperrte.

»Das glaub ich nicht!«, stieß Bob hervor. »Wir stecken in einer Sackgasse!«

»Aber der Zug ist doch hier entlanggefahren!«, rief Peter. »Der kann sich doch nicht in Luft aufgelöst haben!«

»Das verstehe ich auch nicht«, gab Justus zu. Er schaute sich um und musterte die Tunnelwände, während Bob die Steinmauer abklopfte und dabei kleine Staubwolken aufwirbelte. »Die ist massiv. Hier ist ganz sicher schon länger kein Zug mehr durchgefahren.«

»Soll ich euch mal was sagen?«, fragte Peter. »Dieser Tunnel gefällt mir nicht. Kein bisschen.«

Justus nickte. »Das hier muss ein zugemauerter Seitentunnel sein. Offenbar haben wir im Dunkeln nicht bemerkt, dass wir vom Haupttunnel abgebogen sind. Dieser hier ist auch viel schmaler und niedriger. Ich schlage vor, wir gehen zurück.«

»Schön«, sagte Peter. »Aber jetzt nehme ich die Lampe, damit das klar ist!«

Langsam gingen sie zurück und folgten dabei ihren Fußspuren im Staub. Peter leuchtete gewissenhaft den Boden ab.

»Ob es wohl noch mehr solcher Seitentunnel gibt?« meinte Bob. »Ich dachte immer, die Eisenbahntunnel hätten nur dem Zweck gedient, so schnell wie möglich durch die Berge zu kommen.«

»Dachte ich auch«, sagte Justus. »Allmählich finde ich diesen Berg wirklich bemerkenswert. Es könnte sich lohnen, noch einmal –«

Er brach ab. Gleichzeitig blieben die Jungen stehen. Sie hatten etwas gehört: ein leises Kratzen und Schaben hinter ihnen. Sie drehten sich um. Das Geräusch erstarb und wurde dann wieder hörbar: Es klang, als kratzte jemand mit einem Gegenstand auf Stein. Aber niemand war zu sehen. Ihre Nackenhaare sträubten sich.

»Was ist das?«, wisperte Peter.

»Das kommt von der Mauer«, flüsterte Justus. »Halt mal die Lampe höher, Peter.«

Im Schein der Lampe sah die Mauer so unberührt aus wie zuvor. Aber auf dem Boden vor ihr bewegte sich etwas. Ein dünner Nebel schien aus dem Boden zu steigen und verdichtete sich rasch. Das Kratzen wurde heftiger. Dann hörten sie eine Stimme – ein leises, keuchendes Stöhnen, als litte jemand schreckliche Schmerzen.

»… aaaaaahhhhhh …«

Das Stöhnen verebbte.

»D-da ist j-jemand hinter der Mauer!«, krächzte Peter.

»Aber hier ist doch seit Jahren keiner gewesen!«, flüsterte Bob.

»… aaaaahhhhh …«

Das war eine andere Stimme – und sie klang, als käme sie direkt aus dem Felsen neben ihnen. Die drei ??? fuhren zusammen und wichen zurück. Aber dann fasste Justus sich ein Herz. »Gib mir bitte noch mal die Lampe, Peter.«

Peter umklammerte den Griff der Lampe. »Wozu?«

»Ich möchte mir die Mauer noch einmal ansehen. Vielleicht ist dahinter jemand in Not und braucht Hilfe!«

Widerstrebend gab Peter die Lampe her. Justus leuchtete die Mauer ab. Im flackernden Schein bildete der aufsteigende Nebel gespenstische Formen um ihn her.

»Komm da weg, Justus!«, zischte Peter.

»Augenblick noch«, gab Justus zurück. »Ich glaube, hier ist ein Stein locker.« Er gab Peter die Lampe zurück, drückte und schob und plötzlich gaben einige Steine nach und polterten nach hinten in die Dunkelheit. Staub wirbelte auf und mischte sich in den Nebel. Vor den Augen der drei ??? klaffte ein großes Loch in der Mauer. »Interessant.« Justus hielt die Lampe näher heran. »Offenbar befindet sich hinter der Mauer ein Hohlraum. Für mich ist der Durchstieg ein bisschen zu eng, aber Bob, du könntest –«

»O nein«, sagte Bob mit aller Entschiedenheit. »Vergiss es. Denk gar nicht erst daran. Das mache ich nicht.«

»Sei doch nicht so unprofessionell!« Justus beugte sich vor und spähte durch das Loch. »Ich würde ja selbst hineinklettern, wenn ich nicht –«

Er brach ab.

»Was?«, wisperte Peter. »Was ist?«

Langsam wich Justus von der Mauer zurück. »Da – ist etwas«, sagte er mit belegter Stimme. »Es hat mich angesehen. Aus riesigen schwarzen Augen.«

Einen Augenblick lang herrschte Grabesstille. Dann gab es ein kratzendes, schabendes Geräusch – als glitte etwas an der Mauer entlang auf das Loch zu.

»Es kommt heraus!«, schrie Peter. »Weg hier!«

Entsetzt drehten sie sich um und rannten los.

Aber schon beim zweiten Schritt schoss ein stechender Schmerz durch Peters verletztes Knie. Er biss die Zähne zusammen und lief hinkend weiter. Bob und Justus rannten an ihm vorbei und ihre Schatten zuckten grotesk verzerrt über die Wände des Tunnels. Peter warf einen Blick über die Schulter, stolperte und verlor das Gleichgewicht. Wild grapschte er nach der Wand, um sich abzufangen – aber in der Hand hatte er noch die Öllampe, die klirrend gegen den Fels schlug und zerbrach. Hell loderte das Feuer auf, als das gesamte Öl zu brennen begann. Mit einem Aufschrei schleuderte Peter die Lampe von sich. Sie krachte auf die Schienen. Peter drehte sich um und rannte hinter Bob und Justus her – dann erlosch das Feuer und die Dunkelheit hüllte ihn ein. Keuchend blieb er stehen – war da nicht ein Kratzen und Schaben? Das Monster kam hinter ihm her!

»Justus!«, schrie er und das Echo hallte schaurig durch den Tunnel. »Bob!«

»Peter!«, schrie Justus zurück, und *Peter – Peter – Peter*, rief das Echo. »Wo bist du?« – *bist du – bist du* –

»Hier! Die Lampe –« Aber das Echo verzerrte seine Stimme so sehr, dass er lieber nichts mehr rief und sich nur, so schnell er konnte, an der Felswand entlangtastete. Hinter sich hörte er jetzt nichts mehr – aber sein Herzschlag übertönte sowieso jedes Geräusch, das das Monster noch verursachen konnte.

»Peter?«, schrie Bob. – *Peter – Peter – Peter* –

Weit konnten sie nicht mehr sein. »Ich bin hier!«, schrie er zurück. »Wartet auf mich!« – *hier – hier – hier – mich – mich* …

Es kam keine Antwort und plötzlich hatte er das Gefühl, ganz allein in diesem schaurigen Tunnel zu sein. »Justus! Bob!«, schrie er wieder, und das Echo verspottete ihn, lief vor ihm her und kehrte wieder zurück, und dann hörte er Bob wieder rufen – aber es klang, als sei Bob ein Stück entfernt hinter ihm. Irritiert blieb er stehen und plötzlich brach ihm kalter Schweiß aus. Ging er etwa wieder zurück – geradewegs auf das Monster zu? Er drehte sich um, tastete sich ein paar Schritte zurück, blieb stehen. »Ganz ruhig, Peter«, murmelte er, um das Echo nicht zu wecken. »Alles in Ordnung. Geh einfach weiter …«

»Peter!«, riefen Justus und Bob gleichzeitig – und wieder klang es, als seien sie hinter ihm.

Wieder drehte er sich um und jetzt hatte er völlig die Orientierung verloren. Er tappte etwa zwanzig Schritte vorwärts – und stieß mit dem Fuß gegen ein Hindernis, das leicht nachgab. Peter erstarrte. Das Monster! Was immer aus dem Loch in der Mauer gekommen war – es hockte jetzt unmittelbar vor ihm, bereit zum Sprung!

»Peter?«, rief Bob, aber auch diesmal gab es keine Antwort außer dem Echo. »Das ist doch verrückt. Warum antwortet er denn nicht?«

»Vielleicht ist er gestolpert und hat sich den Kopf angeschlagen«, sagte Justus. »Zu blöd, dass die Lampe ausgegangen ist! Jetzt könnten wir in der Dunkelheit an ihm vorbeilaufen, ohne es zu merken!«

»Vielleicht hat ihn ja auch das – was immer es war – erwischt«, sagte Bob beklommen. »Bist du sicher, dass du Augen gesehen hast?«

»Ja – riesig und schwarz. Das Licht spiegelte sich in ihnen. Aber sonst habe ich nichts gesehen. Kein Gesicht oder so etwas. Es war alles schwarz.«

»Vielleicht war es nur eine alte Lampe.« Bob glaubte selbst nicht daran.

»Nein.« Justus räusperte sich. »Es war lebendig. Es hat sich bewegt.« Forscher fuhr er fort: »Aber trotzdem müssen wir Peter finden. Komm.«

Sie tappten durch die Finsternis, lauschten und riefen schließlich noch einmal.

»Peter!«

Peter antwortete nicht. Vorsichtig gingen sie weiter. Und plötzlich hörten sie ein leises Schnüffeln ganz in ihrer Nähe. Und das Klicken krallenbewehrter Pfoten.

Stocksteif blieben sie stehen. Das Schnüffeln wiederholte sich und Bob spürte warmen Atem auf seiner Hand. Er wagte nicht, sich zu rühren.

Dann leckte eine warme Zunge über seine Finger. Er schrie auf und riss die Hand weg. »Ein Wolf!«

Seine Worte gingen in einem lauten Bellen unter, das von den gewölbten Wänden widerhallte.

»Das ist kein Wolf!«, schrie Justus, um das Gebell zu übertönen. »Es ist ein Hund!«

Gleich darauf blitzten in der Ferne Taschenlampen auf und Stimmen wurden laut. »Justus Jonas, Peter Shaw, Bob Andrews? Seid ihr da?«

»Hier!«, schrie Bob. »Hier sind wir!«

Ein paar Minuten später waren sie von einer Gruppe Männer umringt, die sie mit den Lampen anleuchteten. Der Hund, eine riesige braune Dogge, hatte aufgehört zu bellen und tappte aufgeregt um die Gruppe herum.

»Gott sei Dank!«, sagte einer der Männer und die Jungen erkannten die Stimme von Sam Reilly, dem Heizer. »Wir haben erst in Harrowville gemerkt, dass ihr nicht mehr im Zug wart! Ist alles in Ordnung mit euch? Wo ist der dritte Junge?«

»Hier bin ich.« Peter hinkte aus der Dunkelheit ins Licht. Seine Hose war am Knie zerrissen, seine Hände aufgeschürft, aber er grinste.

»Wo warst du?«, rief Bob. »Was ist passiert?«

Peter zog eine Grimasse. »Ich habe es fertiggebracht, mich auf einer völlig geraden Strecke zu verlaufen. Ich bin das ganze Stück zurückgegangen, ohne zu merken, dass ihr in den Haupttunnel abgebogen wart. Und dann bin ich wieder auf die Puppe gestoßen. Also kam ich auf die Idee, direkt auf den Schienen zu gehen, bis ich die Weiche gefunden hatte. Und dann habe ich auch schon den Hund gehört.«

»Was für eine Puppe?«, fragte Sam stirnrunzelnd.

Justus schaute ihn überrascht an. Der Lokführer hatte seinem Heizer also nicht erzählt, was sie überfahren hatten!

Peter begann: »Die Puppe, die wir –«

Aber der Erste Detektiv gab ihm einen Rippenstoß und er brach ab. »Ein komischer Steinhaufen, den wir gefunden hatten«, sagte Justus rasch. »Danach sind wir vom Haupttunnel abgekommen und standen plötzlich vor einer Mauer. Und unsere Lampe ist ausgegangen –«

»Zerbrochen«, sagte Peter.

»– und es war ziemlich unheimlich.«

»Das kann ich mir vorstellen«, sagte ein kleiner Mann mit Nickelbrille. »Mit dem Chinesentunnel ist nicht zu spaßen.«

»Chinesentunnel?«, fragte Justus interessiert. »Warum heißt er so?«

»Darüber könnt ihr später reden!«, fuhr Sam dazwischen. »Jetzt sehen wir erst mal zu, dass wir aus dem Tunnel rauskommen.«

»Müssen wir weit laufen?«, fragte Bob zögernd. »Weil meine Beine nämlich mittlerweile aus Gummi sind.«

Sam grinste. »Keine Sorge, Junge. Du wirst in Harrowville einfahren wie ein König.«

Dr. Long

›Wie ein König‹ war vielleicht ein wenig übertrieben, aber die drei ??? hätten das Gefährt, mit dem sie in den Bahnhof von Harrowville einrollten, nicht einmal gegen Mortons Rolls-Royce eintauschen mögen. Es war eine Draisine, ein kleines Schienenfahrzeug mit Elektromotor, das für Wartungsarbeiten an den Schienen benutzt wurde. Die riesige Dogge, die Jasper hieß, hatte es sich neben Peter gemütlich gemacht und ließ sich von ihm streicheln.

Vor dem Bahnhof hatten sich ein paar Leute eingefunden. Fred Jenkins stand mit einem Verband um den Kopf auf dem Bahnsteig und winkte wie verrückt. Die Draisine hielt an, Jasper sprang herunter und bellte laut und die Jungen kletterten langsamer hinterher.

Sam Reilly übergab die Hundeleine einem großen, breitschultrigen Mann, der neben Fred wartete, dann nickte er den drei Jungen zu und ging weg. Der große Mann trat auf die Jungen zu. »Ich bin William Kingsley«, sagte er in einem bedächtigen Tonfall. »Wer von euch ist Justus Jonas?«

»Das bin ich, Sir«, sagte Justus einigermaßen überrascht. Den Direktor eines Museums hatte er sich anders vorgestellt. Mr Kingsley trug alte Jeans und ein kariertes Holzfällerhemd mit Spuren von Maschinenöl. Er war ungefähr Mitte vierzig und seine Haare waren mehr grau als blond. Auf der Stirn hatte er eine breite Narbe. Die Augen wirkten müde und resigniert und um den Mund lagen tiefe Falten. Jasper lehnte sich an ihn und er streichelte den Kopf des Hundes. »Titus hat mir Bescheid gesagt, dass ihr ihn vertretet. Ich bin froh, dass euch nichts Schlimmeres passiert ist. Ich wohne dort drüben in dem weißen Haus neben dem Bahnhof. Meine Frau erwartet euch. Eure Rucksäcke sind schon dort; ihr könnt euch duschen und umziehen.« Er warf einen Blick auf Peter. »Und Dr. Long soll sich mal dein Knie ansehen. Seid ihr zu müde, um etwas zu essen?«

»Ganz und gar nicht!«, erwiderte Justus sofort und Peter und Bob grinsten. »Und ich habe auch eine ganze Reihe Fragen an Sie, Mr Kingsley. Zunächst einmal –«

»Zunächst einmal geht ihr ins Haus«, bestimmte Mr Kingsley ruhig. »Alles andere hat Zeit. Komm, Jasper.« Er wandte sich um und ging fort. Jasper trottete neben ihm her.

»Kommt mit!«, sagte Fred. »Mensch, das war vielleicht eine Aufregung! Erst das blöde Transparent, dann der zerbrochene Scheinwerfer und dann kommen wir hier an und merken, dass ihr nicht mehr im Zug seid! Carl hat mir fast den Kopf abgerissen, aber ich hatte doch sowieso fast nichts mitbekommen, weil mir alles wehtat. Jetzt geht's wieder, aber eigentlich liege ich krank im Bett. Nur denke ich gar nicht dran, krank im Bett zu liegen. Habt ihr was von dem Spuk mitgekriegt?«

»Könnte man sagen«, meinte Justus. »Und wir haben auch gleich ein paar Fragen dazu.«

»Ein paar Fragen ist gut!«, rief Peter. »Ich habe so viele Fragen, dass ich überhaupt nicht weiß, welche ich zuerst stellen soll!«

»Mir ist's recht«, sagte Fred. »Vielleicht kommt ihr ja sogar dahinter, was hier los ist. Und hier sind wir schon!«

Das Haus der Familie Kingsley war sicher schon hundert Jahre alt. Der Anstrich blätterte von den Fensterläden, der Putz bröckelte von den Außenwänden, und als die Jungen den Vorraum betraten, knarrten die Dielen unter ihren Füßen. Eine schlanke, dunkelhaarige Frau kam auf die drei ??? zu und lächelte sie an. »Hallo«, sagte sie. »Da seid ihr ja. Habt ihr genug von der Tunnelerforschung?«

Bob erwiderte das Lächeln. »Restlos genug.«

»Kann ich mir vorstellen. Ich bin Sarah Kingsley. Sue!« rief sie, zur Treppe gewandt. »Sue, die Jungen vom Trödelmarkt sind hier!«

Nach diesem Ruf herrschte Stille. Alle warteten. Als sich auch weiterhin nichts rührte, seufzte Mrs Kingsley. »Dann eben nicht. Fred, kannst du ihnen bitte das Zimmer zeigen? In einer Stunde gibt es Essen.«

»Klar, Mrs Kingsley.«

Sie verschwand in der Küche und Fred führte Justus, Peter und Bob eine schmale Holztreppe hinauf und in ein gemütliches Zimmer, in dem drei Betten standen. Die Rucksäcke lehnten daneben. Es gab einen Schrank für die Wäsche, eine Truhe am Fenster und einen Tisch mit drei Stühlen. Auf dem Tisch stand eine Schale mit Obst. An den Wänden hingen Drucke von alten Dampflokomotiven, aber im Moment hatten die Detektive von allem, was auf Schienen lief, mehr als genug.

Sie ließen sich auf die Stühle fallen.

»Jetzt redet schon!«, drängte Fred. »Habt ihr die Gespenster gesehen?«

»Nein«, erwiderte Justus kurz.

»Doch.« Peter warf Justus einen herausfordernden Blick zu. »Justus hat eins gesehen.«

»Ich bezweifle, dass es ein Gespenst war. Zumindest war es keine physische Manifestation eines Toten, wie ich sie nach deinen Worten eigentlich erwartet hätte.«

Fred riss die Augen auf. »Es war keine physische *was*?«

»Ein Geist«, übersetzte Bob.

»Was war es dann?«

»Das werden wir herausfinden«, sagte Justus zuversichtlich. »Seit wann spukt es im Tunnel, Fred?«

»Seit ungefähr – lass mich mal überlegen. Seit ungefähr acht Monaten.«

»Und vorher war alles ruhig?«

Fred nickte.

»Ist vor acht Monaten irgendetwas Besonderes passiert? Mit dem Tunnel oder der Bahn?«

»Nicht dass ich wüsste.«

»Und hat schon jemand versucht, der Sache auf den Grund zu gehen und vielleicht die Mauer zu beseitigen?«

»Ein paar Jungs aus der Stadt sind mal reingegangen und sehr schnell wieder rausgekommen. Aber den Erwachsenen ist es egal – außer der Museumsbahn fährt ja kein anderer Zug durch den Black Mountain, und wenn das Museum geschlossen wird, fährt auch der Zug nicht mehr. Dann wird der gesamte Tunnel zugemauert. Und die meisten Leute glauben sowieso nicht an einen Spuk.«

»Hm«, sagte Justus. »Und deswegen fährt der Zug weiter durch den Tunnel, statt jedes Mal den weiten Umweg über Owens Peak zu nehmen.«

»Dafür wurde die Abkürzung doch schließlich gebaut! So konnten wir immer im Kreis fahren, statt in Sterling stundenlang rangieren oder rückwärtsfahren zu müssen. Wir sind morgens nach Owens Peak losgefahren, haben an der Abzweigung Wasser und Kohlen getankt, sind weiter nach Sterling gefahren und dann direkt durch Kern Valley und den Berg nach Hause.«

»Verstehe. Und was hast du da vorhin über eine zerbrochene Lampe erzählt?«

»Carl sagte, ein Stein sei gegen den Scheinwerfer geflogen und das Glas war zerbrochen. Deshalb musste er anhalten.«

»Das war alles?«

»Klar. Was hätte er denn noch sagen sollen? Er hat den Scheinwerfer repariert, während Sam mich verarztet hat.« Fred rieb sich den blauen Fleck am Hals. »Ich muss los. Wir sehen uns gleich beim Essen!«

Als Fred gegangen war, meinte Bob: »Das finde ich aber merkwürdig. Offenbar hat Carl allen verschwiegen, dass er diese Wachsfigur überfahren hat. Stattdessen erfindet er ein Märchen über einen zerbrochenen Scheinwerfer. Ich dachte, er hätte gesagt, dass die Polizei sich darum kümmern würde.«

»Wir werden ihn mal danach fragen. Tja, Kollegen – bisher tappe ich bei diesem Fall leider im Dunkeln.«

»Hör bloß auf!«, sagte Peter. »Ich habe reichlich genug davon, im Dunkeln herumzutappen. Und überhaupt gehe ich jetzt in die Dusche und sehe mir mal mein Knie an. Ich habe das Gefühl, es ist doppelt so dick wie sonst.« Er humpelte ins Badezimmer.

Nach dem Duschen hatten sie noch eine halbe Stunde Zeit und räumten ihre Wäsche aus den Rucksäcken in den Schrank.

»Welchen Fall bearbeiten wir nun eigentlich?«, fragte Bob. »Versuchen wir, den Kerl zu finden, der Fred auf der Toilette eingesperrt hat, forschen wir der kaputten Wachsfigur nach oder klemmen wir uns hinter den Eisenbahnspuk?«

»Alles«, sagte Justus. »Ich glaube nämlich, dass all diese Dinge irgendwie zusammenhängen. Und wir haben auch einen Verdächtigen, nämlich unseren geheimnisvollen Mitfahrer, den ich beim Einsteigen kurz gesehen habe. Schmächtig gebaut, schwarzer Anzug, glattes schwarzes Haar, Sonnenbrille. Es wird Zeit, dass wir herausfinden, wer das ist und warum Fred glaubt, es könne ein Chinese –«

An der Tür klopfte es und er unterbrach sich. »Herein!«

Die Tür ging auf und ein ältlicher Mann trat ein. Er war schmal und schmächtig gebaut, trug einen altmodischen schwarzen Anzug und hatte die dünnen schwarzen Haare streng nach hinten gekämmt. In der Hand trug er einen großen schwarzen Arztkoffer. Und er war unverkennbar ein Chinese. »Guten Tag«, sagte er leise und höflich in präzisem Englisch. »Ich bin Dr. Philip Long. Ich möchte mir das verletzte Knie des jungen Peter Shaw ansehen.«

Mit offenem Mund starrten die drei ihn an. Peter fand zuerst seine Sprache wieder und sagte hastig: »Ich bin Peter. Aber das Knie ist schon wieder ganz in Ordnung. Ich bin bloß gestolpert.«

Dr. Long musterte ihn schweigend. Endlich sagte er ebenso leise: »Du bist ein sportlicher junger Mensch, Peter Shaw. Du weißt, wie leicht eine Verletzung des Knies zu einem dauerhaften Schaden führen kann. Es ist nicht gut, im falschen Moment Stolz zu zeigen.«

Peter öffnete den Mund, dann überlegte er es sich und schloss ihn wieder. Er krempelte das Hosenbein hoch und Dr. Long untersuchte das aufgeschlagene Knie, das unter einer blutigen Kruste blau und grün angelaufen war. »Du bist mit deinem ganzen Gewicht auf dieses Knie gefallen. Du konntest dich nicht abstützen und bist auf spitzen Steinen gelandet. Ich werde dir einen Verband anlegen und du wirst dich in den nächsten Tagen nicht sportlich betätigen.«

»Ach, es tut schon gar nicht mehr weh«, sagte Peter und unterdrückte einen Aufschrei, als der Arzt die Kniescheibe abtastete.

Dr. Long schmierte vorsichtig eine Salbe auf das Knie

und verband es. Dann schloss er den Koffer und stand auf.

Justus hatte ihn stumm beobachtet. Jetzt fragte er rasch: »Ich glaube, ich habe Sie schon einmal gesehen, Dr. Long. Waren Sie nicht heute im Zug?«

Dr. Long blickte ihn ohne merkliche Überraschung an. »Nein. Ich vertrage das Zugfahren nicht. Ich habe ein Auto.«

»Ach, dann war es sicher ein Irrtum«, sagte Justus. »Entschuldigen Sie, Sir.« Er wartete, bis Dr. Long sich zum Gehen wandte. »Darf ich Sie noch etwas fragen? Warum wird der Seitentunnel Chinesentunnel genannt?«

Der Arzt drehte sich um. Auch diese Frage schien ihn nicht zu überraschen. »Am 5. September 1904 gab es dort eine Explosion und der Tunnel stürzte ein, gerade als ein Zug hindurchfuhr. Zwanzig chinesische Gleisarbeiter, die im Tunnel beschäftigt waren, kamen ums Leben, ebenso wie die Zugmannschaft und der einzige Fahrgast – der Sohn des Stadtgründers Reginald Harrow. Als Harrow vom Tod seines Sohnes erfuhr, erlitt er einen Schlaganfall und starb wenige Tage später. Ursprünglich wurde der Tunnel ›Harrows Ende‹ genannt, aber in den Fünfzigerjahren setzte sich der Name ›Chinesentunnel‹ durch.« Er wandte sich zur Tür. »Geht nicht noch einmal in diesen Tunnel, junge Detektive. Ihr seid dort in großer Gefahr.«

»Warten Sie!«, rief Justus. »Woher –«

Dr. Long ging hinaus und schloss sacht die Tür hinter sich.

Dinner für acht

Bob sprang auf und stellte sich ans Fenster. Nach einigen Sekunden sagte er: »Er geht weg – zum Bahnhof. Justus! Ist er das?«

»Möglich«, sagte Justus. »Den Mann am Zug habe ich ja nur kurz gesehen und er trug eine Sonnenbrille. Aber wir können nicht ausschließen, dass es Dr. Long war – auch wenn er es leugnet.«

In diesem Moment hallte der Schlag eines Gongs durch das Haus.

»Ich vermute, das ist der Ruf zum Essen«, sagte Bob. »Los, Leute. Gönnen wir uns eine kleine Pause.«

Sie gingen nach unten, öffneten aufs Geratewohl eine Tür und fanden ein gemütliches Esszimmer, in dem ein großer Tisch für neun Personen gedeckt war. Jasper, die braune Dogge, lag auf einem bunten Teppich vor dem Kamin. Er hob den Kopf, schob sich dann auf seine langen Beine und begrüßte die drei ??? schwanzwedelnd. Sie streichelten ihn und setzten sich an den Tisch.

»Neun Personen«, sagte Justus. »Drei Kingsleys, wir, und wer noch?«

»Ach nein«, sagte eine Mädchenstimme hinter ihnen. »Können die Meisterdetektive das nicht erraten?«

Sie drehten sich um. Das Mädchen stand an der Tür. Sie war etwa so alt wie die drei Jungen, trug ein weites kariertes Männerhemd und alte Jeans. Ihre braunen Haare waren glatt und schulterlang und sie hatte ein nettes Gesicht, wirkte aber abweisend.

»Hallo«, begrüßte Bob sie. »Du bist Sue Kingsley, richtig?«

»*Susan* Kingsley.« Sie schnipste mit den Fingern und Jasper trottete sofort zu ihr. Ohne ein weiteres Wort drehte sie sich um und ging hinaus. Jasper folgte ihr.

»Und herzlich willkommen in Harrowville, liebe Detektive, schön, dass ihr uns aus der Klemme helfen wollt«, intonierte Bob. »Menschenskind! Ich komme mir ja allmählich wie ein Aussätziger vor!«

»Ach, kümmere dich nicht darum«, sagte Justus. »Mit Fred kommen wir doch jetzt gut aus.«

»Ja, aber müssen die Leute hier alle erst niedergeschlagen und ins Klo gesperrt werden, bevor sie mal freundlich werden? Wir haben denen doch nichts getan!«

»Mir reicht's auch«, sagte Peter. »Ich bin dafür, wir vergessen unseren Fall, besichtigen das Museum und fahren wieder nach Hause.«

»Kommt nicht infrage«, sagte Justus. »Hier ist etwas Merkwürdiges im Gange und wir werden herausfinden, was es ist!«

In diesem Moment kam Mr Kingsley mit einer Schüssel Kartoffeln herein und stellte sie auf den Tisch. »Alles in Ordnung mit euch? Das war ja nun nicht die Ankunft, die ihr euch vorgestellt hattet, oder?«

»Langweilig war es jedenfalls nicht, Sir«, gab Justus zurück.

»Ach, ihr braucht mich nicht Sir zu nennen. Wie geht es deinem Knie, Peter?«

»Ganz gut, Sir – Mr Kingsley, danke. Es tut schon nicht mehr weh.« Ganz überrascht merkte Peter, dass das tatsächlich stimmte. Er konnte das Knie schon fast wieder problemlos bewegen.

»Dr. Long scheint ein guter Arzt zu sein«, bemerkte Justus harmlos.

»O ja, das ist er. Der beste am Ort.«

»Kennen Sie ihn schon lange?«

»Zehn Jahre werden es wohl sein.« Der Museumsdirektor trat zum Fenster und warf einen Blick hinaus, dann drehte er sich wieder um. »Und wie geht es deinem Onkel, Justus?«

»Es geht ihm gut, danke. Es tat ihm allerdings sehr leid, dass er wegen des gebrochenen Knöchels nicht selbst herkommen konnte.«

»Ja, das sagte er mir am Telefon«, erzählte Mr Kingsley. »Aber er wird ja reichlich entschädigt. Ich hoffe, er hat für meine alten Schätze einen guten Platz reserviert.«

Das klang recht heiter, aber Justus erinnerte sich an den bitteren und traurigen Brief, den die drei ??? erst vor ein paar Stunden im Zug gelesen hatten, und zögerte mit der Antwort. »Ja, Mr Kingsley. Aber er wird Ihnen einen fairen Preis dafür bieten.«

»Ich weiß.« Er lächelte. »Titus ist schon in Ordnung. Ich erinnere mich noch, wie –«

»Dad!« Mit finsterer Miene tauchte Susan in der Tür zum Flur auf. »Du tust ja so, als wäre dir das alles ganz egal!«

»Das ist es nicht, Sue, und das weißt du auch«, sagte Mr Kingsley ruhig. »Aber es gibt einen Punkt, ab dem man nicht mehr zurückschauen sollte. Wir werden anderswo neu anfangen.«

»Das heißt doch nur, dass wir feige davonlaufen!«, rief Susan zornig. »Und dann hat dieser Verbrecher gewonnen!«

»Rede nicht in diesem Ton über Mr Campbell«, sagte Mr Kingsley immer noch sehr ruhig, aber angespannt. »Er hat die Hypotheken gekauft und ich kann sie nicht bezahlen. Das ist eine einfache Tatsache und kein Verbrechen. Finde dich damit ab.«

Susan biss sich wütend auf die Lippen, sagte aber nichts mehr. Die drei ??? hatten bestürzt zugehört.

»Mr Kingsley«, sagte Justus jetzt vorsichtig, »vielleicht können wir Ihnen helfen. Fred hat Ihnen sicher schon gesagt, dass wir Detektive sind. Hier ist unsere Karte – wir sind gerne bereit, für Sie zu ermitteln. Wenn Sie uns Auskunft geben würden –«

»Nein, Justus«, sagte Mr Kingsley. Er gab Justus die Karte zurück und lächelte müde. »Ich weiß, dass du es gut meinst, aber es gibt in meinem Fall nichts zu ermitteln. Und ich glaube nicht, dass ihr bis morgen Abend alle unsere Probleme lösen könnt – obwohl ich nicht bezweifle, dass ihr sehr tüchtig seid. Titus hat mir von euren Aktivitäten erzählt. Aber glaubt mir – hier könnt ihr nichts ausrichten.«

Eigensinnig schob Justus das Kinn vor. »Dann erzählen Sie uns doch wenigstens, was es mit den Unglücksfällen in Ihrem Museum auf sich hatte. Und mit dem Geisterspuk im Tunnel. Und –«

»Wir sollten jetzt erst einmal essen«, sagte Mr Kingsley freundlich und genauso unnachgiebig, und fast gleichzeitig kamen Mrs Kingsley, Fred Jenkins und Freds Onkel Sam Reilly herein. »Wo ist denn Carl?«, fragte Mr Kingsley. Die drei ??? horchten auf.

»Kommt nicht«, erwiderte Sam. »Er wollte noch etwas an der *Sequoia* in Ordnung bringen. Und er sah schlecht aus. Er sagte, die Geschichte im Tunnel sei ihm auf den Magen geschlagen und er wolle nichts essen.«

»Er sieht schon eine ganze Weile schlecht aus«, sagte Mr Kingsley besorgt. »Morgen rede ich mit ihm.«

Sarah Kingsley nahm das neunte Gedeck ab und rief alle zu Tisch. Es gab Rindersteaks, Kartoffeln, Salat und Erbsen und zum Nachtisch einen heißen Kirschauflauf. Eine ganze Weile widmeten sich alle nur dem Essen, und Mr Kingsley, Sam, Fred und Susan besprachen ein technisches Problem an einer der Loks mit Namen *Apache.* Erst als Justus seine dritte Portion Kirschauflauf mit Vanillesauce übergoss, stieß Bob ihn unter dem Tisch an. Justus wurde rot und schob den Teller von sich. »Iss doch weiter«, sagte Mrs Kingsley belustigt. »Ihr habt heute ja schon eine Menge durchgemacht.«

»Äh … ich bin auf Diät«, sagte Justus verlegen. Bob und Peter prusteten los und er warf ihnen einen wütenden Blick zu und schob den Teller noch weiter weg.

»Ich wüsste jetzt gern, was eigentlich passiert ist«, sagte Sam. »Warum seid ihr nicht wieder eingestiegen, wie

Carl es euch gesagt hatte? Ein Tunnel ist kein Ort für einen Spaziergang – und dieser schon gar nicht.«

»Wir sind nun einmal Detektive«, erwiderte Justus mit größtmöglicher Würde. »Bei einem Verbrechen ist es im Allgemeinen von Vorteil, den Tatort in Augenschein zu nehmen und nach Spuren zu suchen.« Er überlegte rasch und entschied sich, die Geschichte mit der Wachsfigur nicht zu erwähnen, bevor er mit Carl gesprochen hatte. »Bei unseren Ermittlungsarbeiten fanden wir die Fetzen eines Transparentes und sammelten sie ein, bis wir plötzlich feststellen mussten, dass der Zug sich ohne uns in Bewegung setzte. Peter lief dem Zug nach, konnte ihn aber nicht mehr erreichen. Daher entschlossen wir uns, dem Tunnelverlauf zu folgen. Durch ein Versehen verließen wir den Haupttunnel und –« Er hielt irritiert inne. Mr und Mrs Kingsley und Sam starrten ihn an, Fred grinste breit und Sue musste sich deutlich beherrschen, um nicht loszukichern.

»Herrgott!« sagte Sam. »Redest du immer so geschwollen?«

»Ich gebe mir Mühe, mich präzise auszudrücken«, sagte Justus würdevoll. Er erzählte nun von der Wanderung durch den Chinesentunnel, von der Mauer, den unheimlichen Geräuschen und dem Nebel. Von dem Loch in der Mauer und den unheimlichen Augen dahinter sagte er jedoch kein Wort. Alle hörten aufmerksam zu, aber den drei ??? entging nicht, dass die anderen häufig Blicke wechselten, als verständigten sie sich wortlos über etwas, das nur ihnen bekannt war. So etwas hatte

Justus schon immer geärgert und daher legte er los, sobald er mit seiner Erzählung fertig war.

»Wir haben nun einige Fragen, deren Beantwortung unsere Ermittlungen erleichtern würden. Wer könnte ein Motiv haben, Fred niederzuschlagen und einzusperren? Was bedeutet das chinesische Schriftzeichen auf dem Transparent? Zumindest Mr Sheehan und vermutlich auch Mr Reilly –«

»Wer?«, sagte Sam. »Nenn mich bitte Sam, sonst muss ich mich jedes Mal umdrehen und nachsehen, wen du mit ›Mr Reilly‹ meinst.«

»– Sam scheint es ja bekannt zu sein. Welche Rolle spielen die Chinesen in der Stadt? Warum wurde das Eisenbahnmuseum planmäßig sabotiert und ruiniert? Genauer gesagt: Was geht hier in Harrowville eigentlich vor?«

Danach herrschte erst einmal allgemeines Schweigen. Mr und Mrs Kingsley sahen verblüfft aus. Sam lehnte sich mit ausdruckslosem Gesicht zurück. Sue starrte Justus an. Fred dagegen grinste unverhohlen.

»Siehst du!«, sagte er zu Sam. »Sie sind wirklich Detektive! Wie ich's dir gesagt habe!«

Sam runzelte die Stirn und machte eine abwehrende Bewegung mit der Hand, sagte aber nichts.

»Also gut«, sagte Mr Kingsley langsam. »Ich bin zwar der Meinung, dass das hier nichts für euch ist, aber es kann ja nicht schaden, wenn ich es euch erzähle. Was hier in Harrowville vorgeht, lässt sich ganz einfach sagen. Frank Campbell ist dabei, das gesamte Gelände rings um den Bahnhof aufzukaufen. Und er scheut dabei nicht vor schmutzigen Methoden zurück. Allerdings können wir ihm nichts nachweisen, da er natürlich nicht selbst herumschleicht und Brände legt, Leute bedroht oder dergleichen. Aber wenn die Betroffenen vom ständigen Kampf und von der Angst zermürbt sind, bietet er ihnen einen Preis für ihr Unternehmen. Und da der Preis meistens nicht einmal schlecht ist, gehen viele darauf ein. Sobald sie verkauft haben, hören die Bedrohungen schlagartig auf. Manche Leute, die von Campbell aus dem Geschäft gedrängt wurden, arbeiten nachher sogar für ihn, weil er gut bezahlt und auch recht gut für seine Angestellten sorgt.«

»Also eine ganz besondere Art von Schutzgelderpressung«, folgerte Justus.

Mr Kingsley nickte. »Auf diese Weise hat er fast alle Geschäfte rings um den Bahnhof in die Hand bekommen. Ab Dienstag hat er dann auch mein Museum.«

»Und ab Mittwoch arbeitest du für ihn«, sagte Susan so verächtlich, dass die drei ??? zusammenzuckten.

»Sue!«, sagte Mrs Kingsley scharf. »So redest du nicht mit deinem Vater!«

»Ist doch wahr! Der Kerl hat die ganze verdammte Stadt gekauft!«

Mr Kingsley sah nicht zornig aus. Er schaute seine Tochter an und sagte ruhig: »Geh nach oben. Wir unterhalten uns nachher darüber.«

Wütend stieß Sue den Stuhl zurück, stand auf und ging hinaus. Als sei überhaupt nichts geschehen, sagte Mr Kingsley: »Wenn Campbell das Museum hat, wird er das ganze Gebiet rings um den Bahnhof planieren und einen riesigen Vergnügungspark bauen. Seit der Kupfertransport aufgegeben wurde, ist Harrowville ja praktisch tot. Wenn ihr euch in der Stadt umseht, werdet ihr jede Menge leer stehender Häuser und Geschäfte finden. Es gibt kaum Arbeit – es sei denn, man arbeitet für Campbell oder für die Chinesen drüben in der Chan Valley Road – und die jungen Leute wandern alle ab. Ich habe versucht, mit dem Museum Touristen anzulocken, und wenn Campbell mich unterstützt hätte, hätte es auch klappen können. Stattdessen hat er mir seine Schläger auf den Hals geschickt und meine Familie terrorisiert.« Er griff nach seinem Glas und trank einen Schluck Bier, dann setzte er es wieder ab. »Sue hat nicht ganz unrecht«, fuhr er ruhiger fort. »Campbell hat mir angeboten, das Museum weiter zu leiten – aber mit ihm als Besitzer. Vorteile hätte es schon. Ich weiß genau, dass alle unsere Probleme sofort aufhören würden. Wir könnten hierbleiben, müssten nicht umziehen, ich müsste mein Museum nicht aufgeben.« Und mit plötzlicher Heftigkeit setzte er hinzu: »Aber verdammt will ich sein, wenn ich auch nur einen Cent von ihm annehme!«

»Recht hast du«, sagte Sam. »Fred und ich haben darüber gesprochen. Wenn ihr aus Harrowville weggeht, gehen wir auch. Für Campbell arbeiten wir nicht.« Fred nickte mit finsterem Gesicht.

Justus, Peter und Bob hatten der unerfreulichen Geschichte schweigend zugehört.

»Im Zug war ein Mann namens Collins«, sagte Justus jetzt. »Er fuhr zusammen mit seiner Frau, Mr Campbell und einem dritten Mann, aber sie schienen sich alle nicht besonders zu mögen.«

»Collins!«, sagte Mr Kingsley. »Dann hat er wohl aufgegeben. Er ist der hiesige Glaser, sein Geschäft ist in der Mount Whitney Road. Sie liegt auch hier direkt am Bahnhof. Ich hatte gehofft, er würde noch eine Weile durchhalten. Aber seine Frau ist krank und in der letzten Woche hat man ihm die halbe Werkstatt zerschlagen. Das hat ihm wohl den Rest gegeben.«

»So eine Schweinerei!«, rief Bob. »Was tut denn die Polizei, um diesem Campbell das Handwerk zu legen?«

»Die Polizei sucht mit größtem Eifer nach den verbrecherischen Halbstarken, die die Leute terrorisieren«, sagte Mrs Kingsley sarkastisch. »Alle drei Tage nehmen sie einen fest, behalten ihn über Nacht da und lassen ihn am nächsten Morgen wieder laufen – entweder aus Mangel an Beweisen oder weil eine Kaution hinterlegt wurde. Der Kupferbaron sorgt schon für seine Leute.«

»Warum wird er denn eigentlich Kupferbaron genannt?«, fragte Peter jetzt. »Erzschurke würde doch viel besser passen.«

Mr Kingsley lächelte ein wenig. »Den Titel trägt seine Familie schon sehr lange. Die Campbells sind seit hundert Jahren die reichsten Leute in Harrowville. Aber der erste ›Kupferbaron‹ war Reginald Harrow, der die Stadt gegründet und ihr seinen Namen gegeben hat. Harrow war sagenhaft reich. Er hatte beim Bau der Transkontinentalen Eisenbahn ein Vermögen verdient – mehrere Millionen Dollar. Damit kam er hierher und natürlich gehörte ihm hier jeder Stein im Umkreis von vierzig Meilen. Durch den Kupferabbau wurde er dann noch reicher. Aber als er starb, war das ganze Geld weg. Die Familie verarmte und starb aus und die Campbells übernahmen die Geschäfte. Und den Titel.«

»Und wir können kaum hoffen, dass auch diese Familie verarmt und ausstirbt«, sagte Mrs Kingsley grimmig. »Schließlich gehört ihnen ja jetzt fast die ganze Stadt – zumindest der Teil, der überhaupt noch am Leben ist.«

»Die Chan Valley Road gehört ihnen aber nicht!«, sagte Fred. »Und die werden sie auch nicht bekommen! Die Chinesen hassen die Campbells, das weiß jeder!«

»Fred, die Chinesen hassen jeden!«, sagte Sam. »Wenn sie Campbell hassen, warum schaden sie dann uns mit ihren Gespenstergeschichten und den Transparenten? Ihretwegen sind die Besucher weggeblieben!«

Mr Kingsley schüttelte den Kopf. »Dafür haben wir doch gar keine Beweise! Dr. Long sagt, seine Leute hätten mit den Transparenten nichts zu tun.«

»Dr. Long ist auch ein Chinese«, sagte Sam schroff. »Du traust ihm vielleicht – ich nicht!«

»Hör auf, Sam! Dr. Long ist ein guter Freund. Er hat uns immer wieder geholfen. Ich will kein böses Wort über ihn hören!«

»Weiß er, was die Schriftzeichen auf dem Transparent bedeuten?«, fragte Justus rasch dazwischen. »Das Zeichen, das wir gefunden haben, sah sehr entfernt wie eine Zusammensetzung aus unseren A und E aus. Gab es noch andere?«

Mr Kingsley zögerte. »Zu dem Spuk wollte er sich nicht äußern. Aber es ist immer dasselbe Schriftzeichen. Wie alle chinesischen Zeichen hat es mehrere Bedeutungen. Eine davon ist ›blockiert, versperrt‹, also so etwas wie ›Kein Durchgang‹. Und die andere ist ›Tod‹.«

Peter und Bob wurden blass. Justus knetete seine Unterlippe. »Das könnte mit den zwanzig chinesischen Bahnarbeitern zusammenhängen, die dort ums Leben gekommen sind.«

»Das ist ein böses Kapitel in der Geschichte der Stadt«, sagte Mr Kingsley. »Nach dem Unglück wollten die Chinesen einen Schrein für ihre Toten aufstellen, da die Leichen nicht geborgen werden konnten. Die Stadt verweigerte es ihnen. Chinesen waren damals nicht angesehen – man hatte sie zwar für den Bau der Transkontinentalen Eisenbahn gebraucht, aber danach hätte man sie am liebsten alle wieder aus dem Land geworfen. Doch sie blieben hier. Als Harrow seine Stadt gründete und auch hier eine Bahnlinie baute, folgten ihm viele Arbeiter hierher. Sie lebten unter erbärmlichen Bedingungen, schufteten wie die Sklaven und wurden miserabel bezahlt. Und schließlich gab man ihnen sogar die Schuld an der Explosion im Tunnel. Besonders die Familie Campbell, die vom Tod der Harrows am meisten profitierte, tat alles, um die Leute in der Stadt gegen die Chinesen aufzubringen. Daher stammt die gegenseitige Feindschaft, die sich bis heute gehalten hat. Und dass Dr. Long sich mit den barbarischen Großnasen abgibt, nehmen ihm viele seiner Leute übel. Ich erinnere mich –«

»So genau wollen es die Jungen doch gar nicht wissen, William«, unterbrach ihn seine Frau und Mr Kingsley kehrte abrupt aus der Vergangenheit zurück und lächelte verlegen. »Tut mir leid«, sagte er. »Die Eisenbahngeschichte ist eben mein Hobby. Ich kriege nie genug davon.«

Justus, Peter und Bob hatten fasziniert zugehört. Natürlich wussten sie, dass im 19. Jahrhundert eine Eisenbahnlinie quer durch den Kontinent gebaut worden war – immerhin hatte im Anschluss daran der Aufstieg von Los Angeles zu einer Millionenstadt begonnen. Aber jetzt hatten sie plötzlich das Gefühl, an einem Ort lebendiger Geschichte zu sitzen.

»Vielen Dank«, sagte Justus. »Aber um auf das Transparent zurückzukommen – steht da normalerweise noch mehr drauf?«

»Manchmal«, sagte Sam, da Mr Kingsley offenbar geistig wieder im 19. Jahrhundert steckte und nicht antwortete. »Ein paarmal stand darauf ›Harrows Sackgasse‹ oder ›Vergangenheit ohne Zukunft‹. Besonders dämlich war ›Mehr Schrein als Sein‹.« Er zuckte die Achseln. »An sich ist es nicht gefährlich – aber es ist kein tolles Gefühl, auf eine weiße Wand zuzufahren und nicht zu wissen, was dahinter ist.«

Die drei ??? wechselten einen Blick. »Und was stand heute darauf?«, fragte Justus.

»Das habe ich nicht gesehen. Ich war gerade dabei, Kohlen nachzulegen, als Carl plötzlich sagte: ›Verdammt, da ist wieder so ein Transparent!‹ Gleich darauf waren wir durch, dann flog etwas zur Seite und Carl bremste wie verrückt.« Er runzelte plötzlich die Stirn. »Aber da war der Scheinwerfer noch heil.«

»Und Sie haben auch nicht gesehen, was da zur Seite flog?«, fragte Bob gespannt.

Sam schüttelte den Kopf. »Nein. Ich habe Carl gefragt, aber er sagte, er wüsste es nicht.«

»Aha«, machte Justus. »Aber mir ist noch immer etwas anderes unklar. Wer hätte einen Grund dazu, Fred im Zug niederzuschlagen und einzusperren?«

»Niemand«, sagte Sam. »Aber wenn ich denjenigen erwische, wird er bereuen, je geboren worden zu sein.«

Die drei ??? musterten den stämmigen Mann und glaubten ihm aufs Wort. Justus blickte Fred an. »Hat er dir vielleicht irgendetwas gestohlen? Schlüssel, Geld, Schaffnerkelle?«

Fred schüttelte den Kopf. »Ich hab kein Geld und alles andere war noch da.«

»Hm. Hast du dann vielleicht vorher irgendetwas gesehen, das dir ungewöhnlich vorkam? Im Speisewagen oder vielleicht draußen vor dem Fenster?«

Fred überlegte und schüttelte wieder den Kopf. »Da war irgendwo etwas Graues, aber ich weiß nicht mehr, wo oder was es war. Alles andere war wie sonst. Ich wollte nur das Vanilleeis aus dem Kühlschrank holen.«

»Ach nein!« Sam warf Fred einen scharfen Blick zu. »Ich dachte, Carl hätte dir verboten, auf dieser Fahrt auch nur an den Kühlschrank zu *denken*? Was wolltest du mit dem Eis?«

»Das war doch nicht für mich! Es war für Justus, Peter und Bob! Das ist doch mein Job!«

Justus hielt es für angebracht, das Thema zu wechseln, und räusperte sich. »Mr Kingsley? Eigentlich würde ich mir jetzt sehr gern das Museum ansehen. Dafür sind wir ja schließlich hergekommen.«

»Wie du willst«, sagte Mr Kingsley. »Aber ich habe noch etwas zu erledigen. Fred kann euch das Museum zeigen.« Fred nickte eifrig, zuckte gleich darauf schmerzlich zusammen und tastete nach dem Verband um seinen Kopf.

»Fred sollte lieber nach Hause gehen und sich ins Bett legen, wie Dr. Long es ihm verschrieben hat«, sagte Sam.

»Ach, im Bett ist es doch langweilig!«, rief Fred. »Ich möchte lieber wieder in den Schuppen. Und ich will mal echte Detektive bei der Arbeit sehen.«

»In Wirklichkeit willst du doch bloß deine Fingerabdrücke vom Handrad der *Apache* abwischen, weil du da überhaupt nichts zu suchen hast«, sagte Sam trocken und Fred grinste wieder breit.

Das Museum

Das Tor war drei Meter hoch und Teil eines fast drei Meter hohen Maschendrahtzaunes, der oben mit dreireihigem Stacheldraht versehen war. Eine dicke Stahlkette mit Vorhängeschloss sicherte es gegen unbefugte Besucher. Fred zog seinen Schlüsselbund aus der Tasche, öffnete das Schloss und stieß das Tor weit auf, damit die drei ??? den Anblick genießen konnten.

»Toll, was?«, sagte er begeistert.

»Ähm«, begann Peter und Bob sagte lahm: »Hübsch.«

Vor ihnen lag ein trostloses, von struppigem Gras überwuchertes Gelände, in dessen Mitte ein alter Lokschuppen stand. Mehrere rostige Schienenstränge liefen darauf zu und endeten an einer Drehscheibe. An der Seite des Lokschuppens türmte sich ein großer Haufen verbogener, rostbrauner Schienen auf. Sonst war nichts zu sehen. Aus der Halle klangen laute Schläge herüber, als ob jemand mit einem Hammer auf Metall eindrosch.

Jasper tauchte auf und bellte, aber Fred schloss das Tor wieder ab und marschierte einfach los. Jasper sah wohl ein, dass die drei ??? keine Gefahr für sein Territorium darstellten, und trottete neben ihnen her.

»Gut gesichert«, sagte Justus. »Ihr wollt wohl gar keine Besucher haben?«

»Sehr witzig. Das Museum ist geschlossen und Unbefugte sollen sich eben nicht zwischen den Loks herumtreiben. Das ist viel zu gefährlich. Außerdem halten Jasper und der Zaun auch Leute wie Campbells Schläger ab. Sonst wäre nämlich bald nichts mehr da, was dein Onkel für den Schrottplatz kaufen könnte.«

Justus blickte sich auf dem trostlosen Gelände um. Ihm war ein wenig mulmig zumute. Onkel Titus verließ sich auf ihn und Mr Kingsley ebenfalls – aber was er bisher sah, ließ ihn befürchten, dass sein Onkel den großen Platz am Zaun umsonst freigeräumt hatte. Nicht einmal Onkel Titus konnte verbogene, rostige Schienen verkaufen.

Fred schien solche Befürchtungen nicht zu hegen und führte sie zum Lokschuppen, dessen riesige Tore offen standen. Und hier sah es tatsächlich schon besser aus.

In diesem Museum gab es keine Vitrinen, keine Podeste oder Absperrseile. Die eine Hälfte des alten Schuppens war wie ein Bahnhof von 1900 aufgebaut, in dem man herumgehen und alles anfassen konnte. Altmodisch gekleidete Wachsfiguren saßen auf den Holzbänken oder standen mit ihren Koffern und Taschen am Bahnsteig. Einige hielten Zeitungen in den Händen, andere starrten auf den uralten, vergilbten Fahrplan. Auf den Schienen in der Mitte der Halle stand die *Sequoia* samt Tender. Von dort kam auch das Hämmern, das die Jungen gehört hatten: Carl Sheehan, der Lokführer, ging um die Lok herum und schlug mit einem langstieligen Hammer gegen die Metallteile, um zu prüfen, ob sie fest saßen. Er nickte den drei ??? kurz zu, kümmerte sich aber nicht weiter um sie.

Auf einem weiteren Schienenstrang standen die restlichen Prunkstücke des Museums: drei weitere alte Dampfloks. Die größte von ihnen, ein riesiges schwarzes Ungetüm mit vierzehn Rädern, war seitlich aufgeschnitten worden, sodass die Jungen die Rohre im Kessel sehen konnten. Ihre Nachbarin wirkte dagegen winzig: Sie hatte nur sechs Räder, war kaum halb so lang wie die große Lok und hatte einen Dampfdom und einen Schornstein aus poliertem Kupfer, sodass sie eher wie ein Spielzeug aussah. Neben der dritten Lok, die fast nur aus einem grauen Stahlkessel mit einem hohen Schornstein und einer Führerplattform bestand, lag ein Haufen schwarzer Metallstücke wie die letzten Teile eines Bausatzes. Jasper trottete zu dem freien Platz zwischen den Loks und ließ sich genau in der Mitte nieder, um alles im Blick zu behalten.

»Mensch«, sagte Peter ehrfürchtig. »Ist das toll!«

»So etwas sollte gar nicht verkauft werden!«, sagte Bob. »Und jetzt weiß ich auch, woran mich diese Dampfkessel erinnern – an unseren Dicken Bauch zu Hause!«

»Wie bitte?«, fragte Fred verwirrt. »Dicker Bauch?«

»Mich brauchst du gar nicht anzugucken!«, sagte Justus. »Der Dicke Bauch war einer unserer Geheimgänge in die Zentrale – das ist unser Detektivbüro in Rocky Beach.«

»Ihr habt sogar ein echtes Büro?«, staunte Fred. »Und was für Fälle habt ihr schon aufgeklärt? Mr Kingsley sagt, ihr seid sogar richtig berühmt da drüben an der Küste! Ihr wart auch schon in der Zeitung! Was war denn der spannendste Fall, den ihr –«

»Erzählen wir dir alles später, ja? Im Moment interessiert uns das Museum viel mehr. Warum ist die Lok da hinten halb durchgeschnitten?«

Mit der Bereitwilligkeit eines echten Fans ging Fred auf die Ablenkung ein. »Das ist die *General Custer*«, erklärte er stolz. »Wenn wir Schulklassen hier hatten, haben wir ihnen gezeigt, wie so eine Dampflok funktioniert, wie der Dampf die Zylinder antreibt und die Bewegung an die Räder weitergegeben wird und so weiter. Die Lok in der Mitte ist die *Apache*, aber sie fährt nicht, weil die Rauchkammer undicht ist. Der Trümmerhaufen da drüben ist die Nr. 56 – sie wurde 1856 gebaut und ist die älteste erhaltene Dampfmaschine an der Küste. Und die *Sequoia* wurde 1902 gebaut und stand ab 1940 jahrzehntelang vergessen in einem Schuppen in Trona. Carl und Sam haben sie vor zehn Jahren für das Museum restauriert. Sie ist ein bisschen zickig und der Tender ist viel zu klein für die Menge Kohlen, die sie braucht, aber es ist der Originaltender und es macht riesigen Spaß, mit ihr zu fahren. Soll ich euch herumführen?«

»Auf jeden Fall!«, rief Bob und Peter nickte begeistert. Justus zögerte und nickte dann auch.

Mit großer Begeisterung erklärte Fred den drei ??? die Funktion merkwürdiger Werkzeuge und Gerätschaften und warf mit Wörtern wie ›Kesselspeiseventil‹, ›Splinthaken‹, ›Bremszettel‹ und ›Feuerbüchse‹ um sich, bis ihnen die Köpfe brummten. In der Schalterhalle zeigte er ihnen die originalen Zeitungen von 1904 und einen Holzkarren voller uralter Bücher.

»Jeder der Passagiere auf dem Bahnsteig hat eine echte Fahrkarte von 1904 und in allen Koffern sind Kleidungsstücke und Dokumente. Man kann alles aufmachen und ansehen. Mr Kingsley hat Jahre gebraucht, um das alles zusammenzutragen!«

Justus setzte sich auf eine antike Holzbank, während Peter und Bob in den Zeitungen und Büchern stöberten. Fred warf ihm einen Blick zu, dachte nach und fragte plötzlich unsicher: »Meinst du, dein Onkel kann mit dem ganzen Kram etwas anfangen?«

Justus nickte. »Auf jeden Fall. Aber Bob hat eigentlich recht. So eine Sammlung sollte man weder verkaufen noch auseinanderreißen.«

»Etwas anderes bleibt uns aber nicht übrig.«

»Könnte man nicht das ganze Museum anderswo aufbauen?«, fragte Bob. »Oder den gesamten Bestand an das Eisenbahnmuseum in San Francisco verkaufen?«

»Die haben ja selbst kaum Geld. Und Mr Kingsley hat einfach die Nase voll. Mrs Kingsley ist fertig mit den Nerven, und Sue – na ja, ihr habt sie ja erlebt. Egal was sie sagt, es ist alles Gift, weil sie so wütend ist, dass ihr Vater aufgibt.«

»Aha«, sagte Justus. »Hör mal – als ich dir den Unbekannten im Zug beschrieben habe, hast du gefragt, ob er ein Chinese sei. Jetzt ist Zeit genug, das zu erklären. Hast du einen Verdacht?«

»Nicht so direkt.« Fred fuhr sich mit der Hand durch die Stoppelhaare. »Ich dachte, es könnte vielleicht Dr. Long sein. Aber –«

»Dr. Long!«, rief Peter. »Der kam uns auch gleich komisch vor!«

»Aber Dr. Long würde mich nie im Leben niederschlagen!«, rief Fred. »Der wird ja nicht mal wütend, wenn ihn ein paar Idioten auf ihren Mopeds über den Haufen fahren!«

»Ist so etwas schon einmal passiert?«, fragte Justus.

»Dauernd. Und er steht immer bloß auf, wischt sich den Staub vom Anzug und geht weiter, als wäre es ihm ganz egal.«

»Mir kam er auch nicht gerade gewalttätig vor«, sagte Bob. »Fährt er denn öfter mit dem Zug?«

»Eigentlich nicht. Er hat ein kleines Auto, mit dem er durch die Berge kurvt. Diese ganze Aktion im Zug passt überhaupt nicht zu ihm.«

»Warum verdächtigst du ihn dann?«, fragte Justus.

»Wegen der chinesischen Schriftzeichen auf den Transparenten. Und weil er der Hüter des Schreins ist.«

Bob zog die Augenbrauen hoch. »Es wurde also doch ein Schrein für die toten Chinesen gebaut?«

»Ja, aber erst viel später. Dr. Longs Familie kümmert sich darum und sie haben den Schrein auch gebaut. Er steht auf dem Berg ganz in der Nähe des alten Tunnels. Der Chinesentunnel war ja der ursprüngliche Haupttunnel, aber nach dem Unglück wurde das eingestürzte Stück zugemauert. Danach wurde der neue Tunnel durch den Berg getrieben. Aber in letzter Zeit ging dann der Spuk los. Das sind die Toten, die im Tunnel waren und nie geborgen wurden. Ihr habt sie ja auch gehört.«

»Wir haben merkwürdige Geräusche gehört«, stellte Justus richtig. »Das heißt nicht, dass es die – hm – Toten waren.«

»Das kannst du doch gar nicht wissen«, sagte Fred. »In Irland und China zum Beispiel gibt es massenweise Geister und jeder glaubt daran. Warum sollte es hier anders sein?«

»Über Irland und China mache ich mir im Moment keine Gedanken.« Justus setzte sich auf eine der alten Holzbänke und ließ den Blick über die Wachsfiguren schweifen. Sehr rasch hatte er herausgefunden, wo eine fehlte. Vorn am Bahnsteig war eine größere freie Fläche, von der ein kleines Stück heller war als der Rest, als hätte hier sehr lange etwas gestanden. Das musste die Figur von Mr Harrow gewesen sein. »Aber immer wenn wir in unseren bisherigen Ermittlungen auf übernatürliche Phänomene stießen, stellten sie sich als von Menschen gemacht heraus. Also können wir davon ausgehen, dass die Spukerscheinungen im Tunnel – Stöhnen, Kratzen, Nebel und so weiter – von jemandem erzeugt werden, der ganz offensichtlich nicht möchte, dass irgendjemand außer ihm den Tunnel benutzt. Es könnte Dr. Long sein, der mit den Transparenten auf die Toten hinweist und vielleicht einfach nicht möchte, dass ihre Ruhe gestört wird. Oder es könnte Mr Campbell sein, der die Museumsbahn sabotiert, um Mr Kingsley zur Aufgabe zu zwingen. Aber ehrlich gesagt glaube ich das nicht. Mr Campbell scheint mir eher die brutale Methode zu bevorzugen – Erpressungen, Drohungen, Schlägerbanden. Spuk liegt nicht auf seiner Wellenlänge. Und außerdem hat er sein Ziel bei Mr Kingsley doch schon erreicht.«

»Aber Mr Collins hat ihn doch beschuldigt, hinter der Sache zu stecken!«, sagte Bob.

»Verrückt!«, sagte Fred. »Campbell hat damit nichts zu tun. Dem ist der Tunnel völlig egal, er will bloß das Museum abreißen und sein Vergnügungszentrum bauen.«

»Das denke ich auch«, stimmte Justus zu. »Für die Vorgänge im Tunnel scheint mir jemand mit mehr Fantasie verantwortlich zu sein.« Unwillkürlich sah er wieder Carls entsetztes Gesicht vor sich, als er von der zerbrochenen Wachsfigur aufblickte. »Mit ziemlich böser Fantasie allerdings.« Wie beiläufig stand er auf und schlenderte zwischen den Figuren hindurch.

Dort wo die Figur von Mr Harrow gestanden hatte, erkannte er deutlich den Abdruck von zwei Schuhen und einem Koffer oder einer Tasche. Weitere Abdrücke gab es nicht. Der Boden war sauber gefegt. Offenbar wurde das Museum noch immer gut instand gehalten, obwohl es geschlossen war.

»Wirf nichts um!«, rief Fred ihm zu. »Mr Kingsley bringt mich um, wenn – he! Da fehlt ja einer! Carl!«, schrie er. »Carl! Komm her! Sieh dir das an! Mr Harrow ist weg! Jemand hat ihn gestohlen!«

Das Hämmern und Schrauben an der *Sequoia* brach ab. Gespannt sahen Justus, Peter und Bob zu, wie Carl um die Lok herumging und auf den Bahnsteig zukam, wobei er sich mit einem Lappen die ölverdreckten Hände abwischte. Unten auf den Schienen blieb er stehen, warf einen kurzen Blick auf die leere Stelle und einen zweiten auf die drei ???. Sein Gesicht war hart und angespannt.

»Was redest du da für dummes Zeug?«, sagte er. »Er wurde nicht gestohlen.«

»Aber er ist weg!«, schrie Fred. »Du siehst doch, dass er weg ist!«

»Ja, er ist weg! Und jetzt hör auf, hier herumzuschreien, davon kommt er auch nicht zurück.«

»Aber wo kann er denn hin sein?« Wild blickte Fred sich auf dem Bahnsteig um, als erwartete er, dass die Wachsfigur sich irgendwo hinter einer Säule oder dem Zeitschriftenstand versteckte.

»Er ist kaputtgegangen«, sagte Carl, blickte aber dabei nicht Fred, sondern die drei ??? fest an. »Ich bin dagegengestoßen und er fiel um und zerbrach in tausend Stücke. Und weil das Museum ohnehin in drei Tagen in alle Winde verstreut wird, halte ich es nicht für nötig, ihn für teures Geld zu reparieren. Ich werde Mr Kingsley den Schaden natürlich ersetzen.«

»Aber ausgerechnet Mr Harrow!«, klagte Fred. »Kein Mensch würde den alten Mr Smith oder Mrs Floyd vermissen, aber Harrow!«

»Ich sagte doch, ich ersetze den Schaden!«, fuhr Carl ihn an. Dann drehte er sich abrupt um und stapfte zur *Sequoia* zurück. Fred blickte ihm wütend nach. »Manchmal könnte ich ihm eine kleben – wenn ich groß genug wäre! Dem ist alles egal, was nicht direkt mit der *Sequoia* zu tun hat! Es geht doch nicht um das Geld, sondern um die Figur!«

»Was ist denn so Besonderes daran?«, fragte Bob harmlos. »Ich meine, wir wissen, dass er der Gründer von Harrowville war und dass sein Sohn im Tunnel ums Leben kam. Aber sonst –«

»An der Puppe hängt ein Geheimnis!«, rief Fred. »Mr Harrow war der reichste Mann der ganzen Westküste. Und als er starb, war kein Penny mehr da. All die Millionen – einfach futsch! Die Familie starb aus oder ging weg, aber im Chinesenviertel gab es einen Mann, der Wachsfiguren baute, und er bastelte diese Puppe und vererbte sie seinem Sohn, und der bastelte noch mehr Puppen und vererbte sie wieder und schließlich kaufte Mr Kingsley sie alle. Und der Mann, von dem er sie kaufte, sagte, er solle gut darauf aufpassen, weil das Glück von Harrowville damit zusammenhinge. Natürlich wurden sie immer wieder untersucht, weil alle dachten, es gäbe einen Hinweis auf das verschwundene Geld. Wir hatten sogar echte Detektive hier.« Er stockte. »Ich meine –«

»Schon gut«, sagte Justus. »Weiter.«

»Also, die Puppe wurde immer wieder untersucht und durchleuchtet und angepikst. Es hätte ja sein können, dass ein Schlüssel zu einem Bankschließfach drin war, klar? Oder irgendetwas anderes. Aber da war gar nichts. Auch kein geheimnisvoller Zettel mit Rätseln oder so. Bloß das Wachs und die Klamotten und die Art, wie er dastand.«

»Wie stand er denn da?«, fragte Peter.

»Na, so, als ob er sich ärgerte, weil der Zug nicht pünktlich kam. Er hielt seine goldene Uhr in der Hand und guckte ganz wütend drauf. Carl!«, schrie Fred so unvermittelt, dass die drei ??? und vermutlich auch Carl zusammenzuckten. »Was ist mit der Uhr? Ist die auch kaputt?«

Es gab eine längere Pause. Dann kam Carl wieder zum Vorschein. Er hielt etwas Glänzendes in der Hand und warf es auf eine Entfernung von fünf Metern zu den Jungen herüber. Peter griff es aus der Luft.

»Werdet glücklich damit«, sagte Carl und verschwand wieder hinter der Lok.

Die vier Jungen drängten sich um die Uhr in Peters Hand. Es war eine alte Taschenuhr, sehr groß und klobig. Die Zeiger standen auf zehn Uhr dreißig. Natürlich ging sie nicht.

»Es ist kein echtes Gold«, sagte Fred überflüssigerweise. »Messing, glaube ich. Es wäre ja zu blöd gewesen, eine goldene Uhr in einem öffentlichen Museum rumliegen zu lassen, wo jeder alles anfassen kann.«

»Kann man sie aufmachen?«, fragte Bob.

»Schon tausend Mal passiert. Ich sage doch, es wurde alles untersucht. Da sind nicht mal echte Rädchen drin, das Gehäuse ist leer. Und da war auch nie ein Zettel drin. Und hinter dem Zifferblatt ist auch nichts versteckt.«

»Hm«, sagte Justus. »Können wir sie uns bis morgen ausleihen? Wir geben sie dir zurück, bevor wir wieder abfahren.«

Fred zögerte. »Ist gut«, sagte er endlich widerwillig. »Aber nicht vergessen!«

»Klar doch«, sagte Peter und steckte die Uhr ein. »Mann, bin ich gerädert. Wie spät ist es denn eigentlich? Ich meine jetzt, heute, hier, in unserem eigenen Jahrhundert?«

»Fast acht«, sagte Bob.

»Was?«, schrie Fred. »Ich muss ja nach Hause! Sam bringt mich um! Carl lässt euch raus, ja? Bis morgen!« Schon rannte er aus der Halle. Jasper fuhr hoch und starrte ihm nach. Aber offenbar war er an solche plötzlichen Aufbrüche gewöhnt, denn er stieß nur ein tiefes, fast menschliches Seufzen aus und senkte den schweren Kopf wieder auf die Pfoten.

»Carl, Mr Kingsley, Sam«, zählte Peter auf. »Gibt es eigentlich jemanden, der Fred aus irgendeinem Grund *nicht* umbringen will?«

»Kann ich mir nicht vorstellen«, sagte Bob und genoss die Stille in der dämmerigen alten Halle. »Der ist ja unruhiger als eine kräftig geschüttelte Schachtel Wespen.«

»Er ist schon in Ordnung.« Das war Carls Stimme von der *Sequoia* her. Plötzlich war er wieder aufgetaucht und stand nun vor dem massiven schwarzen Umriss der Lok. »Er hat hier ein bisschen Leben in die Bude gebracht. Und er hängt an den Loks und all dem alten Krempel. Für manche Dinge ist er allerdings ein wenig zu …« Er schien nach dem richtigen Wort zu suchen.

Die drei ??? sprangen vom Bahnsteig herunter und gingen zu ihm. »Jung?«, half Bob aus. »Wie alt ist er? Vierzehn?«

»Dreizehn«, sagte Carl. »Aber das meinte ich nicht. Er ist … nun ja, vielleicht altmodischer als andere Jungen in seinem Alter. Keine Horrorvideos, kein Gemetzel am Computer, kein Rollenspiel, keine Zigaretten oder Drogen auf dem Schulhof. So etwas ist nicht seine Welt. Heute will jeder Junge Popstar oder Rennfahrer sein. Aber Fred träumt davon, Dampfloks zu fahren – wie Sam und ich, als wir Kinder waren. Und in diesem Traum gibt es für ihn nichts Böses. Wir haben versucht, ihm das zu erhalten, so lange es ging.«

»Ich verstehe«, sagte Justus. »Deshalb haben Sie nichts von der überfahrenen Puppe gesagt und die Geschichte über den zerbrochenen Scheinwerfer erfunden. Aber Sie wollten doch zur Polizei gehen.«

»Welchen Sinn hätte das noch?«, sagte Carl bitter. »In drei Tagen ist hier alles vorbei. Die Bahn wird stillgelegt, der Tunnel endgültig zugemauert. Dann ist es mit dem Spuk, den Transparenten und allen anderen Dingen zu Ende.«

»Und niemand versucht herauszufinden, um was es geht?«, fragte Justus ungläubig. »Das kann ich mir nicht vorstellen. Was stand denn eigentlich heute auf dem Transparent?«

Carl wischte sich die Hände an dem Lappen ab und sah die drei ??? dabei nicht an. »Heute war es ›Goodbye Harrow‹. Zusammen mit der Wachsfigur war es eine böse Anspielung auf den Ruin unserer Stadt, mehr nicht.« Er verzog den Mund zu einem humorlosen Lächeln. »Natürlich gibt es noch eine letzte Fahrt – morgen Abend, wenn wir euch nach Hause bringen. Wenn es dann noch ein Transparent gibt, steht darauf vermutlich ›Welcome Campbell‹ oder so etwas.«

»Dann meinen Sie, dass das alles von Mr Campbell ausgeht?«, fragte Justus.

»Nein, das meine ich nicht!«, sagte Carl scharf. »Und ihr solltet mit solchen Sprüchen vorsichtig sein. Mr Campbell ist ein sehr erfolgreicher Geschäftsmann, der Harrowville in die Zukunft führen will. Die ganze staubige Vergangenheit wird ausgekehrt und vielleicht ist das auch besser für die Stadt, wenn sie eine Zukunft haben soll. Es ist eben unser Pech, dass wir an der Vergangenheit hängen. – Geht jetzt«, sagte er unvermittelt. »Ich habe noch zu tun.«

Justus rührte sich nicht vom Fleck. »Ich würde gerne noch wissen, was Sie mit der Uniformjacke gemacht haben, die die Harrow-Puppe trug. Sie gehörte nicht zu der Figur. Kennen Sie den Besitzer?«

»Nein. Sie war nur noch ein zerfetzter Lumpen und

ich habe sie verbrannt. Zieht das Tor hinter euch zu, wenn ihr geht, ich schließe dann nachher ab.«

Es war klar, dass die drei Detektive nichts mehr aus ihm herausbringen würden, und so gingen sie nach draußen. Es wurde jetzt rasch dunkel. Das Licht der untergehenden Sonne brannte über dem schwarzen Rücken des Berges. In der Luft, die jetzt kalt von der Wüste im Osten heraufwehte, lag ein leichter Rauchgeruch. Justus machte sich auf die Suche nach der Quelle des Geruchs, ohne etwas zu sagen. Peter und Bob blieben schweigend an seiner Seite. Fünfzig Meter vom Lokschuppen entfernt fanden sie ein altes Ölfass aus Metall, aus dem der dünne Rauchfaden stieg. Justus hob eine Eisenstange vom Boden auf und stocherte in der Asche herum. Er stieß auf zerfallene Stofffetzen, schwarz verfärbte Messingknöpfe und ein kleines viereckiges Metallplättchen. Peter hielt ihn fest, als er die Luft anhielt und sich vorbeugte. Als er wieder hochkam, hustete er und wischte das Plättchen an der Hose ab. In einer hübschen verschnörkelten Schrift war ein Name darauf eingraviert.

Carl Sheehan H. R. M. C.

In ihrem Zimmer angekommen, schlenkerte Peter die Schuhe von den Füßen und ließ sich auf sein Bett fallen. »Ich glaube, wir haben noch nie so oft ›Mischt euch nicht ein!‹ gehört wie in diesem Fall. Das nervt.«

»Wir haben es schon häufiger gehört.« Justus holte seinen Rucksack, kramte die gesamte Detektivausrüstung heraus und legte sie auf den Tisch, dann setzte er sich davor. »Aber normalerweise brüllen die Leute uns an. Hier ist es anders – sie haben schon aufgegeben.«

»Kein Wunder«, sagte Bob, der auf der Fensterbank hockte. »Sie haben nur noch drei Tage. Und wir fahren morgen Abend schon wieder ab. Da kann keiner mehr etwas rausreißen.«

»Andererseits wird doch eigentlich alles besser.« Peter faltete die Hände hinter dem Kopf und schaute zur Decke hoch. »Der Tunnel wird zugemauert, der Spuk hört auf, nichts liegt mehr gruselig auf den Schienen herum, wo es nicht hingehört, und Mr Campbell baut einen coolen Vergnügungspark, der die Leute anlockt und damit Geld in die Stadt bringt. Gut, für das Museum ist es natürlich Pech, aber – ganz ehrlich, ich habe schon Geisterstädte gesehen, in denen mehr los war als hier. Was machst du da eigentlich, Just?«

»Ich stelle fest, dass uns unsere Ausrüstung in diesem Fall nicht viel nützt«, sagte Justus. »Und höre zu, wie du sehr gekonnt den *Advocatus Diaboli* spielst.«

»Den was? Tu ich doch gar nicht! Aber ihr müsst zugeben, dass an der Sache was dran ist!«

»Eben. An den Argumenten des Teufels ist meistens auch was dran. Das macht sie ja so teuflisch. Campbells Vergnügungspark würde sicher eine Menge Geld und Arbeitsplätze in die Stadt bringen. Mr Kingsley und seine Familie, Carl, Fred, Sam und ihre Verwandtschaft kommen bestimmt auch anderswo gut unter. Und Fred kann ja immer noch Popstar werden, wenn er schon keine Dampflok kriegt.«

»Was?« Peter prustete los, aber dann hörte er damit auf und runzelte die Stirn. »Aber wir fahren doch schon morgen Abend ab. Was können wir denn in den paar Stunden nach dem Frühstück herauskriegen?«

»Wir haben durchaus noch etwas mehr Zeit – und zwar die ganze Nacht«, sagte Justus. »Denken wir doch mal nach. Fred hat uns vorhin die ersten wirklichen Anhaltspunkte genannt. Bis dahin hatten wir zwar mehrere Verdächtige, aber kein Motiv – und kein wirkliches Verbrechen, wenn man Campbells miese Art der Stadtverschönerung nicht als Verbrechen bezeichnen will. Kein Mensch ist gezwungen, in den Tunnel zu gehen und sich dem Spuk auszusetzen.

Aber jetzt hat unser geheimnisvoller Täter einen Fehler begangen, vielleicht sogar zwei. Erstens warf er genau die Puppe vor den Zug, die angeblich der Schlüssel zum Glück der Stadt ist, und machte uns dadurch auf sie aufmerksam. Zweitens schlug er Fred nieder, als er das Eis aus dem Kühlschrank holte. Dadurch hat sich unser ursprünglicher Fall ganz erheblich erweitert, denn wir wissen jetzt, dass der Spuk im Tunnel nur die eine Hälfte des Rätsels ist. Die andere Hälfte ist das Museum. Und ich glaube, dass Carl ganz genau weiß, was da im Tunnel vorgeht.«

»Wieso?«, fragte Peter.

»Weil er sehr wütend darüber war, dass Fred diesmal mitgefahren war. Er verbot ihm, in die Nähe des Kühlschranks zu kommen. Und später schlug jemand Fred nieder, als er doch hinging.«

»Aber Carl kann doch nicht die Lok während der

Fahrt verlassen und Fred niedergeschlagen haben«, sagte Bob. »Das geht nicht. Und ich glaube auch nicht, dass er so etwas tun würde.«

»Ich ja auch nicht. Aber nehmen wir mal an, dass Carl wusste, dass sich jemand in der Küche versteckt hielt. Jemand, der nicht gesehen werden wollte. Und jemand, der keine Ahnung hatte, dass Fred diesmal mitfuhr und seinen Job, den Fahrgästen Eis zu servieren, ordentlich erledigen wollte.«

»Mr 14 Prozent!«, rief Peter. »Dr. Long! Also sind er und Carl Komplizen! Aber wobei?«

»Keine Ahnung«, gab Justus zu. »Bei Dr. Long bin ich mir sehr unsicher. Und ich verdächtige Carl nur ungern, aber er hat ganz klar gelogen, als er sagte, er wisse nicht, wem die Uniformjacke gehört. Es war seine eigene. Und jetzt erinnert euch mal, wie er aussah, als er neben der Puppe stand. Wie sein eigenes Gespenst. Er war zu Tode erschrocken – nicht weil er gerade etwas überfahren hatte, das auf den ersten Blick wie ein Mensch aussah. Sondern weil er etwas überfahren hatte, das einen Menschen namens Carl Sheehan darstellen sollte.«

Bob zog die Knie bis ans Kinn hoch. »Aber dann ist er doch ein Opfer, kein Täter.«

»Auf jeden Fall weiß er etwas. Und glücklich ist er darüber nicht. Wir müssen herausfinden, was das Geheimnis der Wachsfiguren ist, warum die Harrow-Figur mit Carls Jacke vor den Zug geworfen wurde, warum Carl darüber nicht reden will und warum Fred im Speisewagen außer Gefecht gesetzt wurde.«

»Vielleicht wollte der Täter nicht, dass Fred die Lampen für die Tunneldurchfahrt rechtzeitig anzündet«, meinte Bob.

»Guter Gedanke. Aber wozu?«

»Damit Carl und Sam das Transparent nicht rechtzeitig sehen konnten.«

»Dann hätte er doch eher den Scheinwerfer zerschossen. Und ganz gleich was Carl den anderen erzählt hat – wir haben gesehen, dass der Scheinwerfer in Ordnung war.«

»Und sie wären in jedem Fall einfach durch das Ding hindurchgefahren«, fügte Peter hinzu. »Carl hat nur gebremst, weil er dachte, er hätte einen Menschen überfahren.«

»Wisst ihr, was ich interessant finde?«, meinte Justus. »Überall stolpern wir über den Namen Harrow: Reginald Harrow, der Gründer der Stadt, und sein Sohn, der im Tunnel ums Leben kam. Die Familie, deren ganzes Geld plötzlich weg war. Und dann machte jemand eine Harrow-Figur und behauptete, daran hänge das Glück der ganzen Stadt.« Er überlegte eine Weile und stand dann auf. »Wir haben noch einiges zu tun heute Nacht. Ich schlage vor, wir gehen gleich los.«

»Was? Wohin? Was haben wir denn vor?«

»Ermitteln.«

Bob hatte gelernt, dass man Justus in einem solchen Moment nicht widersprechen und ihn auch nicht ausfragen konnte. Das heißt, man konnte es schon, wenn man endlos viel Mühe und Energie nutzlos verschwenden wollte. Also schwang er die Beine vom Fensterbrett. »Und wo gehen wir hin?«

»Zu Fred, dem Unschuldslamm.«

»Mitten in der Nacht? Wozu?«

»Um ihn zu einem Einbruch anzustiften.«

Nächtlicher Einbruch

Fred, das Unschuldslamm, war rasch gefunden. Mrs Kingsley sagte ihnen, dass er nur drei Straßen vom Museum entfernt bei seinem Onkel Sam wohnte, und gab ihnen die Adresse. Als sie dort ankamen, sahen sie durch das Fenster Sam Reilly am Küchentisch sitzen. Er bastelte an einem Maschinenteil herum. Im Zimmer daneben hockte Fred mit dem Rücken zum Fenster vor einem Computerbildschirm. Peter warf einen Blick auf den Bildschirm und kicherte. »Kein Gemetzel am Computer, dass ich nicht lache. Wisst ihr, was der spielt? ›Zombie-Orks!‹«

»Zombie-Orks kann er heute Nacht auch kriegen«, grinste Justus und klopfte an die Scheibe. Verstört fuhr Fred hoch und starrte die drei zähnefletschenden Orks vor seinem Fenster aus aufgerissenen Augen an. Dann wurde ihm klar, wer sie waren, und er öffnete schnell das Fenster. Peter und Bob kletterten flink hinein, Justus folgte etwas langsamer.

»Mensch! Wie habt ihr mich gefunden? Ihr habt mir doch kein Peilgerät untergejubelt, oder?«

»Routinearbeit«, sagte Justus lässig. »Hör zu, Fred, wir müssen ins Museum.«

»Jetzt?«

»Jetzt. Leihst du uns deinen Schlüsselbund?«

»Den geb ich nicht aus der Hand. Ich komme mit!«

»Kommt nicht infrage.«

»Doch! Ohne mich kommt ihr gar nicht an Jasper vorbei! Was wollt ihr überhaupt im Museum?«

»Ein paar Dinge untersuchen.«

»Da braucht ihr mich erst recht. Schließlich kenne ich da drin jede Schraube und jeden Fetzen Papier.«

»Und wenn dein Onkel dich vermisst?«

»Wird er nicht. Der will das Ventil unbedingt heute noch reparieren. Was bin ich froh, dass endlich mal jemand etwas tut! Alle anderen sagen bloß immer, man soll sich abfinden. Was brauche ich für eine Ausrüstung?«

Zu Peters und Bobs Überraschung gab Justus, der sonst alle Einmischung von außen kategorisch ablehnte, ohne Knurren nach. »Eine Taschenlampe. Und ein Stück gelbe oder grüne Kreide.«

»Wofür?«

»Zur Unterscheidung, falls wir etwas markieren müssen. Ich habe weiße, Bob hat rote und Peter blaue.«

Fred kroch unter seinen Schreibtisch, kramte in einer Kiste und tauchte mit ein paar Kreidestücken wieder auf. »Das ist aber altmodisch. Warum nehmt ihr kein Spray?«

»Zu laut, stinkt, passt nicht in die Hosentasche und geht nicht wieder ab. Wo ist nun dein Schlüsselbund?«

»Ich hol ihn.« Fred lief aus dem Zimmer und kam gleich darauf mit dem Schlüsselbund wieder. »Müssen wir uns noch maskieren oder so?«

»Wie bitte? Wir sind doch nicht die roten Rächer. Wir sind Detektive und jetzt gehen wir los und ermitteln.«

»Na endlich«, murmelte Peter.

Alle vier kletterten aus dem Fenster und machten sich auf den Weg zum Museum.

Jasper freute sich über die Abwechslung und heftete sich seinen neuen Freunden an die Fersen, als sie zum Lokschuppen schlichen. Fred zog die Hallentür auf und sie huschten hindurch. Der Schein der Taschenlampen zuckte über die schwarzen Loks und die bleichen Gesichter der Wachsfiguren.

»Die armen Kerle«, sagte Bob halblaut und belustigt. »Sie warten und warten, aber der verflixte Zug kommt einfach nicht.«

»Es muss doch einen Grund haben, dass dieser chinesische Künstler und sein Sohn sie hergestellt haben«, sagte Justus. »Irgendein Hinweis muss darin versteckt sein. Fred, sind eigentlich alle Figuren durchsucht worden?«

»Ja, natürlich.«

»Dann suchen wir noch mal.«

Bob nickte. »Und worauf sollen wir achten? Wenn einer von denen einen Schlüssel in der Tasche oder um den Hals hängen hätte, wäre das doch sicher jemandem aufgefallen.«

»Dann ist es eben etwas anderes«, sagte Justus. »Haltet Ausschau nach irgendetwas, das euch auffällt.«

»Und was machst du?«

»Ich sehe mir mit Fred die Loks an.«

Aber es war schwierig, nach etwas zu suchen, von dem man nicht wusste, was es war. Nach einer Stunde ziellosen Herumwühlens in Jackentaschen, Kisten, Schubladen und alten Koffern trafen sich alle vier am Trittbrett der *Sequoia* und setzten sich hin. Jasper, der eifrig im Weg gewesen war, ließ sich vor ihre Füße fallen, gähnte und schloss die Augen.

»Toller Wachhund«, sagte Peter. »Ich kann nicht glauben, dass wir uns hier die Nacht um die Ohren schlagen und nicht mal wissen, wonach wir suchen müssen. Was machen wir jetzt?«

»Wir denken uns was anderes aus«, sagte Justus entschlossen. »Vielleicht sind es nicht die Figuren oder die Loks. Vielleicht ist es der Bahnhof.«

»Man merkt, dass du müde wirst«, sagte Bob. »Den Museumsbahnhof gab es doch damals noch gar nicht.«

»Und den richtigen Bahnhof auch nicht«, sagte Fred, rutschte zu Jasper hinunter auf den Boden und kraulte ihn. »Der wurde erst in den Vierzigerjahren gebaut, nachdem der alte abgebrannt war.«

»Dann ist es vielleicht doch die Figur von Mr Harrow.« Justus versuchte, sich die Einzelheiten der Figur im Tunnel ins Gedächtnis zu rufen, aber er sah nur den starren Blick der Glasaugen vor sich. »Aber an die kommen wir ja nun nicht mehr heran.«

»›Das Glück von Harrowville‹«, murrte Peter. »Warum müssen die Leute eigentlich immer in verflixten Rätseln sprechen?«

»Und woher konnte dieser Chinese das überhaupt wissen?«, fragte Bob. »Mr Harrow hätte ihm ja dann sagen müssen, was aus dem Geld geworden ist. Aber ich habe eigentlich den Eindruck, dass Mr Harrow zu einem Chinesen nur zwei Worte gesagt hätte, nämlich: ›Hau ab!‹«

»Vielleicht geht es ja auch gar nicht um das Geld«, sagte Fred. »Vielleicht hat er ja doch alles ausgegeben und wollte es nur niemandem sagen. Sein Zug zum Beispiel muss ja wahnsinnig teuer gewesen sein. Schade, dass er im Berg verschüttet wurde – ich hätte mir die Lok gerne mal angesehen.«

Justus, Peter und Bob starrten auf ihn hinunter. »Augenblick mal«, sagte Justus. »Was hast du da gerade gesagt? Er hatte einen eigenen Zug? Und der war in das Unglück verwickelt?«

»Ja, es war sein Privatzug. Sein Sohn wollte damit nach Sterling fahren. Mein Onkel hat mal gesagt, es sei ziemlich gemein von den Chinesen, Harrow als Wachsfigur darzustellen, die auf einen Zug wartet, wo doch sein Sohn in genau diesem Zug ums Leben gekommen ist – und das dann ›das Glück von Harrowville‹ zu nennen.«

Jasper hob plötzlich den Kopf und starrte zur Tür.

»Lampen aus!«, zischte Justus. Peter und Bob schalteten sofort die Taschenlampen aus und Fred reagierte mit kurzer Verspätung ebenfalls. Jasper sprang auf und trabte zur Tür, die sie von ihrem Platz hinter der *Sequoia* nicht sehen konnten. Dort wurde es ein wenig heller – offenbar leuchtete jemand mit einer Taschenlampe herein. Die vier Jungen saßen völlig still. Das Licht wanderte durch die Halle, aber sie saßen im Schatten der *Sequoia* und rührten sich nicht.

»Ist hier jemand?«, fragte der Neuankömmling, und sie erkannten Carls Stimme, die ein leises Echo in der Halle weckte.

»Ah – hallo, alter Bursche.« Das galt vermutlich Jasper. Aber gleich darauf fing der Hund an zu knurren.

»Was ist –«, begann Carl und verstummte abrupt. Jasper knurrte weiter.

Dann hörten die vier Jungen eine neue Stimme, bei deren Klang sich ihre Nackenhaare aufstellten. Es war eine Männerstimme – ölig, leise und voll höhnischer Bosheit.

»Na, na … freuen Sie sich denn gar nicht, mich zu sehen? Halten Sie das Vieh fest oder Kingsley hat die längste Zeit einen Hund gehabt.«

»Komm her, Jasper«, befahl Carl. Jasper knurrte weiter. »Komm her! Stecken Sie das verdammte Ding weg. Sie wissen genau, dass das nichts bringt.«

»Es bringt eine ganze Menge, mein lieber Freund.« Die böse Stimme lachte leise. »Sie haben den Köter, ich habe die Pistole. Was wäre wohl schneller?«

»Ich halte ihn ja fest. Was zum Teufel wollen Sie hier?«

»Oh, Sie wissen doch ganz genau, was ich will. Ich habe Sie bestimmt schon hundert Mal danach gefragt.«

»Und ich sage Ihnen zum hundertsten Mal, ich habe keine Ahnung, wo das Dreckszeug ist.«

»Und wie die hundert Mal davor glaube ich Ihnen nicht.« Es gab eine Pause. Die vier Jungen wagten nicht zu atmen.

»Sagen Sie«, begann die Stimme dann wieder, »es

scheint, als ob eine Ihrer kostbaren Figuren dort drüben fehlt. Na so etwas … wäre das etwa der arme, bedauernswerte Mr Harrow? Was kann ihm denn nur zugestoßen sein? Ist er etwa … *zerbrochen*?«

»Gehen Sie zum Teufel, Reno«, sagte Carl mit gepresster Stimme. »Ihr verdammter Streich hat Ihnen auch nichts genützt. Ich weiß nicht, wo das Zeug ist, und daran können auch tausend Wachsfiguren auf den Schienen nichts ändern! Und jetzt hören Sie mal zu. Es wird keine weiteren Fahrten nach Owens Peak geben. Es ist zu auffällig und ich musste mir heute schon ein paar dumme Fragen gefallen lassen. Und Sie haben Fred verletzt. Ich habe Ihnen gesagt, was ich tue, wenn irgendjemandem ein Haar gekrümmt wird. Suchen Sie doch, wo Sie wollen, und sprengen Sie sich am besten gleich selbst in die Luft! Aber lassen Sie mich endlich in Ruhe!«

»Ich verstehe«, sagte der Mann namens Reno. »Tausend Wachsfiguren können an Ihrer Meinung nichts ändern, sagen Sie? Das ist schade.« Er schien zu überlegen. »Nun … ich schlage vor, Sie überschlafen das Ganze noch einmal. Ich weiß ja, wie sehr Sie an diesem lausigen Museum und den alten Blechhaufen da hängen. Sie möchten doch sicher nicht, dass Kingsley plötzlich nicht einmal mehr etwas hat, was er am Dienstag verkaufen kann.«

»Was soll das heißen?«

»Ach, gar nichts. Wir sehen uns dann morgen. Oh, und halten Sie das Vieh fest, bis ich am Tor bin. Ich möchte es so gerne erschießen.«

In diesem Moment machte Fred eine unwillkürliche Bewegung, als wollte er aufspringen und aus dem Versteck hervorstürzen. Peter packte ihn blitzschnell an der Schulter, aber es war schon zu spät.

»Was war das?«, sagte Reno scharf. »Da war doch jemand! Warum hat der Köter nicht gebellt? Her mit der Taschenlampe!« So schnell sie konnten, krochen die vier Jungen unter die *Sequoia.* Sie drängten sich zwischen den großen Rädern zusammen und wagten kaum zu atmen.

Gleich darauf glitt der Strahl der Taschenlampe über das Trittbrett, auf dem sie gerade noch gesessen hatten.

»Hier ist niemand«, sagte Carl unnötig laut. »Es wird eine Ratte gewesen sein.«

»Dann ist der Hund ja noch unfähiger, als ich gedacht habe. Lassen Sie ihn doch mal los. Ich möchte doch zu gerne wissen, was für Ratten es hier zu jagen gibt.«

»Wenn ich ihn loslasse, gibt es nur eine einzige Ratte, die er jagen wird.«

Wieder stach das grelle Licht durch die dunkle Halle – und fiel durch die Speichen der riesigen Räder auf die Gesichter der vier Jungen. Aber Jasper knurrte jetzt wieder, tief und drohend, und achtete nicht auf Carl, der ihm leise zuredete. Und plötzlich riss er sich los und stürzte sich auf Reno.

»Nein, Jasper!«, schrie Carl, aber es war zu spät. Ein Schuss knallte und Jasper heulte auf. Gleich darauf flog die Taschenlampe in hohem Bogen beiseite und jemand rannte aus der Halle.

Die vier Jungen krochen unter der *Sequoia* hervor und

Fred stürzte sofort auf Carl und Jasper zu. »Jasper! Bist du okay? Jasper, sag doch was!«

Der Hund winselte, aber er stand auf den Beinen und wedelte mit dem Schwanz.

»Was soll er denn sagen?«, fragte Carl bissig. »Der Kerl hat danebengeschossen. Er ist in Ordnung. Was zum Teufel habt ihr hier zu suchen? Ich dachte, ihr hättet versprochen, euch herauszuhalten.«

»Ja, Sir«, sagte Justus. »Das war, bevor wir die verbrannte Uniformjacke gefunden hatten und uns klar wurde, dass der Anschlag im Tunnel nicht dem Museum galt, sondern Ihnen.«

»Carl!«, platzte Fred heraus. »Wer war das? Was will er von dir? Wieso hat er dich bedroht? Was für ein Anschlag? Warum sagt er, du seist schuld an Mr Kingsleys Ruin? Das stimmt doch nicht!« Er machte eine Pause und die drei Detektive konnten geradezu hören, wie es in seinem Kopf arbeitete. Und endlich setzte er zweifelnd und verunsichert hinzu: »Oder?«

Carl antwortete nicht sofort. Er streichelte Jasper, der sich das gerne gefallen ließ. Nach einiger Zeit zuckte Carl die Achseln, drehte sich um und ging zur *Sequoia* hinüber, wo er sich aufs Trittbrett setzte. Jasper, der ihm gefolgt war, drängte sich sofort wieder gegen seine Knie und wurde mit einem erneuten Streicheln belohnt. Er ließ ein wohliges Brummen hören. Leider war er der Einzige, der sich wohlfühlte.

»Der Mann heißt Devlin Reno«, sagte Carl endlich. »Er kommt aus San Francisco. Das ist auch schon alles, was ich über ihn weiß.« Er schwieg wieder, als sei damit alles gesagt.

»Und was will er von dir?«, bohrte Fred nach. »Der hat dich doch eiskalt erpresst! Was ist das Zeug, nach dem er sucht? Habt ihr mal zusammen eine Bank ausgeraubt und du bist mit der Beute abgehauen?«

»Red nicht so einen Quatsch!«, sagte Carl scharf. »Ich sagte doch, dass ich den Kerl kaum kenne.«

»Sie kennen ihn aber doch gut genug, um ihn im Museumszug mitfahren zu lassen«, sagte Justus und Carl zuckte zusammen.

»Woher weißt du das?«

»Ich habe bei der Abfahrt in Sterling gesehen, wie jemand einstieg. Schwarze Haare, Sonnenbrille, glattes schwarzes Haar, schwarzer Anzug. Das war doch dieser Devlin Reno, oder?«

»Ja«, gab Carl widerwillig zu.

»Und ich dachte, es sei Dr. Long!«, rief Fred. »So etwas Blödes! Warum hat mir denn dieser Kerl eins übergezogen? Was hab ich ihm getan?«

Carl wich seinem Blick aus. »Du hast etwas gesehen, was du nicht sehen solltest.«

»Etwas Graues, richtig?«, fragte Justus. »Im Kühlschrank oder in der Nähe des Kühlschrankes.«

»Stimmt!«, rief Fred. »Jetzt fällt es mir wieder ein. Ich nahm das Eis raus und da lag so ein komisches graues Päckchen. Sah aus wie ein Klumpen Knete oder so.«

»Das war es aber nicht«, sagte Justus und musterte Carl scharf. »Es war Plastiksprengstoff. Den Sie vermutlich in

Owens Peak gekauft und in den Kühlschrank gelegt haben, wo Reno ihn während der Fahrt bequem an sich nehmen konnte.«

Peter, Bob und Fred machten große Augen. »Wie kommst du denn darauf?«, fragte Peter.

»Ich habe es erst eben begriffen«, sagte Justus. »Als Sie zu Reno sagten, er solle sich selbst in die Luft sprengen.«

»Aber dann hätte uns ja der Zug die ganze Zeit um die Ohren fliegen können!«, schrie Fred.

»Nein«, sagte Carl. »Plastiksprengstoff braucht einen Zünder. Ohne Zünder ist er ungefährlich. Und je kälter er gelagert wird, desto geringer ist die Gefahr.«

»Also deswegen waren Sie so wütend auf Fred, als Sie entdeckten, dass er mitgefahren war«, sagte Bob. »Es gehört zu seinem Job, Eis und Getränke zu verteilen, und dabei hätte er den Sprengstoff sehen können. Was ja auch passiert ist. Und Reno schlug Fred nieder, schloss ihn in der Toilette ein, nahm den Sprengstoff an sich –«

»– und stieg seelenruhig im Tunnel aus, als der Zug hielt«, sagte Justus. »Aber das war nicht geplant, oder?«

»Jedenfalls nicht von mir«, sagte Carl grimmig.

»Dann hatte ich doch recht!«, sagte Bob. »Wir waren nicht allein im Tunnel! Ich wusste doch, dass ich da etwas gehört hatte!«

»Dann war es wohl auch Reno, den ich gesehen habe. Er muss sich hinter der Mauer versteckt haben – vielleicht gab es einen Durchgang, den wir übersehen haben.« Justus runzelte die Stirn. »Und diese riesigen schwarzen Augen – das war seine Sonnenbrille! Er hatte die Sonnenbrille auf, hielt sich den schwarzen Anzug vor Mund und Nase und gab dieses schreckliche Stöhnen von sich, um uns zu erschrecken.«

»Bei mir hat es gewirkt«, sagte Peter. »Toll – ein Erpresser und Bombenleger! Genau die Art von Mensch, mit dem man sich in einem Gespenstertunnel herumtreiben möchte. Da wäre mir ein Monster noch lieber gewesen.«

»Bombenleger?«, wiederholte Carl. »Nein, das ist er nicht. Den Sprengstoff braucht er, um den verschütteten Tunnel freizulegen.«

»Wozu denn das?«, fragte Fred verblüfft.

»Mensch, Fred!«, rief Bob. »Das ist doch klar! Er sucht den Zug! Er will ihn ausgraben, weil er glaubt, dass Harrows Geld darin versteckt ist!«

Justus und Peter starrten ihn an. Dann schaute Justus zu Carl hin. »Stimmt das?«

Carl nickte.

»Mensch«, sagte Fred ehrfürchtig.

»Und was will er dann von Ihnen?«, fragte Justus.

Der Lokführer verzog das Gesicht zu einem humorlosen Grinsen. »Er fährt zweigleisig. Er gräbt im Tunnel, aber gleichzeitig hofft er, auf eine einfachere Weise an das Gold herankommen zu können. Ich habe mich ziemlich ausführlich mit der Geschichte der Familie Harrow befasst und er glaubt, ich wüsste, wo das Zeug steckt. Aber ich weiß es nicht – und ich glaube auch nicht an diesen ganzen Unsinn. Wozu hätte Harrow sein Geld verstecken sollen – ganz gleich ob im Zug oder anderswo? Oder sein Sohn? Es ist einfach nur eine Legende, die aus dem

Unglück, Mr Harrows Tod, den Wachsfiguren und der Verarmung der Familie zusammengesponnen wurde.«

»Und das haben Sie Reno gesagt?«, fragte Bob.

»Ja, habe ich. Als Dank dafür hat er mein Haus angezündet. Nur durch Zufall ist es nicht abgebrannt. Von mir aus kann er im Tunnel graben und sprengen, bis er schwarz wird.« Carl stand auf. »Es ist spät. Geht ins Bett, Jungs. Ich schließe hier ab.«

»Warten Sie!«, rief Justus. »Wie kann dieser Kerl Sie erpressen? Was hat er gegen Sie in der Hand?«

»Tut mir leid, Justus, das werde ich dir nicht sagen.«

»Aber vielleicht können wir Ihnen helfen!«

»Nein, Justus. Du kannst mir nicht helfen und du wirst es nicht erfahren. Gute Nacht.«

»Ich glaube es einfach nicht!« Wütend trat Justus gegen das Tor. »Da lösen wir mit einem Schlag das Rätsel um den ganzen Tunnelspuk und sind trotzdem nicht einen Schritt weitergekommen!«

»Wie bitte? Ich finde, wir haben eine ganze Menge herausgefunden – und das in Rekordzeit.« Peter gähnte herzhaft. »Was willst du denn noch? Ich zum Beispiel will bloß noch ins Bett.«

»Ich auch«, sagte Bob und warf einen Blick auf seine Armbanduhr. »Leute, es ist fast eins!«

»Ich möchte zu gerne die Lok sehen«, sagte Fred und schubste die drei ??? zum Tor hinaus, um es sorgfältig ins Schloss zu ziehen. »Stellt euch vor, ein Originalzug von 1904!«

»Die Lok wird doch nur noch ein zermalmter Trümmerhaufen sein«, sagte Peter. »Da gibt's sicher nicht mehr viel zu sehen, selbst wenn sie ausgegraben wird.«

»Kollegen!« Justus hatte ihnen überhaupt nicht zugehört. »Wir haben noch immer das Rätsel der Wachsfiguren zu lösen!«

»Wieso?«, fragte Bob. »Es geht doch um Harrows Geld, oder? Und das ist entweder ganz weg oder im verschütteten Zug, an den man nicht herankommt. Zack, Rätsel gelöst. Dafür brauchen wir die Figuren nicht.«

»Und können ins Bett gehen.« Peter gähnte wieder.

»Nein!«, rief Justus. »Wir müssen mit Dr. Long reden!«

»Justus!«, fuhr Bob ihn an. »Was willst du denn um ein Uhr nachts noch herausfinden? Und was glaubst du, was Dr. Long dir erzählt, wenn du mitten in der Nacht bei ihm klingelst? Mach, was du willst – aber ich gehe jetzt schlafen! Gute Nacht!« Und ohne auf eine Antwort zu warten, marschierte er davon. Peter folgte ihm.

»Ich geh auch«, sagte Fred. »War schon aufregend, was? Ich hätte nie gedacht, dass Carl mit einem Verbrecher zu tun hat. Ich find's toll, Detektiv zu sein. Nacht, Justus!« Und er huschte davon.

Einsam und verlassen stand Justus vor dem Gelände des Eisenbahnmuseums und knetete an seiner Unterlippe.

Kurz darauf hatte er im Telefonhäuschen am Bahnhof eine Adresse nachgeschlagen und marschierte durch die schlafende Stadt. Die Straßen waren verlassen und von der Wüste wehte ein kalter Wind herauf. Justus fröstelte und dachte mit einigem Neid an Peter und Bob, die jetzt sicher schon in ihren warmen Betten lagen und schliefen. Aber der Fall ließ ihm keine Ruhe. Sie hatten schon so viel herausgefunden und nicht einmal mehr einen Tag Zeit, um das Rätsel zu lösen. Dabei hing so viel davon ab: das Glück einer ganzen Stadt, wenn man der Aussage des chinesischen Puppenmachers glauben konnte. Aber hing das Glück wirklich von dem verschwundenen Geld ab? Oder doch von etwas ganz anderem?

Zum Glück war es nicht weit bis zu dem Haus, das er suchte. Es stand für sich allein in einem kleinen Garten und als Einladung für Einbrecher standen gleich mehrere Fenster offen, eins davon im Erdgeschoss. In allen Räumen war es dunkel. Justus hoffte inständig, dass niemand zu Hause war, und stieg lautlos durch das Fenster ein.

Drinnen hielt er sich gerade lange genug in dem Raum auf, um zu erkennen, dass er hier nichts Nützliches finden würde. Dann öffnete er die Tür und schlich auf Zehenspitzen und mit angehaltenem Atem in den Flur. Rasch blickte er sich um. Drei weitere Türen und eine Treppe. Die erste Tür führte in die Küche, die zweite in eine Abstellkammer. Die dritte …

»Volltreffer«, flüsterte Justus triumphierend.

Er stand in einem Arbeitszimmer. Es war vollgestopft mit Bücherregalen, in denen Hunderte von Büchern und Dutzende von Aktenordnern standen.

Rasch und methodisch suchte Justus die Regale ab. Und bald hatte er gefunden, was er suchte. Er zog einen dicken Aktenordner heraus, knipste die Schreibtischlampe an und begann zu lesen. Und je länger er las, desto größer wurden seine Augen. Unwillkürlich stieß er einen leisen Pfiff aus und erschrak gleich darauf, als irgendwo in der Ferne das schrille Kläffen eines Koyoten ertönte. Dann hörte er plötzlich, wie jemand einen Schlüssel in das Schloss der Haustür steckte.

Blitzschnell knipste Justus das Licht aus. Die Haustür ging auf und wurde wieder geschlossen und dann näherten sich Schritte der Tür zum Arbeitszimmer. Es blieb keine Zeit, um den Aktenordner an seinen Platz zurückzustellen. Justus kauerte sich unter den Schreibtisch und hielt den Atem an.

Die Schritte verhielten kurz vor der Tür. Dann wurden sie wieder hörbar. Der Bewohner des Hauses ging an der Tür zum Arbeitszimmer vorbei und stieg die Treppe hinauf.

Justus schob sich unter dem Schreibtisch hervor, räumte den Aktenordner zurück ins Regal, stieg durch das Fenster und entschwand wie ein Geist in der Nacht.

Zu Besuch bei Dr. Long

»Justus! Willst du vielleicht mal aufstehen? Der Zug fährt gleich ab!«

»Was?«, schrie Justus, fuhr aus dem Tiefschlaf hoch und starrte aus wilden Augen um sich. »Wie spät ist es?«

Bob, der im Schlafanzug neben Justus' Bett stand, lachte. »Reg dich wieder ab. Es ist erst neun. Du hast immerhin acht Stunden Schlaf gehabt.«

Justus sackte in die Kissen zurück und wartete darauf, dass sein Herzschlag sich beruhigte. »Acht Stunden, dass ich nicht lache. Ich bin erst um vier eingeschlafen!«

»Wieso das denn?« Peter setzte sich jetzt ebenfalls im Bett auf und rieb sich die Augen. »Sag bloß nicht, dass du doch noch mitten in der Nacht zu Dr. Long gegangen bist.«

»Natürlich nicht. Ich habe euch beim Schnarchen zugehört und nachgedacht.«

»Und das Rätsel der Wachsfiguren mal eben im Alleingang gelöst?«, fragte Bob. »Klasse. Dann können wir ja jetzt in aller Ruhe frühstücken, uns ein paar hübsche Andenken aus dem Museum aussuchen und gemütlich nach Hause fahren, um morgen früh frisch und ausgeruht in die Schule zu gehen.«

»Leider Fehlanzeige. Ich bin der Lösung noch nicht sehr viel näher gekommen.«

»Aber doch ein bisschen näher?«, bohrte Bob.

»Unwesentlich«, brummelte Justus, wühlte den Kopf ins Kissen und schloss die Augen.

»O nein«, sagte Bob. »Wir haben einen Fall zu lösen. Raus aus den Federn!« Und schwungvoll riss er Justus die Decke weg.

Eine halbe Stunde später hockte Justus im Esszimmer am Frühstückstisch und nagte an einem Sandwich.

»Du liebe Zeit«, sagte Mrs Kingsley belustigt, während sie eine Kanne Kakao auf den Tisch stellte. »Was habt ihr denn heute Nacht angestellt?«

»Nichts«, versicherte Peter unschuldig. »Wir haben uns nur – äh – unterhalten. Über das Museum und so.«

»Ist schon ein tolles Museum«, fügte Bob unbedacht hinzu.

Mrs Kingsleys Lächeln verschwand. »Dann seht euch heute noch ein letztes Mal gut um. Morgen wird alles auseinandergenommen und bisher scheint ja nicht viel für deinen Onkel dabei zu sein, Justus.« Abrupt drehte sie sich um und ging in die Küche.

Ein wenig verspätet schreckte Justus hoch. »Wie bitte? Doch, es ist klasse, mir gefällt's auch …«

»Zu spät«, sagte Bob. »Sie ist schon weg.«

Justus blinzelte. »… oh.«

»Justus, unsere Denkmaschine«, sagte Peter. »Wie willst du eigentlich ein Rätsel lösen, wenn du vor Müdigkeit nicht mal merkst, dass dir der Honig aufs T-Shirt tropft?«

Justus blickte an sich herunter. »… Mist. Bin gleich wieder da.« Er stand auf und trottete aus dem Zimmer.

Eine Viertelstunde später kam er wieder herein – in einem sauberen T-Shirt, mit nassen Haaren, hellwach, topfit und bestens in Form. »Also, Kollegen, als Erstes gehen wir zu Dr. Long. Ich bin überzeugt, dass er uns ein paar nützliche Informationen geben kann. Und danach reden wir noch einmal mit Carl. Seid ihr endlich fertig mit dem Frühstück?«

In der Telefonzelle am Bahnhof warfen sie einen Blick in das zerfledderte Telefonbuch und fanden heraus, dass es zehn Longs in der Chan Valley Road gab, aber nur einen, der Arzt war. Justus rief sofort an. Die leise Stimme mit der präzisen Aussprache meldete sich schon beim zweiten Klingeln.

»Dr. Philip Long.«

»Guten Morgen, Dr. Long«, sagte Justus. »Hier spricht Justus Jonas von den drei Detektiven. Tut mir leid, dass wir Sie am Sonntag stören, aber wir hätten Sie gerne einmal gesprochen. Ist es Ihnen recht, wenn wir jetzt gleich bei Ihnen vorbeikommen?«

»Guten Morgen, Justus Jonas. Geht es um das verletzte Knie deines Freundes?«

»Das weniger«, sagte Justus. »Wir haben ein paar Fragen über die Wachsfiguren im Museum.«

»Ich erwarte euch«, sagte Dr. Long und legte auf.

Wie der Rest von Harrowville hatte auch die Chan Valley Road ihre besten Tage schon lange hinter sich. Die Straße, die parallel zu den Gleisen verlief, zweigte etwa dreihundert Meter hinter dem Bahnhof nach links ab und endete in einer Ansammlung eingeschossiger Reihenhäuser, die aussahen, als müssten sie sich aneinanderlehnen, um nicht umzufallen. Von den Wänden bröckelte der Putz ab und die Farbe an den rissigen Holztüren war aufgeplatzt. Hier und da hing Wäsche in einem kümmerlichen Vorgarten. In einigen Gärten standen kleine chinesische Pagoden. Vor einer Wäscherei hockte ein lachender chinesischer Buddha aus Stein, der mit Graffiti bedeckt war. Das Haus neben der Wäscherei war ausgebrannt.

Auf der Straße spielten ein paar chinesische Kinder Fußball, doch sie rannten sofort weg, als die drei ??? auftauchten. Den drei Detektiven war es unbehaglich zumute. Chan Valley war eine andere Welt: alt, verfallen, abweisend und fremd. Nur die staubigen Autos auf der Straße und die Satellitenschüsseln auf einigen der Häuser verrieten, dass man auch hier im Amerika der Gegenwart angekommen und nicht vor hundert Jahren stehen geblieben war.

Auch Dr. Longs Haus war schäbig und heruntergekommen. Ein weißes Metallschild neben der Tür verkündete ›Praxis Dr. Long‹ auf Englisch und ein kupfernes Schild mit chinesischen Schriftzeichen verkündete vermutlich dasselbe. Sprechzeiten gab es nicht. Justus marschierte auf das Haus zu und klingelte. Beinahe sofort öffnete Dr. Long ihnen die Tür.

Er steckte wieder – oder immer noch – in dem abgetragenen schwarzen Anzug, in dem sie ihn kennengelernt hatten. Eine dünne Nickelbrille saß auf seiner Nase und ließ ihn wie einen Buchhalter aussehen. Er lächelte nicht, als er die Jungen musterte.

»Kommt herein«, sagte er leise und höflich.

Drinnen führte er sie in ein kleines Arbeitszimmer voller Regale mit medizinischen, technischen und anderen Fachbüchern. Auch auf dem Boden stapelten sich bergeweise Bücher und medizinische Zeitschriften in mindestens vier verschiedenen Sprachen. Auf einem kleinen Arbeitstisch türmten sich Papiere zu gefährlichen Höhen. Justus' Tante Mathilda hätte hier wahrscheinlich erst einen Tobsuchtsanfall bekommen und dann einen großen Container bestellt.

Vor dem Tisch standen drei Stühle. Dr. Long wies die drei ??? mit einer Handbewegung an, sich zu setzen, und nahm dann auf dem abgewetzten Bürostuhl hinter dem Tisch Platz. Er lehnte sich zurück, faltete die Hände auf dem Tisch und schaute Justus, Peter und Bob der Reihe nach an. »Ich habe mich über euch informiert«, sagte er. »Ihr habt euch in Rocky Beach und an anderen Orten sehr erfolgreich als Detektive betätigt. Euer Inspektor Cotta bestätigt, dass ihr seine volle Unterstützung und sein Vertrauen genießt, und er lässt euch ausrichten, dass er wie üblich zurzeit nichts Besseres zu tun hat, als wie angenagelt neben dem Telefon zu sitzen und darauf zu warten, dass ihr ihm sagt, wo er die Verbrecher abholen kann.«

Er verzog nicht einmal das Gesicht, aber die drei ??? grinsten breit. Sie konnten sich genau vorstellen, wie Cottas brummige Stimme diese Nachricht durchs Telefon knurrte, während er in sich hineinlachte.

»Wir sind auf unsere Zusammenarbeit mit Inspektor Cotta auch sehr stolz, Sir«, sagte Justus. »Wir haben ihm schon oft wertvolle Hinweise geben können, und –«

»– und er hat uns dann aus den Schwierigkeiten herausgehauen, in die wir uns gebracht hatten«, unterbrach Bob, bevor es zu einer längeren Jonas'schen Selbstbeweihräucherung kommen konnte.

Dr. Long nickte ernst. Dann stand er unvermittelt auf und verließ das Arbeitszimmer. Die drei ??? blickten ihm überrascht nach, aber kaum zwei Minuten später war er schon wieder da, in den Händen ein hübsches lackiertes Tablett mit einer dampfenden Kanne und vier zierlichen Tassen. »Wir werden Tee trinken«, sagte er einfach.

In der Vielvölkerstadt Los Angeles und auch in Rocky Beach waren Chinesen durchaus nichts Exotisches, aber hier draußen in der Wüste fühlten sich die drei ??? Dr. Long gegenüber wie drei amerikanische Trampel. Um seine Unsicherheit zu überspielen, griff Justus sofort zu seinem bewährtesten Mittel und fing an zu reden. Ursprünglich hatte er Dr. Long wirklich nur ein paar Fragen stellen wollen. Aber der Arzt hörte ruhig und aufmerksam zu und plötzlich merkte Justus, dass er in epischer Breite alles erzählte, was ihnen seit der Abfahrt vom Bahnhof in Sterling widerfahren war. Er erwähnte auch, dass Carl ihnen von Devlin Reno erzählt hatte, der versuchte, an den verschütteten Zug heranzukommen. Von der Erpressung und der hässlichen Szene im Museum sagte er jedoch nichts.

»Uns interessieren nun diese merkwürdigen Transparente und die Wachsfiguren«, sagte er schließlich. »Mr Kingsley sagte, dass Sie ihm das chinesische Schriftzeichen mit ›blockiert‹ oder ›Tod‹ übersetzt haben. Wer könnte Interesse daran haben, ein solches Transparent in den Tunnel zu hängen?«

»Vielleicht jemand, der nicht möchte, dass die zwanzig chinesischen Toten vergessen werden«, erwiderte Dr. Long. »Natürlich macht mich das zu einem Verdächtigen.«

»Aber Sie hätten doch kaum ›Mehr Schrein als Sein‹ dazugeschrieben.«

»Das ist richtig.«

»Ich weiß nicht«, sagte Bob, »aber mir kommt es so vor, als ob da jemand versucht, den Chinesen etwas anzuhängen.«

»Vor einiger Zeit wurden mir einige Bücher gestohlen«, sagte Dr. Long scheinbar zusammenhanglos. »Sie waren nicht besonders wertvoll, aber darunter war auch ein chinesisches Wörterbuch.«

Justus schaltete sofort. »Und Sie vermuten, dass der Dieb einfach ein passendes Zeichen herausgesucht hat, um die Chinesen in Verdacht zu bringen?«

»Ich vermute gar nichts«, gab Dr. Long zurück. »Ich bin kein Detektiv.«

»Wann und wie wurden die Bücher denn gestohlen?«

»Es ist jetzt einige Monate her. Ich wurde zu einem Patienten gerufen. Als ich zurückkam, stand meine Haustür offen und das Schloss war herausgebrochen. Dieses Zimmer hier war völlig verwüstet, und als ich endlich alles aufgeräumt hatte, merkte ich, dass die Bücher fehlten. Der Dieb hatte keine Fingerabdrücke hinterlassen, und da die Bücher nicht wertvoll waren, gab die Polizei sich mit der Suche keine große Mühe.«

»Wer war denn der Patient, zu dem Sie gerufen wurden?«

»Mr Campbell. Allerdings war er wohl nicht sehr krank. Als ich bei ihm ankam, war er auf den Beinen. Er beschimpfte mich und jagte mich wieder fort.«

»Hm«, machte Justus. »Und was ist mit den Wachsfiguren? Wissen Sie, wer sie gebaut hat?«

»Sie wurden von verschiedenen Personen hergestellt«, erwiderte Dr. Long. »Ich könnte euch die Namen sagen, aber sie werden euch nicht weiterhelfen. Ich vermute, dass du wissen möchtest, was die Bemerkung ›an ihnen hängt das Glück von Harrowville‹ zu bedeuten hat.«

»Nun«, sagte Justus. »Äh – ja. Wissen Sie es?«

Der Arzt lächelte ein wenig. »Nein. Wie alle anderen vermute ich, dass diese Worte auf das verschwundene Geld hindeuten. Aber wenn ich wüsste, wo es ist, hätte ich nicht tatenlos zugesehen, wie unsere Stadt verfiel und meine Freunde einem habgierigen Geldhai weichen mussten. Ich würde auch etwas für meine eigenen Landsleute tun, denen es nicht gut geht. Aber ich weiß es nicht.«

»Um auf das Geld hinweisen zu können, musste der Mann, der die erste Figur gebaut hat, doch wissen, wo es war«, sagte Bob.

»Das ist richtig. Er war ein einfacher Arbeiter, der im

Bahnhof Schweißarbeiten, Reparaturen und Ähnliches erledigte. Er muss etwas gesehen oder gehört haben, das ihn auf den Gedanken brachte, sein Wissen zu verschlüsseln. In seiner Freizeit bastelte er Masken und Schmuck und um 1912 herum baute er die Wachsfigur von Mr Harrow.«

»Hm.« Peter nippte an seinem Tee. Cola wäre ihm lieber gewesen, aber er beherrschte sich mustergültig. »Wenn er wusste, wo das Geld war, warum holte er es sich nicht selbst?«

»Wenn es im Zug war, war es verloren«, sagte Dr. Long. »Ein chinesischer Arbeiter hatte weder das Geld noch die Zeit noch die Erlaubnis, auf eigene Faust herumzugraben, und er hätte auch Angst vor den Geistern der Toten gehabt. Und wenn es an einer anderen Stelle ist, kam er vielleicht nicht nahe genug heran oder hatte nicht die Möglichkeit, es herauszuholen. Vielleicht war er einfach nur ein vernünftiger Mensch und wusste, dass ihm dieser Reichtum kein Glück bringen würde. Mr Harrow war zwar in der Stadt wegen seiner Arroganz und Brutalität verhasst, aber sein Geld hätten alle gerne gehabt. Ein chinesischer Arbeiter wäre damit nicht weit gekommen.«

»Also machte er ein Rätsel daraus«, sagte Justus. »Aber eins ohne Worte und ohne Hinweise. Hatte die Figur eigentlich auch eine Reisetasche oder etwas Ähnliches?«

»Ja. Sie wurde eines Nachts gestohlen und später aufgeschlitzt und zerrissen in einem Vorgarten wiedergefunden. Falls sie jemals einen Hinweis enthalten hat, ist er lange verloren.«

»Wenn das Geld nun im Zug wäre und dieser Reno es finden würde«, sagte Bob. »Was würde dann passieren?«

»Er würde natürlich damit abhauen«, sagte Peter.

»Und wenn ein anderer es finden würde?«

»Wenn es Papiergeld wäre, würde niemand es auch nur anfassen«, sagte Dr. Long. »Geldscheine von 1904 sind heute nur noch wertloser Abfall. Es müsste schon echtes Gold sein und ich nehme an, dass sich dann sehr schnell irgendein verschollener Erbe der Familie Harrow melden und es beanspruchen würde. Es gäbe natürlich einen Finderlohn. Und der Staat würde ebenfalls einen größeren Betrag einstreichen. Aber dies ist alles nur eine Annahme. Ich selbst glaube nicht an einen Schatz – weder in den Trümmern des Zuges noch an einem anderen Ort.« Er goss sich noch ein wenig Tee ein. »Ich glaube, dass Mr Harrow sein Geld ausgegeben hat. Und daher kann dieser Mr Reno im Tunnel graben, so viel er will. Vielleicht legt er den Zug sogar frei und bekommt dann dafür eine Belohnung von der Stadt. Aber Gold wird er nicht finden – und das Glück von Harrowville ebenso wenig.«

Eine alte Geschichte

Am Tor des Museums begrüßte Jasper die drei ??? freudig und begleitete sie bis in den Lokschuppen, wo Carl, Sam und Fred gerade Kohlen in den Tender der *Sequoia* füllten.

»Na?«, sagte Sam augenzwinkernd. »Ich höre, ihr interessiert euch für die Wachsfiguren. Was machen die Ermittlungen?«

»Sie dauern noch an«, gab Justus zurück, behielt aber Carl im Auge. Der Lokführer schaufelte mit verbissener Miene Kohle in einen Eimer, den Fred oben in den Tender ausleerte. »Müssen Sie heute auch arbeiten? Es ist doch Sonntag.«

»Wo denkst du hin?«, sagte Sam. »Heute ist doch unsere letzte Fahrt mit der alten Dame hier, wenn wir euch nach Hause bringen. Und wisst ihr, was es mich kümmert, wenn heute noch einmal so ein verdammtes Transparent im Tunnel hängt? Nicht für zehn Cent kümmert mich das. Habt ihr eure Sachen schon gepackt?«

»Noch nicht«, sagte Justus. »Wir möchten gerne noch einmal in den alten Dokumenten wühlen, wenn es erlaubt ist.«

»Sicher ist das erlaubt.« Mr Kingsley tauchte an der Tür des nachgebauten alten Wartesaals auf. »Du kannst auch alles mitnehmen, wenn du willst. Habt ihr euch überhaupt schon überlegt, was Titus haben soll?«

»Er träumt ja von einer Dampflok.« Justus warf einen Blick auf die *Sequoia*, die auf Hochglanz poliert war. »Aber ich finde die Wachsfiguren interessanter.«

»Wegen dieser Schatzgeschichte? Das ist doch alles nur eine verrückte Legende. Der Puppenmacher hat sich einen Scherz erlaubt, nichts weiter.«

»Das glaube ich nicht«, sagte Justus. »Ich glaube, dass er einen konkreten Hinweis hinterlassen hat.«

»Und den willst du wohl finden?«, fragte Sam spöttisch.

»Ich habe eine Vermutung, aber ich muss sie erst überprüfen. Und deshalb möchte ich gerne in den alten Dokumenten stöbern.«

»Tu, was du nicht lassen kannst«, sagte Mr Kingsley. »Aber um ehrlich zu sein, glaube ich nicht, dass du da Erfolg haben wirst, wo andere Leute hundert Jahre lang nichts gefunden haben.«

»Da wäre ich nicht so sicher«, meinte Justus.

Während die drei ??? zum Bahnsteig gingen, zischte Peter: »Spinnst du, Just? Wir haben doch keine Ahnung, wo das Geld ist!«

»Doch«, sagte Justus leise. »Fred hat es uns gesagt. Zumindest glaube ich das. Aber –«

»Fred?«, zischte Bob. »Woher soll denn ausgerechnet Fred wissen –«

»Er weiß es ja gar nicht.« Umständlich kletterte Justus auf den Bahnsteig. »Hier stand nun jahrzehntelang der ungeliebte Mr Harrow und schaute stirnrunzelnd auf seine Taschenuhr – so wie ich jetzt.« Er holte die Taschenuhr aus der Hosentasche, starrte jedoch nicht darauf, sondern schwenkte sie ein wenig an der Kette herum. »Die Uhr steht auf zehn Uhr dreißig. Warum wohl?«

»Keine Ahnung«, sagte Peter.

Bob, der sich wenigstens Zeit zum Nachdenken nahm, sagte: »Weil da sein Zug ankommen sollte, und er ärgerte sich über die Verspätung.«

»Bist du sicher?«

»Was soll es denn sonst bedeuten?«

»Das ist gerade die Frage. Denn eigentlich war der Zug ja aus Harrowville abgefahren. Die Explosion passierte auf dem Weg nach Sterling. Es ergibt keinen rechten Sinn, eine Figur zu basteln, die sich über eine verspätete Ankunftszeit ärgert, wenn der entsprechende Zug schon auf der Hinfahrt verunglückt ist. Logischer wäre es gewesen, Mr Harrow – also die Figur – am nächsten Tag darzustellen: mit einer Zeitung mit der Unglücksmeldung in der Hand.«

»Das kommt mir aber arg konstruiert vor«, sagte Bob.

»Weiß ich«, sagte Justus. »Ihr beide seht jetzt mal bitte nach, was in den Zeitungen steht, die die Fahrgäste in den Händen halten.«

»Alles klar«, sagte Bob. »Und worauf sollen wir achten?«

»Auf Personen- und Lokomotivnamen.«

Eine halbe Stunde lang war nichts zu hören als das Poltern und Rumpeln an der *Sequoia*. Justus las sich den alten Fahrplan von 1904 durch. Peter und Bob blätterten in den Zeitungen. Anschließend trafen sie sich wieder an der Bahnsteigkante.

»Und?«, fragte Justus.

»Fehlanzeige«, murrte Peter. »Die Loks hatten überhaupt keine Namen, nur so blöde Nummern. 0-6-0, 2–2-4T und so weiter. Das hilft uns überhaupt nicht.«

»Kommt drauf an«, sagte Justus. »Fred! Kannst du mal bitte herkommen?«

Fred rannte zu ihnen herüber und kletterte leichtfüßig auf den Bahnsteig. »Was ist denn?«

»Kannst du uns sagen, was die Nummern der Loks bedeuten?«

»Na sicher. Das ist die Zahl der Räder. Die erste und die letzte Zahl geben die Laufräder an und die mittleren Zahlen die Triebräder – das sind die mit den Stangen dran. Die *General Custer* zum Beispiel ist eine 4-6-4, das heißt, sie hat vier vordere Laufräder, sechs große Triebräder und dann noch mal vier kleinere Laufräder dahinter. Die *Sequoia* ist eine 2-4-2 und die *Apache* eine 0-6-0, das heißt, sie hat bloß sechs Triebräder, weil sie so klein ist, dass sie keine Laufräder zum Stützen braucht. Und die Nr. 56 hat einfach bloß vier Triebräder.«

»Das ist ja ein richtiger Geheimcode!«, rief Bob.

Fred grinste. »Für Eisenbahner nicht.«

»Peter, stand eine der Museumsloks in den Zeitungen?«

»Nur eine 2-6-2T, das war die, die verschüttet wurde.«

»T?«, sagte Fred. »Dann hatte sie einen eigenen Tank.«

»Aha«, sagte Justus. »Und was hast du herausgefunden, Bob?«

»Tja, ich hab wirklich was. Ihr werdet staunen.« Bob hob eine Zeitung hoch, die er einer der Figuren abgenommen hatte. »Es steht ganz versteckt bei den Geburts- und Todesanzeigen.« Er faltete die Zeitung auseinander und räusperte sich. »Ahem. Ihre Verlobung beehren sich bekannt zu geben Mr Stephen Harrow und Miss Letitia O'Malley, San Francisco. Datum: 5. September 1904. 2. Sam. 15,28.«

»5. September 1904? Aber das ist doch genau das Datum, an dem der Tunnel einstürzte!«, rief Peter.

»Der Arme!«, sagte Fred. »Stellt euch vor, am Verlobungstag so schrecklich zu sterben! Und die arme Letitia!«

»Sie war aber doch nicht im Zug, oder?«

Bob schüttelte den Kopf. »Zumindest wurde sie bei den Berichten über das Unglück nicht erwähnt.«

»Was wurde denn danach aus ihr?«, fragte Peter.

»Oh, Carl weiß das. Er kennt sich mit den alten Familiengeschichten aus. Carl!«, schrie Fred durch die Halle. »Carl, was wurde aus Letitia O'Malley?«

»Aus wem?«, rief Carl aus dem Führerstand der *Sequoia* zurück.

»Letitia O'Malley! Die Verlobte von Stephen Harrow!«

»Sie heiratete später einen anderen.« Carl verschwand und gab auf Freds lautstarke Frage »Wen denn?« keine Antwort.

»Sagt mal, was bedeutet denn eigentlich 2. Sam. 15,28?«, fragte Peter. »2. Samstag um 15 Uhr 28?«

»Nein, es ist ein Spruch aus der Bibel«, sagte Justus. »2. Buch Samuel, Kapitel 15, Vers 28.«

»Und was steht da?«

»Gib mir eine Bibel, dann sage ich es dir. Fred, gibt's hier irgendwo eine Bibel?«

»Wir haben sogar die Familienbibel der Harrows«, sagte Fred stolz. »Aber die liegt nicht offen rum. Kommt mit!«

Im Wartesaal lagen einige alte Bücher unter Glas. Fred förderte einen Schlüssel zutage und öffnete die Vitrine, in der die große alte Bibel lag.

Vorsichtig blätterten sie die dünnen Seiten um.

»Hier ist es!«, rief Bob. Er tippte mit dem Finger auf den Spruch und las ihn vor. »›Siehe, ich will warten bei den Furten in der Wüste, bis von dir Botschaft zu mir kommt.‹ Komischer Verlobungsspruch.«

»Und daneben steht etwas Handschriftliches. Schwer zu entziffern.« Justus beugte sich trotz des stechenden Geruchs dicht über das Buch. »›Sorry, Dad. Dein‹ – heißt das ›teuflischer‹? ›Dein teuflischer Stolz zwingt mich dazu. Stephen.‹ Was ist denn das für eine –«

»Ihr solltet jetzt allmählich eure Sachen packen. Es wird Zeit.«

Sie zuckten zusammen und drehten sich um. Carl stand in der Tür des Wartesaals.

»Sie wollen uns wohl gerne loswerden?«, fragte Justus.

Carl schaute ihn an. »Ja, das will ich. Ich bringe euch

nach Sterling, ihr fahrt nach Hause und vergesst die ganze Geschichte. Das ist am besten so.«

»Na gut«, sagte Justus unerwartet. »Wir werden uns nicht mehr einmischen. Aber dafür erzählen Sie uns, was wirklich am 5. September 1904 passiert ist! Sie wissen es doch, oder? Sie sagten doch selbst, dass Sie sich mit der Familiengeschichte der Harrows befasst haben.«

»Komm schon!«, bettelte Fred. »Erzähl es uns! Bitte!«

Seufzend gab Carl nach. »Also gut. Aber danach lasst ihr mich in Ruhe. Es war eine ziemlich böse Geschichte. Stephen Harrow wollte Letitia O'Malley heiraten. Aber sein Vater war dagegen, weil die O'Malleys eine der ärmsten Familien in Harrowville waren. Als Stephen auf der Hochzeit bestand, drohte Harrow, ihn zu enterben. Daraufhin schickte Stephen Letitia zu Verwandten in San Francisco, wo sie bis zur Hochzeit bleiben sollte. Seinem Vater erzählte er, er hätte sich von ihr getrennt. Im Laufe der nächsten zwei Jahre fälschte Stephen immer wieder die Unterschrift seines Vaters und brachte rund fünf Millionen Dollar in Gold auf die Seite. Am 5. September 1904 setzte er die Verlobungsanzeige in die Zeitung, bestieg den Zug nach Sterling und fuhr ab. Er wollte nach San Francisco, um Letitia dort zu heiraten und die Reaktion seines Vaters abzuwarten. Aber er kam nicht weit. Die Lokomotive explodierte im Tunnel und er kam ums Leben. Als sein Vater erfuhr, dass sein Sohn tot war und vorher noch das Familienvermögen geplündert hatte, erlitt er einen Schlaganfall und starb wenige Tage später.«

»Also gibt es doch einen Schatz!«, rief Bob. »Aber –«

Ein dumpfer Knall aus weiter Entfernung schnitt ihm das Wort ab. Alle fuhren zusammen und im nächsten Moment rannten sie aus dem Lokschuppen.

»Das kam vom Black Mountain!«, rief Mr Kingsley. »Da oben!« Über dem Dach des Bahnhofes konnten sie den Berg sehen, durch den der Eisenbahntunnel führte. Über den grauen Hängen stieg eine dicke schwarze Wolke auf. Ein dumpfes Grollen lag in der Luft.

Auf der Straße liefen die Leute zusammen.

»Carl!«, rief Mr Kingsley. »Sam! Kommt!«

Carl war weiß im Gesicht. »Reno«, war alles, was er sagte. Dann rannte er los.

»Warten Sie!«, schrie Justus. »Nehmen Sie uns mit!«

Aber die drei Männer hasteten zu einem weißen Pick-up, schlugen die Türen zu und rasten davon. Wenige Augenblicke später folgte ihnen ein Polizeiwagen mit heulender Sirene. Ihm schlossen sich mehrere Privatwagen an, deren Insassen fast alle in sonntäglicher Kirchenkleidung steckten und aus deren Kofferräumen die Stiele von Hacken und Schaufeln ragten. Die drei ??? und Fred rannten zur Straße, winkten und riefen, Jasper bellte, aber niemand hielt an. In einer großen Staubwolke jagten die Wagen auf den Black Mountain zu.

»Das glaube ich nicht!«, schrie Fred wütend. »Die können uns doch nicht einfach hier sitzen lassen!«

»Wir könnten laufen«, schlug Peter vor und handelte sich sofort einen ungläubigen Blick von Justus ein.

»Es sind mindestens drei Meilen bis zum Berg! Wie

stellst du dir das vor, Zweiter? Bis wir da ankommen, ist schon längst alles vorbei!«

»Aber wir können doch nicht einfach hier herumstehen und warten, bis die Leute zurückkommen!«, rief Bob.

»Wir nehmen die *Sequoia*!«, sagte Fred mit wildem Blick. »Ich kann sie fahren! Ich hab schon tausendmal zugesehen. Einer von euch muss nur den Heizer spielen.«

»Das tun wir ganz sicher *nicht*!«, fuhr Justus ihn an. »Wir fahren doch nicht mit einer ausgewachsenen –« Er brach plötzlich ab und in seinen Augen begann es zu funkeln.

»Den Blick kenne ich«, sagte Bob beunruhigt. »Gib's zu, Just. Du hast wieder irgendeine völlig wahnsinnige Idee. Ich bin nicht bereit, einen Hubschrauber für dich zu stehlen!«

»Hubschrauber? Ach, Unsinn.« Auf Justus' rundem Gesicht breitete sich allmählich ein Grinsen aus. »Mir ist gerade das perfekte Transportmittel für uns eingefallen.« Er wandte sich an Fred, der ihn argwöhnisch beobachtete. »Sag mal, Fred – wie fährt man eigentlich eine Draisine?«

Wenige Minuten später schnurrten sie auf den Berg zu. Fred war in seinem Element, bediente die Hebel, redete ununterbrochen und erklärte in allen Einzelheiten, woraus eine Draisine bestand, wozu sie verwendet wurde und wie sie funktionierte. Die drei ??? hörten allerdings nicht zu. Peter und Bob starrten auf den Berg, über dessen grauen Hängen die schwarze Wolke aufstieg, und Justus brütete über dem alten Fahrplan von 1904, den er im allgemeinen Durcheinander in die Tasche gesteckt hatte. Jasper saß neben ihnen, hechelte und ließ sich den Fahrtwind um die Schnauze wehen.

»Ob Reno sich wohl versehentlich selbst in die Luft gesprengt hat?«, unterbrach Bob plötzlich Freds Redeschwall.

»Hoffentlich!«, sagte Fred rachsüchtig. »Dann wäre Carl ihn los, wie er es gesagt hat! So ein mieser Erpresser! Und er wollte Jasper erschießen!«

Peter schüttelte den Kopf. »Ich glaube nicht, dass Carl es wirklich so ernst gemeint hat. Er sah ja zu Tode erschrocken aus.«

»Immerhin hat er ihm noch selbst den Sprengstoff geliefert«, wandte Bob ein.

»Ein einziges Päckchen.«

»Ich hatte eher den Eindruck, dass Carl schon eine

ganze Menge von dem Zeug aus Owens Peak mitgebracht hatte. Bestimmt genug für diese Explosion. Was meinst du, Justus? Nimm doch mal die Nase aus dem alten Lappen da!«

»Hm?« Justus blickte auf. »Was habt ihr gesagt?«

»Wir fragen uns, ob Reno sich wohl selbst in die Luft gesprengt hat. Guck dir nur diese Wolke an!«

Justus guckte sich die Wolke an. »Komisch«, murmelte er.

»Was ist komisch?«

»Die Wolke.«

»Wieso?«

Justus antwortete nicht. Aber plötzlich fuhr er wie von der Tarantel gestochen hoch und schrie: »Anhalten!«

Fred machte vor Schreck einen Satz und riss an der Bremse. Die Draisine kam abrupt zum Stehen und alle fielen durcheinander. Jasper bellte laut.

»Wieso anhalten?«, schrie Fred. »Wir wollen doch zum Berg!«

»Nein, wollen wir nicht! Wir müssen sofort zurück zum Museum! Wie dreht man das Ding um?«

»Justus!«, rief Peter. »Was ist denn los?«

»Die Wolke stammt nicht von einer Sprengung im Tunnel! Bei Sprengungen sind die Wolken eher weiß oder gelb von dem ganzen Staub, der in die Luft geblasen wird. Aber die hier ist schwarz – wie von brennenden Autoreifen. Ich gehe jede Wette ein, dass Reno überhaupt nicht mehr da oben ist!«

»Was? Wo soll er denn sonst sein?«

»Er ist im Museum! Wisst ihr nicht mehr, was er zu Carl gesagt hat? ›Sie wollen doch nicht, dass Kingsley plötzlich nichts mehr hat, was er am Dienstag verkaufen kann!‹ Die Explosion da oben am Berg ist nur ein Ablenkungsmanöver für das, was er wirklich will – das Museum zerstören, um Carl zur Aufgabe zu zwingen! Fred, dreh sofort um!«

»Nicht nötig«, sagte Fred. Er war blass geworden. »Die Draisine fährt in beide Richtungen. Haltet euch fest!«

Er schob den Hebel nach links und die Draisine setzte sich ruckartig in Bewegung. Peter hielt Jasper fest, damit er nicht herunterfiel. In halsbrecherischem Tempo raste die Draisine zu den Häusern der Stadt zurück, die staubig und ausgebleicht wie Knochen unter der gleißenden Sonne lagen.

»Geht das nicht schneller?«, schrie Justus.

»Dann fliegen wir aus der Kurve!«, schrie Fred zurück, schob aber den Hebel bis zum Anschlag nach links. Jetzt schnurrte die Draisine nicht mehr – sie krachte und ratterte über die Schienen, dass den drei ??? jeder Knochen im Leib durchgeschüttelt wurde. Krampfhaft hielten sie sich an dem Metallgestell fest.

Plötzlich schrie Fred auf. »Die Weiche!«

Es krachte wieder, die Draisine machte einen Ruck nach links, bei dem Peter und Jasper beinahe über Bord gingen, und dann raste sie schnurstracks auf den Bahnhof zu – und auf die Waggons des Museumszuges, die auf dem Schienenstrang standen. Fred riss den Hebel nach rechts. Unter den Rädern der Draisine flogen Funken, die Bremsen kreischten. Das Fahrzeug wurde langsamer, doch noch immer kam der letzte Waggon viel zu schnell näher. Die drei ??? und Fred klammerten sich aneinander und erwarteten den Aufprall. Mit einem leisen ›*Tock*‹ berührte die Draisine die Waggonpuffer und stand.

»Kommt!«, schrie Justus. Sie sprangen ab und rannten an den Schienen entlang auf das Museum zu, von wo ihnen ein durchdringender Benzingestank entgegenwehte. Jasper lief ihnen laut bellend voraus.

Und dann sahen sie ihn – einen schwarz gekleideten Mann, der vor den Toren des Lokschuppens eine Flüssigkeit aus einem Kanister auf den Boden kippte. Er hörte Jasper bellen und fuhr herum, dann schleuderte er den Kanister zur Seite und hatte plötzlich eine Pistole in der Hand.

»Jasper!«, schrie Fred, machte einen Satz nach vorne und bekam den Hund gerade noch am Halsband zu fassen. Schlitternd kamen die drei ??? zum Stehen und Peter half Fred, Jasper zu bändigen, der sich fast erwürgte, um an Reno heranzukommen.

»Schade«, sagte Reno mit seiner bösen, öligen Stimme. »Ich hatte gehofft, ich hätte das Vieh schon letzte Nacht erwischt.« Jetzt, da sie ihn zum ersten Mal richtig sahen, hatte er überhaupt keine Ähnlichkeit mit Dr. Long. Sein Gesicht war lang und hohlwangig, seine Augenbrauen zwei dicke gerade Borsten und die Haare waren nicht ordentlich nach hinten gekämmt, sondern einfach nur dünn und fettig.

»Das Spiel ist aus, Reno«, sagte Justus mit fester Stimme. »Wir haben Sie heute Nacht im Museum belauscht. Wir wissen, was Sie vorhaben. Es wird nicht klappen – Carl Sheehan weiß wirklich nicht, wo das Gold ist.«

»So, ihr wart also die Ratten, die sich da herumgetrieben haben und nicht mal zu piepsen wagten? Dafür spuckst du aber jetzt ganz schön große Töne, Dicker. Ich brauche nur einen einzigen Schuss abzugeben und das ganze Gelände hier steht in Flammen. Pech für euch, Pech für Carl – und Pech für diesen Trottel Kingsley.«

»Das würde ich an Ihrer Stelle nicht tun«, sagte Justus.

»Ach nein? Und warum nicht?«

»Weil Sie dann erst recht nicht mehr an das Gold herankommen.«

»Du klingst ja ganz schön sicher«, höhnte Devlin Reno. »Wahrscheinlich weißt du ganz genau, wo es ist, ha?«

»Ja«, sagte Justus. »Es ist im Museum.«

Bob, Peter und Fred schnappten nach Luft und starrten ihn entgeistert an. Reno spuckte nur aus. »Da ist es nicht, Fettwanst!«

»Doch«, sagte Justus. »Fünf Millionen Dollar.«

»Ah ja?« Reno überlegte kurz. »Schön. Dann zeigst du mir jetzt, wo es ist. Kommt her! Alle! Und haltet den Köter fest oder ich lege ihn um!«

»Lassen Sie die Jungen in Ruhe, Reno!«

Alle, auch Reno, zuckten zusammen und drehten sich um. Der Mann, der gesprochen hatte, stand am Tor. Er trug einen braunen Anzug und sah genauso wütend aus wie am Tag zuvor, als die drei ??? ihn in seiner Geschäftsbesprechung im Zug gestört hatten. Es war Mr Campbell – der Kupferbaron.

»Es ist eine Sache, nach Gold zu suchen«, sagte er scharf. »Und gegen die Zerstörung des Museums habe ich auch nichts. Aber was Sie hier machen, geht zu weit. Weg mit der Pistole!«

Reno rührte sich nicht. »Hauen Sie ab, Campbell. Das hier geht Sie nichts an. Oder wollen Sie, dass ich ausplaudere, wer mich für die Brände und Einbrüche hier in der Gegend bezahlt hat? Ich reiße Sie mit rein – Sie, Sheehan, alle!«

»Tun Sie, was Sie nicht lassen können. Aber lassen Sie die Jungen gehen!«

»Ich denke gar nicht daran – nicht so kurz vor dem Ziel!« Er richtete die Pistole auf Justus. »Du weißt, wo das Gold ist! Du kommst jetzt mit!«

Alle standen wie gelähmt. Nur Jasper kämpfte wie wild gegen Peter und Fred, um freizukommen. Und gegen die Kraft des riesigen Hundes kamen sie nicht an. Ganz plötzlich riss er sich los und fuhr mit einem schrecklichen Knurren auf Reno los. Der Mann riss die Pistole hoch.

Ein Schuss knallte.

»Jasper!«, kreischte Fred.

Im nächsten Moment lag Reno auf dem Boden und Jasper stand mit gefletschten Zähnen über ihm – unverletzt. Justus wich zurück und schaute sich um.

Von der anderen Seite des Lokschuppens traten drei Leute hervor – Susan, Mrs Kingsley und Dr. Long.

Mrs Kingsley hielt ein Gewehr in der Hand, aus dem es noch leicht rauchte. »So«, sagte sie ein wenig atemlos. »Ich hoffe, ich habe nur die Pistole getroffen, Mister. Aber es macht mir auch nicht allzu viel aus, wenn es Ihre Hand war. Ich habe meinen Mann angerufen. Er, Carl und Sam sind schon auf dem Rückweg und bringen die Polizei gleich mit.«

Harrows Gold

Kurze Zeit später wimmelte es auf dem Gelände des Eisenbahnmuseums von Leuten. Die Polizei hatte Devlin Reno abgeführt und Mr Campbell gleich zur Befragung mitgenommen. Die Rettungsmannschaft trug die benzingetränkten Wachsfiguren nach draußen und stellte sie im Schatten einiger Bäume auf, damit sie ausdünsten konnten, ohne dass gleich die Gesichter und Hände in der Sonne schmolzen. In Schubkarren wurden die alten Dokumente nach draußen gebracht, um zu trocknen. Währenddessen versammelten sich Mr und Mrs Kingsley, Susan, Carl, Sam, Fred, Dr. Long und die drei ??? neben der *Sequoia*, und Jasper fraß ein Steak.

»Ich war gerade dabei, Geschirr für unseren Umzug einzupacken, als William anrief«, erzählte Mrs Kingsley. »Er sagte, sie hätten am Eingang zum Chinesentunnel nur einen Stapel brennender Autoreifen gefunden. Der Tunnel selbst war schon ein ganzes Stück freigelegt, aber dann hat wohl ein kleinerer Erdrutsch wieder einiges verschüttet. Er sagte, Carl sei plötzlich davon überzeugt, dass am Museum etwas Übles im Gang sei, und bat mich nachzusehen. Als ich nach draußen ging, roch ich sofort das Benzin und sah Mr Campbell über das Gelände gehen, und gleich darauf kam Dr. Long und sagte, ihr wärt in Gefahr. Wir schlichen uns von der anderen Seite an, während Mr Campbell diesen Reno ablenkte. Und als er dich schnappte, Justus, und auf Jasper schießen wollte, schoss ich eben zuerst. Und ich bin heilfroh, dass es keinen Funken gab, sonst stände jetzt vermutlich alles hier in Flammen.«

»Es war ein sehr guter Schuss«, sagte Justus. »Mir zittern jetzt noch die Knie.« Aber er grinste dabei.

»Kann ich jetzt vielleicht mal erfahren, was hier eigentlich los ist?«, fragte Mr Kingsley. »Wer ist dieser Devlin Reno überhaupt?«

»Das ist der Mann, den Mr Campbell für die schmutzigen Arbeiten angeheuert hat«, sagte Justus. »Im letzten Moment hat er es noch verraten. Er hat all die Brände gelegt und die Einbrüche begangen, um die Leute einzuschüchtern und an Campbell auszuliefern. Und gleichzeitig suchte er nach Harrows Gold. Er grub im Tunnel danach, vertrieb neugierige Leute durch unheimliche Spukgeräusche und sprengte nachts besonders hartnäckige Felsen aus dem Weg. Aber er war gar nicht so sicher, ob sich das Gold wirklich im Zug befand. Schließlich gab es dafür keine Beweise und die Wachsfiguren im Museum schienen ihm eher einen Hinweis darauf zu liefern, dass es an einem anderen Ort versteckt war. Also versuchte er, Carl dazu zu zwingen, ihm zu sagen, wo es ist.«

»Carl?«, wiederholte Mr Kingsley verblüfft und Sam runzelte die Stirn. »Woher soll er denn das wissen?« Sie schauten zu dem Lokführer hin, der mit verschränkten Armen an der *Sequoia* lehnte, aber er schwieg.

»Er kennt sich in der Familiengeschichte der Harrows

besser aus, als es ihm selbst lieb ist«, sagte Justus. »Und Reno hatte das herausgefunden, nicht wahr, Carl?«

Carl nickte kurz. »Die Harrows waren eine Bande von Gaunern und Verbrechern. Reginald Harrow hatte sein Vermögen nicht durch ehrliche Arbeit gemacht, sondern dadurch, dass er die chinesischen Eisenbahnarbeiter um ihre Löhne betrog, das Geld tödlich Verunglückter einfach auf seine eigenen Konten umleitete und Beschaffungsgelder falsch abrechnete. Und sein eigener Sohn bestahl ihn jahrelang vor seiner Nase. Die Familie ist hundert Jahre tot und das ist auch gut so. Für irgendwelche Harrows ist in dieser Stadt kein Platz mehr.«

»Ganz richtig«, sagte Mr Kingsley. »Und übermorgen ist hier auch das Kapitel Eisenbahn abgeschlossen. Was wirst du deinem Onkel denn jetzt sagen, Justus?«

Justus zögerte. Dann holte er tief Luft. »Ich werde ihm sagen, dass es in Harrowville nichts für ihn zu holen gibt, Mr Kingsley.«

Alle starrten ihn an. Mr Kingsley sah aus, als hätte er einen Schlag ins Gesicht bekommen. »Nichts?«, fragte er mit rauer Stimme. »Ist mein Museum so schäbig?«

Justus räusperte sich. »Nein«, sagte er fest. »Im Gegenteil. Ich finde, dass es unbedingt erhalten bleiben sollte. Ist es denn nicht möglich, es in den Vergnügungspark einzugliedern?«

»Dafür fehlt mir das Geld, Junge.« Mr Kingsleys Stimme war jetzt ganz flach.

»Aber wenn Sie es hätten –«

»Wir haben es aber nicht!«, schrie Susan ihn an.

»Mensch, hör doch endlich auf! Siehst du nicht, was du meinem Vater antust?«

»Doch, und es tut mir leid«, sagte Justus. »Ich habe nur noch eine Frage – aber nicht an Mr Kingsley.« Er drehte den Kopf und schaute zu Carl hin. »Carl ... wenn Sie das Gold hätten, was würden Sie damit tun?«

»Du verdammter Halunke«, sagte Carl. Aber aus irgendeinem Grund sah er nicht wütend aus. »Ich würde den Chinesen hier eine anständige Entschädigung zahlen. Und dann würde ich das tun, was ich in den letzten zehn Jahren getan habe: Ich würde jeden einzelnen restlichen Dollar ins Museum stecken.«

»Fünf Millionen Dollar?«, fragte Justus.

Aber Carl sagte nur: »Mit fünf Millionen Dollar kann man schon einiges anfangen. Vielleicht könnten wir noch ein paar Bahnlinien ziehen und diesen verwünschten Tunnel endlich dichtmachen.«

»Justus!«, sagte Mrs Kingsley scharf. »Was soll das? Worauf willst du hinaus?«

»Ich möchte Ihnen nur eine kurze Geschichte erzählen. Über die unglückliche Romanze zwischen Stephen Harrow und Letitia O'Malley.«

»Die Geschichte kennen wir schon«, sagte Sam.

»Kennen Sie auch die Fortsetzung?«, fragte Justus. »Letitia war nämlich nicht folgenlos mit Stephen Harrow verlobt gewesen. 1903 bekam sie ein Baby, zu dem Stephen sich schriftlich bekannte. 1904 wollten sie dann heiraten, aber dazu kam es nicht mehr. Stephen verunglückte und Letitia blieb allein mit ihrem Kind in San

Francisco zurück. Aber 1908 heiratete sie tatsächlich, und zwar einen Mann namens Roger Sheehan.«

Alle schnappten nach Luft. Sie starrten erst Justus und dann Carl an.

Carl blieb ganz gelassen. »Ich möchte mal wissen, wie du das herausbekommen hast, Justus Jonas.«

Justus errötete ein wenig. »Ich muss leider zugeben, dass ich Ihnen heute Nacht, als meine Freunde schliefen, einen – äh – Besuch abgestattet habe. Es hat mir keine Ruhe gelassen.«

»Justus!«, riefen Peter und Bob empört.

»Na ja, ihr wart doch zu müde«, verteidigte sich Justus.

»Darum geht es nicht!«, rief Peter aufgebracht. »Bis jetzt sind wir immer zusammen irgendwo eingeb…« Ihm wurde bewusst, dass ihn die Erwachsenen fassungslos anstarrten. Fred dagegen sah so begeistert aus, als hätte er plötzlich ein neues Berufsziel entdeckt. Selbst Susan grinste.

»Du hast also in meinen Familienpapieren herumgeschnüffelt«, sagte Carl. »Jahrelang habe ich alles getan, um zu verbergen, dass ich mit dieser unerfreulichen Bande verwandt bin, ich habe mich von diesem Mistkerl Reno erpressen lassen und du hast nichts Besseres zu tun, als es öffentlich bekannt zu geben!«

»Carl!«, sagte Mr Kingsley schwach. »Das ist doch nicht wahr?«

»Doch«, sagte Carl grimmig. »Und ich hoffe, dass Justus weiß, was er da gerade tut, denn sonst setze ich ihn noch einmal im Tunnel aus.«

»Es erfüllt einen guten Zweck«, sagte Justus. »Ich muss doch sichergehen, dass alle wissen, wem das Gold gehört, wenn ich Ihnen sage, wo es meiner Meinung nach ist.«

»Du sagtest doch, es sei im Museum!«, rief Peter. »Aber das kann doch gar nicht sein!«

»Ist es nun im Zug oder nicht?«, fragte Mrs Kingsley.

»Es ist nicht im Zug und war auch nie drin«, sagte Justus und zog den uralten Fahrplan aus der Tasche. »Am 5. September 1904 fuhren zwei Züge von Harrowville ab. Der eine war Mr Harrows Privatzug, der auf der Fahrt nach Sterling im Tunnel explodierte. Der andere war schon am frühen Morgen mit Kupfer und Waren beladen durch den Tunnel gefahren, machte dann den weiten Bogen über Owens Peak und kam um 10:30 Uhr wieder in Harrowville an. Gezogen wurde er von einer Lok mit der Nummer 2-4-2. Diese Lok fährt heute noch und jetzt gerade steht sie tatsächlich im Museum, also habe ich Reno nicht angelogen.« Er trat einen Schritt zurück und gab damit ein Typenschild frei, das an der Seite der *Sequoia* befestigt war. »Hier.«

Das Schweigen, das darauf folgte, verkündete Unheil. Selbst Peter und Bob starrten Justus an, als hätte er den Verstand verloren. Nur Dr. Long sah überhaupt nicht überrascht aus.

»Das kann nicht sein«, sagte Carl. »Sam und ich haben diese Lok bis zur letzten Schraube auseinandergenommen. Es gibt keinen Platz, an dem fünf Millionen Dollar in Gold versteckt sein können.«

»In der Lok nicht«, sagte Justus. »Aber sie hat noch

immer den Originaltender, oder? Und Fred sagte, dass der Tender für die Lok eigentlich zu klein ist und Sie deshalb häufiger Kohle nachfüllen müssen.«

Fred gab ein würgendes Geräusch von sich und schrie: »Der Zwischenraum!« Und schon turnte er wie ein Affe auf den Tender hinauf.

Sam und Carl starrten einander an, dann blickten sie zu Mr Kingsley hin, der nur nickte. Sofort holten sie einen Werkzeugkasten und folgten Fred nach oben.

Justus warf Dr. Long einen Blick zu. Der Chinese nickte. »Dann hast du also herausgefunden, wie ein einfacher chinesischer Schweißer hinter Stephen Harrows Geheimnis kommen konnte.«

»Ja«, sagte Justus. »Und ich glaube, dass Sie eine ganze Menge über die Familie Harrow erraten haben. Warum haben Sie nichts gesagt?«

»Dafür bitte ich um Verzeihung«, sagte Dr. Long. »Der chinesische Schweißer und Puppenmacher war mein Großvater. Er war ein stolzer, kluger und gebildeter Mann und wurde hier in Harrowville wie ein Sklave behandelt. Er hasste die Eisenbahn und besonders die Familie Harrow. Die Wachsfigur baute er nicht, um den Harrows zu helfen, sondern um sie zu verhöhnen. Und ich war viele Jahre lang überzeugt, dass ein Nachkomme dieser Familie in der Stadt lebte – aber ich dachte, es sei Mr Campbell. Ganz sicher wollte ich ihm nicht zu noch mehr Reichtum verhelfen, indem ich ihm meine Vermutung mitteilte.«

»Aber mit dem Finderlohn hätten Sie dem Museum helfen können!«

»Ich weiß.« Dr. Long schaute zu Mr Kingsley hin. »Aber ich glaubte, es sei besser, wenn das Museum geschlossen und all die alten Geschichten endlich vergessen würden. Es tut mir leid.«

»Schon gut, Philip«, sagte Mr Kingsley. »Ich verstehe das.« Aber er sah trotzdem verletzt aus.

Sams Kopf tauchte aus dem Tender auf. »Helft uns mal mit der Kohle!«

Es dauerte noch einmal eine halbe Stunde, bis die Kohle entladen war. Danach sahen sie alle aus, als hätten sie im Bergwerk gearbeitet.

Carl tauchte in den Tender ab und seine Stimme klang wie aus einem tiefen Schacht. »Und ich Trottel habe mich immer gefragt, was das hier für Schweißnähte sind!« Es gab einige knirschende Geräusche, einige donnernde Schläge, dann ein metallisches Kreischen – und dann Stille.

Bis Susan es nicht mehr aushielt. »Nun sagt doch endlich!«, schrie sie. »Ist es da?«

Fred tauchte aus der Tiefe auf. Durch ein Fenster im Dach fiel ein Lichtstrahl genau auf seinen struppigen Kopf. In der Hand hielt er einen rechteckigen Barren, der von pechschwarzen Fingerabdrücken geziert wurde. Aber trotzdem gleißte und funkelte er in der Sonne.

Der Geisterzug

Sechs Wochen später fuhr die *Sequoia* erneut an der Spitze des Zuges in den Bahnhof von Sterling ein, wo ganze Horden von Touristen und Schulklassen auf sie warteten. Justus, Peter, Bob, Onkel Titus und Tante Mathilda winkten heftig und aus dem Führerhaus winkten zwei Gestalten zurück – Fred und Carl. Die Lok pfiff, die Bremsen kreischten und der Zug hielt an. In der Uniform eines Schaffners der Harrowville Railroad Museum Company kletterte Sam aus dem Wagen, nickte den ›Trödeltypen‹ kurz zu und winkte sie zum vordersten Wagen hin, bevor er sich um die übrigen Fahrgäste kümmerte.

Sie stiegen ein und der Zug setzte sich in Bewegung. Nach einiger Zeit betrat Sam das Abteil. »Karten bitte.«

»Bitte sehr«, sagte Onkel Titus würdevoll, und ebenso würdevoll knipste Sam die Fahrkarten ab. Erst dann grinste er. »Tja, schön, euch zu sehen. Was macht der Fuß, Titus?«

»Alles wieder in Ordnung«, antwortete Onkel Titus. »Wie sieht es bei euch aus? Ich platze ja schon vor Neugier!«

»Ja, bei uns hat sich viel getan«, sagte Sam. »Devlin Reno sitzt im Knast und Campbell hat einen ziemlichen Haufen Geld als Entschädigung für die Brände und

Einbrüche hinlegen müssen. Er hat Devlin sogar bei Dr. Long einbrechen lassen – dabei gab es dort außer ein paar Büchern nichts zu holen. Jedenfalls ist das Museum recht schön geworden und wir legen gerade Schienen für eine Stadtrundfahrt.«

»Und der Tunnel?«, fragte Bob gespannt.

»Den Tunnel haben wir abgestützt. Da stürzt jetzt nichts mehr ein.«

»Und was ist mit dem Zug?«

Sam grinste. »Welcher Zug?«

Mehr bekamen sie nicht aus ihm heraus.

Im Nu hatten sie die Strecke bis zum Black Mountain zurückgelegt. Die alten Zuglampen wurden entzündet und in den Waggons verteilt und der Zug tauchte in die Dunkelheit ein. Im Restaurant gab es Eis und Getränke. Aber Justus, Peter und Bob standen am Fenster ihres Wagens und schauten auf die hohen, gewölbten Tunnelwände, die an ihnen vorbeizogen.

»Schaurig!«, sagte Tante Mathilda. »Ich mag gar nicht daran denken, dass ihr wirklich ohne Licht da entlanggelaufen seid!« Im gleichen Augenblick wurde der Zug langsamer und hielt schließlich an.

Die drei ??? schauten einander an. Dann setzten sie sich alle gleichzeitig hin – fest entschlossen, ihre Sitze erst in Harrowville wieder zu verlassen. Aber plötzlich öffnete jemand die Abteiltür und Fred stürzte rußverschmiert und strahlend herein. »Schnell!«, schrie er. »Seht es euch an!« Und schon war er wieder draußen.

Mindestens dreißig Leute waren ausgestiegen. Die

anderen hatten die Fenster heruntergeklappt und schauten heraus. Einige wiesen auf ein klaffendes Loch in der Tunnelwand – die Abzweigung zum Chinesentunnel.

Mr Kingsley drängte sich zu den drei ??? durch. »Da seid ihr ja! Kommt bitte mit – ich möchte euch etwas zeigen.«

»Eine Mauer?«, grinste Peter. »Die kennen wir schon.«

Mr Kingsley lachte nur.

Die ganze Gruppe machte sich auf den Weg. Nach etwa hundert Metern veränderte sich der Tunnel. Felsbrocken waren links und rechts neben den Schienen aufgetürmt, und dazwischen lagen Backsteine.

»Die Mauer!«, sagte Justus atemlos und starrte in die Finsternis vor ihnen, wo etwas metallisch blinkte. »Aber ich dachte, hier sei alles eingestürzt!«

»Wir haben den Tunnel freigelegt«, sagte Dr. Long, der unvermittelt neben ihnen auftauchte. »Hinter der Mauer befand sich ein kleiner Raum, in dem Reno seine Geräte aufbewahrte und seinen Spuk veranstaltete. Bitte bleiben Sie jetzt alle stehen – und treten Sie von den Schienen zurück.«

Alle wichen zurück und das Stimmengewirr erstarb.

Dann erklang ein leises Geräusch aus der Tiefe des Tunnels. Etwas wie ein Schnurren … ein Surren … ein Elektromotor. Ein Metallteil blitzte im Lampenlicht auf. Dann wurde die Draisine erkennbar, auf der ein junger Mann saß. Aber es war nicht nur die Draisine. Dahinter bewegte sich etwas. Riesenhaft und schwarz und vollkommen lautlos bis auf das Rollen gewaltiger

Räder auf den alten Schienen. Der Kessel war geborsten, seine Rohre aufgerissen und verdreht. Dampfdom und Schornstein fehlten. Das Führerhaus war nur noch ein Haufen verbogener Stahl. Aber die Lok kehrte, an einem Stahlseil gezogen von der Draisine, nach hundert Jahren zurück ans Licht.

»Ich möchte dazu etwas sagen«, durchbrach Mr Kingsley die Stille. »Ohne die Hilfe von Justus Jonas, Peter Shaw, Bob Andrews und Fred Jenkins hätten wir diese alte Lok nicht bergen können. Das Museum wäre geschlossen worden, und ein wichtiges Stück Geschichte wäre Harrowville verloren gegangen. Wir möchten uns daher bei euch bedanken.«

Er machte eine Pause, weil die Leute zu klatschen begannen. Fred, Sam, Carl, Onkel Titus und Tante Mathilda strahlten, während die drei ??? nicht recht wussten, wo sie hinschauen sollten.

Als wieder Ruhe einkehrte, fuhr Mr Kingsley fort: »Nach gründlicher Überlegung haben wir uns daher entschlossen, euch diese Lokomotive zu schenken.«

Ein Raunen ging durch die Menge. Den drei ??? blieb der Mund offen stehen. Onkel Titus strahlte weiter – nur Tante Mathilda wirkte plötzlich wie vom Donner gerührt.

»Natürlich muss sie restauriert werden«, sagte Mr Kingsley. »Aber danach soll sie euch gehören.«

Endlich fand Justus die Sprache wieder. »Vielen Dank«, sagte er. »Ich denke, ich spreche im Namen meiner Kollegen, wenn ich vorschlage, dass die Lok –

hm – nicht nach Rocky Beach kommen, sondern als Stiftung im Eisenbahnmuseum bleiben sollte.« Er blickte zu Peter und Bob hin, die beide zustimmend nickten.

In dem einbrechenden Applaus ging alles unter, was Onkel Titus vielleicht zu sagen hatte. Aber das letzte Wort hatte, wie immer, Tante Mathilda.

»Danke, Justus«, sagte sie inbrünstig.